광개토대왕

(하)

광개토대왕 **하**

초판1쇄 인쇄 | 2011년 5월 26일
초판3쇄 발행 | 2011년 9월 23일

지은이 | 이수광
펴낸이 | 김형호
펴낸곳 | 아름다운 날

주소 | (121-837) 서울시 마포구 서교동 351-10 동보빌딩 103호
전화 | 02)3142-8420
팩스 | 02)3143-4154
출판등록 | 1999년 11월 22일
E-메일 | arumbook@hanmail.net

ISBN 978-89-93876-17-8 (03810)
ISBN 978-89-93876-15-4 (03810) 세트

광개토대왕

이수광 장편역사소설

하

대륙의 초인

아름다운날

왕 중의 왕
광개토대왕을 그리며

언제부터인가 나는 광대한 대륙에서 질풍노도처럼 말을 달리는 꿈을 꾸고는 했다. 그 옛날 우리네 조상들이 해 뜨는 나라를 찾아 동쪽으로 동쪽으로 이동하여 만주 대륙에 정착한 지 수만 년! 유구한 세월이 지나는 동안 역사는 부침을 거듭했지만 우리 민족의 핏속에는 대륙의 혼과 얼이 고스란히 녹아 있다. 그래서 10년 전부터 집필을 시작한 것이 발해의 전성기를 다룬 역사소설 『천년의 향기』, 발해의 멸망사를 다룬 『발해를 꿈꾸며』, 발해 유민들의 부흥사를 다룬 『초원의 제국』이다.

중국사에 의하면 해동성국 발해는 고구려 유민들과 고구려의 별종이라고 불리는 말갈족이 세운 대륙의 강대한 제국이다. 별종이란 고구려의 구성원인 하층민을 일컫는다. 발해를 이해하기 위해서는 당연히 고구려의 웅대한 역사를 살펴보지 않을 수 없다.

발해는 지금으로부터 약 1천 년 전에 226년 동안 존속하다가 멸망했지만 고구려는 장장 7백 년의 장구한 역사를 지니고 있다.

우리 민족은 기마민족이고, 대륙에서 유목과 수렵으로 생활했다. 『삼국사기』에 의하면 연나라 역시 고구려의 후예인 고은에게 모용씨라는 성을 주어 태자로 삼아 연을 계승했다. 고조선, 부여, 고구려, 발해가 우리 역사가 분명하다고 보았을 때 금, 청 또한 우리의 선조들에 의해 건국되었다고 볼 수 있다.

중국에서는 금과 청을 모두 오랑캐라고 하여 동족으로 인정하지 않았다. 청나라가 멸망할 때까지 끊임없이 반청운동이 일어났던 것은 이러한 중국인의 역사의식이 저변에 깔려 있기 때문이다.

중국 전설의 시대인 은허시대에서 주(周)의 시대에 이르면 강태공의 도움을 받은 주무왕(周武王)이 폭군 주왕(紂王)을 몰아내기 위해 군사를 일으켜 역성혁명을 꾀한다. 이때 백이와 숙제가 나타나 주무왕의 말고삐를 잡고 역성혁명을 일으키지 말라고 충언을 올린다.

백이와 숙제는 고죽국의 왕자들.

중국의 북융(北戎), 혹은 산융(山戎)이라고 부르는 지역에 존재하던 고죽국은 춘추전국시대의 역사에 제환공의 산융대장정에 잠깐 등장할 뿐 이후의 역사에는 등장하지 않는다. 고구려는 이 고죽국과 밀접한 관련이 있을 것으로 추정된다.

고구려의 웅대한 역사를 되찾는 작업은 우리 민족의 혼과 얼을 되살리는 일이다. 이것은 위험한 민족주의, 시오니즘과는 구별되어야 한다. 역사를 잃으면 문화를 잃고, 문화를 잃으면 민족의 생존이 위협을 받는다.

중국은 동북공정으로 끊임없이 우리의 역사를 위협하고 있다. 고구려 역사와 발해사를 자국의 역사로 편입시키려는 위험한 시도를 하고 있다. 이들로부터 우리 역사와 문화를 지키기 위해서는 학술 분야나 예술 분야에서 다양한 노력이 필요하다.

광개토대왕은 우리 역사에서 영토를 넓힌 왕으로 추앙을 받고 있는데, 실제로 어느 정도 영토를 넓혔는지 기록이 일천하여 추정하기가 쉽지 않다.

고구려의 왕들은 대부분 무덤이 있는 땅의 이름을 시호로 삼았다. 그러나 초기의 몇몇 왕들과 광개토, 장수왕 등은 특이하게 공적으로 시호를 삼았다. 그렇다면 광개토대왕이 어느 정도 영토를 넓혔는지, 고구려의 강역이 어느 정도였는지 궁금하지 않을 수 없다. 중국의 사서들이 발해가 고구려의 강토 대부분을 회복했다는 기록을 남긴 것을 감안할 때 발해의 강토가 곧 고구려의 강토라는 추정이 가능해진다. 발해는 강역이 사방 9천 리에 이른다. 그렇다면 고구려의 영토도 사방 수천 리에 이른다고 보아야 할 것이다.

민족의 대영웅, 왕 중의 왕인 광개토대왕의 정복전쟁으로 독자 여러분을 초대한다.

목 차

이 책을 읽기 전에　4

제 1 장

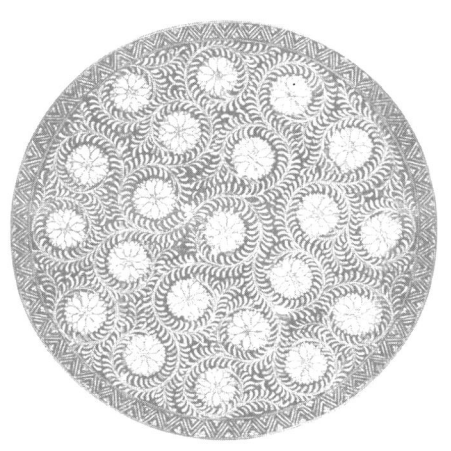

강한 자가
살아남는다

둥둥둥둥둥.

마침내 고구려군의 진영에서 북소리가 둔중하게 울리기 시작했다. 백제 아신왕은 고구려군의 진영에서 북소리가 울리기 시작하자 숨이 막히면서 심장이 뛰는 것을 느꼈다. 영루에서 바라보는 고구려군 진영은 검은 깃발이 새카맣게 뒤덮어 엄청난 대군이 백제군을 공격하기 위해 몰려와 있다는 것을 알 수 있었다. 아신왕은 잔뜩 긴장한 채 뒤를 돌아보았다. 그의 뒤에는 백제군의 거대한 진영이 세워져 황색 깃발이 빽빽한 숲을 이루고 있었다. 백제군도 전투 준비를 완전히 갖추고 도열해 있었다.

"폐하, 적이 공격해올 태세입니다!"

대장군 진무가 아신왕의 뒤에서 굵은 목소리로 외쳤다.

"전군은 전투 준비를 하라!"

아신왕이 눈을 부릅뜨고 영을 내렸다.

"전군은 전투 준비를 하라!"

진무가 아신왕의 영을 받아 복창했다. 대장군 진무의 영이 떨어지자 전령관들이 일제히 명령을 전달했다. 명령은 대장군에서 전령관으로, 전령관에서 각 군의 장군들에게 빠르게 퍼져갔다.

"적이 온다!"

망루에 있던 병사가 군사들을 향해 외치자 백제군 진영이 크게 술렁거리기 시작했다.

"대장군, 초전을 지휘하라!"

아신왕이 대장군 진무에게 영을 내렸다.

"존명(尊命)!"

진무가 군례를 바치고 영루를 달려 내려가 영루 앞에 세워져 있던 말에 올라탔다. 아신왕의 뒤에는 닌자(忍者) 부용(芙蓉)이 검은 옷을 입은 채 꼿꼿하게 서 있었다. 아신왕은 진무가 군진 앞에서 군령검을 뽑아드는 것을 내려다보았다. 진무의 뒤로 충용군, 별기군, 장용군, 용호군의 장군들이 따르는 것이 보였다. 백제에서 가장 용맹한 정예군을 이끌고 있는 장군들이었다. 장용군은 궁시군이고 용호군은 창기병, 좌위군과 우위군은 창보병들이었다.

"진문을 열라!"

대장군 진무가 영을 내렸다. 그러자 목책으로 만들어진 거대한 진문이 열렸다. 고구려군은 창기병과 기사병(騎射兵)이 앞에 서고 보병이 뒤를 받치고 있었다. 백제군 진영은 팽팽한 긴장감이 돌았다.

둥둥둥둥.

고구려군 진영에서 또다시 북소리가 요란하게 울리더니 군사들의 요란한 함성이 들려왔다. 이어 발을 구르는 듯한 소리와 살(殺)을 외치는 구호소리가 들려왔다.

'적들이 오는구나.'

아신왕은 먼지가 뽀얗게 일어나는 전장을 바라보며 바짝 긴장했다. 고구려군이 대오를 갖추어 행군해 오고 있었다. 흙먼지가 자욱하게 일어나면서 깃발들이 느리게 움직였다.

"전군, 진군!"

백제 대장군 진무도 영을 내렸다.

"와!"

백제군도 일제히 함성을 지르면서 진군하기 시작했다. 창보병들인 좌위군과 우위군이 앞에 서고 궁시군과 창기군이 뒤에 섰다. 백제군 진영에서도 군사들의 사기를 돋우기 위해 전고(戰鼓)를 울렸다. 북소리가 마치 땅속에서 들려오는 것처럼 심원했다.

'아름답다. 전쟁이 아니라면 한 폭의 그림 같구나.'

아신왕은 영루에서 양군이 대진(對陣)하고 조금씩 조금씩 진군하는 모습을 보면서 불현듯 그렇게 생각했다. 양군은 거대한 파도처럼 서로를 향해 조금씩 앞으로 나아가고 있었다. 이내 양군은 관미평의 벌판에서 대치했다. 서로가 2백 보 정도밖에 떨어지지 않은 대치였다.

쉬이익!

이내 고구려군 진영에서 백제군 진영을 향해 화살 한 대가 날아왔다.

'효시(嚆矢)다!'

백제군 대장군 진무는 고구려군 진영에서 날아오는 화살을 보고 생각했다. 효시는 전쟁을 시작하는 것을 알리기 위해 처음으로 쏘는 화살이다. 백제군 진영에서도 효시가 날아갔다.

쇄애액!

백제군 진영에서 효시가 날아가자마자 고구려군 진영에서 화살이 빗발 치듯이 날아왔다. 대장군 진무는 하늘을 가득 메우고 날아오는 화살을 보면서 무거운 신음을 삼켰다. 백제군의 선두에 서 있던 창보병 일진이 고슴도치가 되어 처절한 비명을 지르며 쓰러졌다.

"궁시군은 일제히 사격하라!"

대장군 진무가 칼을 높이 들고 영을 내렸다. 그러자 창보병들의 뒤에 있던 궁시군들이 일제히 화살을 뽑아들고 시윗줄에 걸어 팽팽하게 잡아당겼다가 놓았다. 백제군의 궁시군은 1천 명이나 되었다. 1천 명이 활을 쏘자 1천 개의 화살이 하늘을 가득 메우고 고구려군 진영을 향해 날아갔다.

이번에는 고구려군이 처절한 비명을 지르며 나뒹굴었다. 양군은 궁시로 첫 공격을 감행했다.

"와!"

그때 우레와 같은 함성이 일어나면서 고구려군 창기병들이 질풍처럼 말을 휘몰아 백제군을 향해 쇄도해 오고 있었다. 고구려군의 엄청난 기세에 백제군의 선두가 당황하여 술렁거리기 시작했다. 백제군이 고구려군을 보고 공포에 떨고 있었다.

"창보병은 당황하지 마라!"

대장군 진무가 백제군을 독려했다.

"당황하지 마라!"

장군들이 진무의 영을 복창했다.

"전군, 창을 세우라!"

진무가 다시 영을 내렸다. 백제군이 공포에 떨면서도 질풍처럼 달려 오는 고구려군을 향해 일제히 창을 앞으로 뻗었다. 고구려군의 선두가 노도처럼 달려오다가 백제군의 창에 찔려 처절한 비명을 지르면서 쓰러 졌다. 그러나 고구려군은 중앙을 정면으로 돌파하면서 백제군을 마구 찔러대고 있었다. 백제군도 고구려군을 향해 앞으로 나아가면서 날카로 운 창을 찔러댔다. 죽음에 대한 공포를 잊기 위해 고구려군이나 백제군 모두 괴성과 함께 상대방을 찌르면서 앞으로 나아갔다. 창과 창이 부딪 치면서 요란한 금속성이 귀청을 찢고, 창에 찔린 병사들의 비명소리가 들판에 울려 퍼졌다. 창에 찔린 병사들은 피를 콸콸대고 흘리면서 울부 짖었다.

"백제놈들을 모조리 죽여라!"

"고구려놈들을 박살내라!"

양군의 장수들이 목이 터질 듯이 고함을 질러 군사들을 독려하면서 전장으로 뛰어들었다.

"죽여라! 적을 죽여야 우리가 산다! 돌격하라!"

백제 대장군 진무도 군령검을 휘두르면서 군사들을 독려하고 있었 다. 밀고 밀리는 처절한 혈전이 관미성 아래의 평야에서 전개되면서 역 겨운 피비린내가 영루까지 풍겨왔다. 전장은 순식간에 지옥도가 펼쳐지 고 있었다.

백제 아신왕은 전투 상황이 예사롭지 않다고 판단했다. 고구려군은 첫 전투부터 창기병을 투입하여 기선을 제압하려 하고 있었다.

"대장군이 밀리고 있다. 창기병을 내보내라."

아신왕이 영루에서 전투 상황을 살피다가 영을 내렸다. 아신왕의 뒤에 있던 부장 아달이 각적(角笛)을 길게 불었다.

"전군 진격 준비!"

백제군 진영의 창기병 앞에 도열해 있던 표기장군(標旗將軍) 홍적(興積)이 장창을 꼬나쥐고 창기병들에게 명령을 내렸다. 홍적은 백제의 제가회의(諸家會議)의 의장격인 홍민(興旻)의 아들이었다. 어렸을 때부터 기골이 장대하고 무예 솜씨가 출중하여 그가 나타나면 우는 아이도 울음을 그친다는 소문이 나돌았다. 성격이 엄정하여 군령을 어기는 자는 가차없이 목을 베었기 때문에 백제군이 가장 두려워하는 장군이었다.

"진격 준비!"

홍적의 부장이 명령을 복창했다. 창기병들이 바짝 긴장하여 일제히 장창을 세워들었다.

"돌격!"

홍적이 목이 터져라 영을 내렸다.

"돌격!"

부장이 홍적의 영을 복창했다.

"와!"

백제의 창기병들이 우레 같은 함성을 지르면서 진문으로 쏟아져 나갔다.

두두두두.

요란한 말발굽소리가 지축을 울리고 흙먼지가 자욱하게 일어났다. 백제군의 창기병이 쏟아져 나오자 전세가 순식간에 역전되었다. 홍적의 창기병들은 단숨에 고구려 창기병들을 격파하고 창보병들을 추격하기 시작했다.

'역시 홍적은 뛰어난 무예를 지니고 있다.'

아신왕은 홍적이 적진을 종횡무진 누비는 것을 보면서 감탄했다. 홍적은 백제군의 선두에 서서 고구려군의 창보병들을 닥치는 대로 찔러 죽이고 있었다. 야차와 같은 홍적의 공격에 고구려군은 속수무책으로 무너지기 시작했다. 고구려군은 백제 창기병들이 파도처럼 덮쳐오자 썰물처럼 퇴각하기 시작하고 홍적의 창기병들은 양떼를 몰듯이 뒤를 쫓고 있었다.

'너무 깊숙이 들어가는 것이 아닌가?'

아신왕은 영루에서 백제군이 고구려군을 무너트리면서 추격하는 것을 보며 갑자기 불안감을 느꼈다. 홍적은 창기병들을 이끌고 고구려군을 추격하면서 닥치는 대로 찔러 죽이고 있었다.

"장군, 위험하니 더 공격을 해서는 안 됩니다."

홍적의 부장이 뒤에서 소리를 질렀다.

'대장군이 퇴각 명령을 내리지 않았다. 퇴각 명령이 없으면 무조건 진격해야 한다.'

홍적은 부장의 말을 들은 체도 하지 않고 공격을 계속했다. 홍적의 창기병들은 고구려군 진영 깊숙이 들어갔다. 그때 그들의 뒤에서 거대한 함성이 들리면서 고구려군이 양쪽 허리를 공격해오기 시작했다. 고구려군의 독특한 전략으로 선봉을 진 안으로 끌어들인 뒤에 양 날개를 공격하여 허리를 끊고 섬멸하는 작전이었다.

"전군 좌로!"

홍적은 말머리를 돌려 고구려군 좌익을 공격하기 시작했다. 고구려군이 양쪽에서 허리를 공격해오고 있는 이상 앞으로 진격을 할 수도 없고, 뒤로 퇴각을 할 수도 없다. 이럴 때는 한쪽으로 역량을 집중하여 돌파구를 찾아야 하는 것이다.

'홍적이 위험에 빠졌다.'

아신왕은 영루에서 전투 상황을 바라보다가 달려 내려와 말에 올라탔다. 부용과 부장이 일제히 아신왕의 뒤를 따랐다.

"중군은 나를 따르라!"

아신왕이 장검을 뽑아들고 소리를 질렀다. 군사들이 일제히 함성을 지르면서 아신왕의 뒤를 따르기 시작했다. 부용과 부장도 아신왕의 뒤를 따라 질풍처럼 달리기 시작했다.

"모조리 도륙하라!"

아신왕은 고구려군을 향해 맹렬하게 달려가 장검을 휘둘렀다. 그의 장검이 허공에서 춤을 출 때마다 고구려 군사들이 처절한 비명을 지르며 나뒹굴었다.

"거기 고구려 장군은 누구냐?"

아신왕은 고구려 군사들을 맹렬하게 도륙하다가 백제 군사들을 장창으로 찔러 죽이고 있는 고구려 장수를 발견하고 고함을 질렀다.

"나는 고구려의 대장군 술율의 부장(部將) 비곡(조穀)이다!"

고구려군 장수가 우렁차게 소리를 질렀다.

"그대가 비곡인가? 그렇다면 나와 한판 붙자!"

아신왕은 비곡을 향해 질풍처럼 말을 달렸다.

"핫핫핫! 백제의 어린 장수로구나. 내가 너의 목을 베어 술안주로 삼아야겠다."

비곡은 아신왕이 달려오자 장창을 겨누고 달려오기 시작했다.

"이놈, 네놈이 감히 누구와 일합을 겨루려고 하느냐?"

그때 진무가 벼락을 치듯이 소리를 지르며 달려와 장창을 휘둘러 비곡의 목줄기를 꿰뚫었다. 비곡이 말에서 굴러 떨어지자 백제군 진영에서 일제히 함성이 일어났다.

"와!"

아신왕이 전투에 참여하면서 전세는 다시 백제 쪽으로 유리해졌다. 아신왕은 군사를 휘몰아 고구려군 진영으로 달려갔다.

전투는 처열하게 전개되고 있었다. 고구려의 왕 담덕은 영루에서 백제군과 고구려군이 혈전을 벌이고 있는 것을 내려다보았다. 전세는 고구려군이 밀리고 있었다. 황기가 펄럭이면서 백제군 중군이 진문에서 쏟아져 나와 고구려군을 휩쓸고 있는 것이 뚜렷이 보였다. 그러나 백제군을 맞아 싸우고 있는 고구려군은 정예병이 아닌 창보병들이었다. 처음에 백제군 창보병을 공격하던 창기병들이 흙먼지가 자욱하게 일어나고 있을 때 뒤로 빠졌던 것이다. 게다가 담덕이 거느리고 있는 현무군은 출전도 하지 않고 있었다.

"현무군은 내 영이 떨어질 때까지 진문을 나가지 말라!"

담덕이 뒤에 서 있는 현무군 대장군 술율에게 영을 내렸다.

"복명(復命)!"

술율이 군례를 바쳤다. 술율이 부장들에게 담덕의 영을 전달했다.

"좌위와 우위는 각각의 군대를 이끌고 좌영 끝과 우영 끝에 대기하라!"

담덕이 좌위 장군 호해와 우위 장군 백인걸에게 영을 내렸다.

"복명!"

호해와 백인걸이 빳빳한 부동자세로 대답했다.

"좌위, 북위는 내가 각적을 불면 백제군을 좌우에서 협공하여 포위하고 공격하라!"

담덕이 쉴 새 없이 영을 내렸다.

"예!"

호해와 백인걸이 군례를 바치고 물러갔다.

"남위 장군 우장문과 북위 장군 소보온은 출진 준비를 갖추라!"

담덕이 잇달아 영을 내렸다.

"예!"

우장문과 소보온이 일제히 군례를 바치고 영루로 내려갔다.

둥둥둥둥….

북소리가 더욱 요란하게 울리면서 백제군이 물밀 듯이 고구려군의 대진을 공격하기 시작했다. 백제군은 파죽지세로 고구려군을 공격하고 있었다. 화살과 쇠뇌가 고구려군 진영으로 우박처럼 쏟아졌다. 고구려군은 대진 안에서 백제군의 화살에 맞아 비명을 지르면서 쓰러져가고 있었다.

"폐하, 적을 공격해야 하옵니다."

현무군 대장군 술율이 당황한 표정으로 담덕에게 보고했다.

"기다리라!"

담덕이 단호하게 영을 내렸다. 백제군이 맹렬하게 활을 쏘아대고 있었기 때문에 고구려군의 피해가 컸다. 그러나 고구려군은 진 안에서 한 발짝도 움직이지 않고 대기하고 있었다. 백제군은 고구려군이 저항을 하지 않자 목책 가까이서 우왕좌왕하고 있었다. 백제군의 대오가 크게 어지러워지고 있었다.

"호군!"

담덕이 뒤에 서 있는 오살리를 불렀다.

"예!"

"각적을 불라!"

"예!"

담덕이 영을 내리자 호군 오살리가 각적을 꺼내 불었다.

부우우우웅.

각적이 길게 울리면서 좌영과 우영에 대기하고 있던 고구려의 좌위와 우위가 일제히 백제군을 향해 달려나갔다. 백제군은 전 병력을 고구려군의 중앙에 투입하고 있었다. 그러자 고구려군이 백제군의 양 날개를 향해 맹렬하게 달려왔다. 백제군이 당황하여 좌익과 우익에 군사를 배치하려고 했을 때는 고구려군의 좌위와 우위가 후미까지 타원을 그리듯이 치달려 후미를 차단하였다.

"남위와 북위를 출진시키라!"

담덕이 다시 영을 내렸다. 그러자 각적이 다시 길게 울리고 남위와 북위의 군사들이 쏟아져 나갔다.

'고구려의 진법에 걸렸다!'

아신왕은 고구려군이 움직이는 것을 보고 경악했다. 고구려군은 순식간에 백제군을 에워싸고 치열하게 공격을 감행하고 있었다. 살기로 가득한 군대였다. 창과 칼이 난무하는가 하면 도끼가 백제군의 투구를 내리찍고 가슴을 조각냈다. 고구려군은 결코 물러서지 않았다. 오른팔이 잘리면 왼팔로 싸우고, 말이 쓰러지면 서서 백제군을 향해 칼과 도끼를 휘두르고 창으로 찔러댔다. 고구려군의 얼굴이 온통 피범벅으로 변해 귀병처럼 무시무시했다. 백제군은 고구려군의 무시무시한 돌격으로 일시에 전열이 흐트러졌다.

"퇴각하라!"

아신왕은 얼굴이 하얗게 변해 대진으로 퇴각했다. 백제군이 고구려군의 포위망을 뚫고 썰물처럼 물러가기 시작했다.

"적이 퇴각하기 시작했다. 전군에 돌격명령을 내려라!"

담덕이 영루에서 영을 내렸다. 담덕이 군령을 내리자 북소리가 더욱 다급하게 울렸다. 고구려 군사들은 백제군을 닥치는 대로 찔러 죽이면서 돌격하고 있었다.

"폐하, 우리 군사들이 너무 깊숙이 추격하는 것 아닙니까?"

술율이 불안한 표정으로 물었다.

"핫핫핫! 전쟁이 너무 싱거우면 우리 군사들은 단련되지 못하오. 장군은 중군을 출진시킬 준비를 하시오."

담덕이 호탕하게 웃으면서 말했다.

"예!"

술율이 군령을 받고 영루로 내려갔다. 고구려군은 백제군을 닥치는 대로 도륙하면서 백제군 대진으로 접근하고 있었다. 그때 백제군 진영에서 함성이 요란하게 울리면서 군사들이 쏟아져 나왔다.

"현무군이 출진한 뒤에 중군은 출진하라!"

담덕이 영루에서 뛰어 내려가며 소리를 질렀다. 호군 오살리가 재빨리 말을 대령하자 담덕이 나는 듯이 말에 올라타 백제군을 향해 달리기 시작했다. 그 뒤를 담덕의 친위군대인 현무군이 따르고 술율 대장군이 지휘하는 중군이 따르기 시작했다. 백제군과 고구려군은 치열한 혈전을 벌였다. 여기저기서 군사들의 처절한 비명소리가 들리고 피보라가 자욱하게 일어났다. 부상자들이 울부짖는 소리도 귀청을 찢을 듯이 처절했다.

"백제군을 죽여라! 백제군은 우리의 원수다!"

담덕은 사자처럼 고함을 지르면서 백제군에게 달려가 장창을 휘둘렀다.

"아악!"

백제군이 피를 뿌리며 나뒹굴었다.

"고구려군을 격파하라!"

백제의 아신왕도 장창을 휘두르면서 돌진했다. 양군의 왕들이 직접 출전하면서 전쟁은 혼전(混戰)으로 바뀌었다. 양군이 뒤섞여 서로를 죽이는 치열한 육박전이었다. 전투는 해가 질 때까지 치열하게 전개되었다. 백제군과 고구려군은 처절한 사투(死鬪)를 벌이다가 해가 떨어지자 대오를 정리하기 위해 군사를 뒤로 물렸다. 백제군과 고구려군은 관미성을 사이에 둔 채 일자진을 펼치고 대치했다.

"전군은 대오를 다시 편성하라! 대오를 정비하고 부상자는 뒤로 돌려라!"

아신왕이 군령을 내렸다. 백제군은 신속하게 움직여 부상자들을 진

안으로 데리고 들어와 치료했다.

'백제군이 결코 만만치 않구나.'

담덕은 호적수를 만난 듯한 기분이 들었다. 담덕은 5월에 즉위했으나 아신왕은 11월에 즉위했다. 공교롭게도 아신왕과 담덕은 같은 해에 등극하여 패권을 다투는 처지가 되어 있었다. 나이는 아신왕이 훨씬 위였다. 그 역시 숙부 진사왕을 물리치고 왕좌에 오른 인물로 심기가 깊고 지략이 뛰어났다.

'하늘이 두 명의 영웅을 냈다는 말인가?'

담덕은 아신왕에게 강렬한 호감을 느꼈다.

양군은 이튿날 다시 전투에 돌입했다. 이튿날도 양군에 수많은 전사자가 속출했으나 뚜렷한 승패를 가를 수는 없었다.

"폐하, 고구려군은 천리를 이동하여 왔습니다. 전투를 하지 않고 대치만 하면 고구려군은 지칠 것입니다. 이때 적을 공격하여 섬멸해야 합니다."

백제 대장군 진무가 아신왕에게 전략을 보고했다. 아신왕은 잠시 하늘을 쳐다보고 생각에 잠겼다. 고구려 담덕왕과의 전투는 반드시 승리를 거두어야 한다. 대규모의 군대를 투입해서 전면전을 벌이는 것은 피아간에 막대한 희생자만 낼 뿐이다. 적을 이기기 위해서는 전략이 필요하다.

"그렇다. 저들은 군량이 충분하지 않을 것이다. 저들의 군량이 어디 있는지 파악하라."

아신왕이 대장군 진무에게 영을 내렸다. 백제는 전통적으로 첩자를 잘 이용한다. 진무가 첩자를 뽑아 고구려군 경내로 들여보냈다. 아신왕은 목책을 단단하게 세우고 경비를 삼엄하게 하는 대신 군사들을 출전하지 못하게 했다.

"누구든지 나의 허락 없이는 출전하지 말라."

아신왕은 장수들을 소집하여 군령을 내렸다. 백제군이 진 안에서 나오지 않자 고구려군은 매일 같이 진 밖에 와서 싸움을 걸었다. 그러나 백제군은 진 안에서 움직이지 않았다.

"폐하, 백제군이 지구전에 돌입하고 있는 것 같습니다."

술율이 담덕에게 보고했다.

"저들은 공격을 하는 군사들이고 우리는 방어하는 군사들이다. 우리 군은 적의 지구전에 넘어가지 말고 방어만 하라. 공격하는 군사가 농성전에 돌입하는 것은 공격을 포기한 것이니 적을 지치게 해야 한다."

담덕은 적진을 노려보면서 술율에게 군령을 내렸다. 양군은 대치한 채 여러 날을 보냈다.

"고구려군의 군량은 관미성 북쪽에 있는 달산성(達山城)에 있습니다. 군사 1백 명만 있으면 불태워버릴 수가 있습니다."

첩자가 아신왕에게 돌아와 보고했다.

"전쟁을 할 때 지구전을 하게 되면 군량이 가장 중요하다. 백제군이 기습을 할지 모르니 양정은 달산성으로 달려가서 철저하게 군량을 지키라."

담덕이 양정에게 달산성 방어를 하도록 지시했다. 달산성은 작은 산성에 지나지 않았으나 군량을 쌓아놓고 있었기 때문에 담덕은 호부(戶部) 소형의 벼슬에 있던 양정에게 영을 내렸던 것이다.

"삼가 명을 받들겠습니다."

양정은 군사 1천 명을 이끌고 달산성으로 떠나갔다. 달산성에는 이미

5백 명의 군사들이 있었기 때문에 1천5백 명의 군사들이 군량을 지키게 된 셈이었다.

"폐하, 양정은 술을 좋아하여 술 냄새만 맡으면 사족을 못 씁니다."

대장군 술율이 아뢰었다.

"그렇다면 달산성에 가서 술을 모조리 쏟아버리고 오라."

담덕은 술율 대장군을 달산성으로 보냈다.

양정은 달산성에 도착하자 목을 축이려고 군사들에게 술을 가져오라는 영을 내렸다. 그러나 뒤따라온 술율이 폐하의 명이라고 하면서 술을 모조리 쏟아버리자 속에서 부아가 치밀었다. 그러나 담덕의 영이었기 때문에 입맛만 다시면서 혀를 찼다.

"원 저 아까운 술을 몽땅 쏟아버리다니…."

양정은 술율이 달산성의 술을 모조리 쏟아버리자 혀를 찼다. 술율이 대군영으로 돌아가고 얼마 되지 않았을 때 비가 내리기 시작했다.

"군량이 비에 맞으면 안 된다. 모두 나와서 군량을 덮어라."

양정은 군사들을 단속하여 군량을 천으로 덮어서 비를 단도리했다. 그러나 빗속에서 이리저리 뛰어다녔기 때문에 군량을 비에 맞지 않게 하는 데는 성공했으나 한기가 엄습하면서 더욱 간절하게 술이 마시고 싶어졌다. 양정은 군사들에게 지시하여 성 안을 샅샅이 뒤졌으나 술이 나오지 않았다.

날이 밝자 비가 그치고 해가 떠올랐다. 양정은 군사들을 거느리고 성 안을 순찰한 뒤에 성루에 올라왔다. 그때 성 밖 골짜기에서 음악소리가 끊어질 듯 이어질 듯이 들려왔다.

"이게 무슨 소리냐? 성을 나가 보아라."

양정이 군사를 시켜 알아오게 했다.

"근방의 백성들이 천렵을 나와 술을 마시고 있습니다. 기생들까지 불러서 잔치가 대단합니다."

군사가 골짜기를 살피고 돌아와서 보고했다.

"흥! 남들은 전쟁을 하느라고 정신이 없는데 웬놈의 잔치란 말이냐?"

양정은 콧방귀를 뀌었으나 술 생각이 더욱 간절해졌다. 그러나 담덕의 지엄한 군령이 있었기 때문에 성 밖으로 나가서 술을 얻어먹을 생각을 하지 않고 속앓이만 하고 있었다. 밤이 되자 달이 휘영청 떠올랐다. 골짜기에서는 밤이 되었는데도 노랫가락이 그치지 않고 있었다.

"밤이 되어도 술을 마시고 노래를 부르는 것을 보니 수상하기 짝이 없다. 내가 직접 살펴볼 테니 성문을 열어라."

양정은 부장들이 만류하는데도 군사 몇을 거느리고 성문을 나왔다. 과연 달산성에서 1천 보도 떨어지지 않은 골짜기에 농사꾼들로 보이는 자들이 술을 마시고 있었다.

"아니, 뭘 하는 사람들인데 여기서 술을 마시는가?"

양정은 말에서 내려 술판이 벌어진 곳으로 성큼성큼 다가갔다. 그러나 그가 가까이 가기도 전에 갑자기 허공을 가르는 바람소리가 들리더니 화살이 비 오듯이 쏟아졌다.

'아아, 내가 백제군의 함정에 빠졌구나.'

양정은 백제군의 화살에 고슴도치가 되어 쓰러지고 군사들도 매복한 백제 군사에게 모조리 사로잡혔다. 백제군은 양정을 죽이고 야음을 이용하여 성 밑으로 몰려간 뒤에 사로잡은 고구려 군사들에게 성문을 열라고 소리 지르게 했다.

"장군님이 돌아오셨다. 성문을 열라!"

고구려 군사들이 성루를 향해 소리를 질렀다. 성루의 고구려 군사들은 양정이 돌아온 것으로 생각하고 성문을 열었다. 그러자 백제 군사들이 일제히 쏟아져 들어가 고구려 군사들을 닥치는 대로 베어 죽이기 시작했다. 달산성을 지키던 고구려 군사들은 백제군의 기습을 받고 순식간에 몰살을 당했다.

"군량에 불을 질러라!"

백제군은 고구려군의 군량에 불을 지르고 썰물처럼 달아났다.

"폐하, 달산성에 백제군이 침입했습니다."

달산성의 고구려 군사들이 관미평의 대군영으로 달려와 황급히 보고했다.

"달산성으로 가자!"

담덕은 경악하여 군사들을 이끌고 달산성으로 달려갔다. 그러나 담덕이 달산성으로 달려왔을 때는 이미 군량의 대부분이 타고 없어진 뒤였다.

담덕은 충천하는 불길을 보면서 망연자실했다. 군량이 불에 탔기 때문에 백제군과 지구전을 벌이면서 싸울 수가 없었다. 담덕은 달산성이 불에 타도록 버려두고 관미평의 대군영으로 돌아왔다. 술율 대장군을 비롯하여 4위의 장군들은 군량이 불에 탔다는 사실을 알자 사기가 떨어져 침통한 표정을 짓고, 군사들도 불안한 얼굴로 웅성거렸다.

'양정이란 자에게 군량을 지키게 한 내 잘못이다. 이는 용인에 실패한 것이다.'

담덕은 철군하기로 결정했다. 군량 없이 전쟁을 할 수는 없었다. 그는 장수들에게 영을 내려 대오를 정리하여 전열을 가다듬도록 지시했다. 군대는 진격할 때보다 철군할 때 대오가 흩어지기 때문에 더욱 위험하다. 그날 밤 고구려군은 관미평을 소리없이 빠져나가 환도성으로 회군하기 시작했다. 백제군이 아침에 일어나자 고구려군 진영은 텅텅 비어 있었다.

"폐하, 고구려군이 퇴각했습니다."

대장군 진무를 비롯하여 백제 장수들이 고구려군 진영을 돌아보며 아신왕에게 달려와 보고했다.

"뭔가? 고구려군이 밤중에 모조리 달아났다는 말이냐?"

아신왕은 반신반의하여 자신이 직접 말을 타고 고구려군 진영을 돌아보았다. 고구려군 진영은 그야말로 깨끗하게 비어 있었다.

"핫핫핫! 왕 중의 왕 태왕이 될 것이라던 고구려 왕 담덕이 겁쟁이었구나."

아신왕은 호탕하게 웃음을 터트렸다.

"폐하, 이는 고구려군의 군량을 불태운 나솔(奈率 : 5품) 염마타(廉磨陀)의 공로입니다. 그와 그의 군사들에게 상을 내리소서."

대장군 진무가 아뢰었다.

"이를 말인가? 나솔 염마타를 은솔(恩率 : 3품)에 명하고 식읍 1백 호를 하사한다. 또한 군사들에게 술과 고기를 내릴 것이다."

아신왕은 기분이 좋아 염마타를 승진시키고 군사들에게 술을 내리게 했다.

고구려왕 담덕은 환도성으로 회군했다. 군량이 불에 타 굶주리면서 회군하는 그들의 모습은 추레했다. 게다가 압록강을 건널 때는 비까지 내리기 시작하여 회군하는 행렬이 더욱 초라했다.

'아아, 마침내 환도성에 돌아왔구나.'

담덕은 환도성에 이르자 감격하여 눈시울이 젖어왔다. 그러나 환도성 정문인 안강문에 이르렀으나 성을 지키는 군사들이 성문을 열지 않았다.

"폐하께서 회군하셨다. 성문을 열라!"

술율이 앞으로 나아가 소리를 질렀다. 성루에는 무수한 깃발이 처처에 나부끼고 군사들이 삼엄하게 도열해 있었다.

"문을 열 수 없습니다."

성루에서 군사들이 대답했다.

"무슨 말이냐? 너희들은 폐하께서 회군하신 것을 모른다는 말이냐?"

술율이 눈을 부릅뜨고 성루를 향해 소리 질렀다.

"태후마마께서 성문을 열지 말라고 하셨습니다."

"무슨 소리냐? 어찌하여 태후마마께서 성문을 열지 말라고 하셨느냐? 속히 문을 열어라!"

술율은 성루를 향해 호통을 쳤다.

"태후마마께서 납시었습니다."

그때 성루에 있던 군사들이 일제히 소리를 질렀다. 담덕이 성루를 바라보자 태후 하약란과 왕비 아리수가 시녀들을 거느리고 성루에 올라와 그들을 쏘아보고 있었다. 담덕은 말에서 내려 무릎을 꿇었다. 술율 대장군을 비롯하여 장수들도 일제히 무릎을 꿇었다.

"왕 중의 왕 태왕은 들으시오. 태왕은 개선을 하지 못했으니 다시 남변으로 돌아가시오. 백제 군사를 격파하지 못하고서 어찌 대륙을 정벌할 수 있겠소? 나는 그대와 같은 아들을 둔 일이 없소."

하약란의 목소리는 얼음가루가 날리는 것처럼 차가웠다.

"태후마마…."

대장군 술율이 경악하여 하약란을 쳐다보았다.

"왕은 남변으로 출정을 할 때 승리하지 않으면 돌아오지 않겠다고 나에게 약속하였소. 그런데 군량이 불에 탔다고 그냥 돌아오면 어찌할 것이오. 왕이 그토록 나약한 것이오? 나약한 왕이 장차 대륙을 어찌 정벌할 것이오?"

하약란이 담덕을 꾸짖었다. 담덕은 하약란의 냉엄한 말을 듣고 고개를 깊숙이 떨구었다. 하약란의 말이 비수처럼 그의 가슴을 찌르고 있었다.

'그렇다. 내가 군량이 떨어졌다고 회군했다는 것은 군사를 너무 가볍게 움직인 것이 틀림없다. 나는 다시 전쟁터로 돌아가야 한다.'

담덕은 성루의 하약란과 아리수를 바라본 뒤에 말에 올라탔다. 그의 앞에는 2만 명의 대군이 영문도 모른 채 담덕을 바라보고 있었다.

"제군들! 나는 다시 전쟁터로 갈 것이다. 나는 백제와 싸워서 승리하기 전에는 결코 돌아오지 않을 것이다!"

담덕이 단호하게 외치자 군사들이 일제히 웅성거렸다.

"그대들은 춥고 배고플 것이다. 나 역시 춥고 배고프다. 우리는 패하여 돌아왔다. 백제가 남변을 침략하고 있는데 회군했다. 그러나 우리는 이제 침략자들을 격퇴하기 위해 진군한다. 나는 그대들에게 맹세한다. 다시는 이와 같은 어리석은 회군은 하지 않을 것이다. 전군은 남변으로 진군하라! 군량은 태후께서 보내주실 것이다."

담덕은 군사들이 웅성거리는 것은 아랑곳하지 않고 남쪽을 향해 빗속을 달려가기 시작했다.

"진군하라!"

호군 오살리가 영을 내렸다.

"진군!"

술율 대장군이 영을 복창했다. 좌위 장군 호해가 뒤를 따르고 우위

장군 백인걸이 뒤를 따랐다. 군사들도 비장한 표정으로 담덕의 뒤를 따라 다시 남쪽으로 진군하기 시작했다.

'나는 전쟁을 너무 안일하게 생각했다. 백제군은 지금쯤 승리에 도취하여 잔치를 벌이고 있을 것이다. 늦기 전에 기습을 하면 충분히 승리할 수가 있다.'

담덕은 압록강을 건너자 남쪽을 노려보면서 눈을 부릅떴다.

"군량이 왔다!"

군사들이 일제히 함성을 질렀다. 담덕이 예상한 대로 태후 하약란은 환도성 방어군을 동원하여 군량을 보내왔다. 하약란은 담덕이 회군하는 것을 알고 군량을 준비해 두었다가 담덕이 남쪽으로 진군하기 시작하자 뒤따라 보냈던 것이다. 방어군을 이끌고 달려온 것은 왕비 아리수였다. 남장을 하고 갑옷을 입은 아리수의 모습은 지극히 아름다웠다.

"그대가 어찌 전장까지 왔소?"

담덕은 아리수의 손을 잡고 물었다. 아리수의 손에서 따뜻한 체온이 느껴졌다.

"폐하, 태후마마께서 대왕과 군사들을 위로하고 돌아오라고 하셨어요. 군사들 앞에 서게 해주세요."

담덕은 아리수의 촉촉하게 젖은 눈망울을 바라보았다.

"좋소."

담덕은 즉시 군사들을 군영 앞에 집결하게 했다. 군사들이 웅성거리면서 군영 앞으로 몰려왔다. 담덕과 아리수가 사열하듯이 말을 타고 군사들의 앞으로 왔다. 담덕이 멈춰서고 아리수가 두어 걸음 더 군사들 앞으로 다가왔다.

"왕비다!"

"왕비마마가 갑옷을 입고 군진에 오셨다."

군사들이 일제히 술렁거리기 시작했다. 아리수가 군사들을 천천히 둘러본 뒤에 투구를 벗고 단정하게 묶었던 긴 생머리를 풀었다. 그러자 칠흑처럼 새카만 머리카락이 물결처럼 흩날렸다.

"와아!"

군사들이 일제히 창을 흔들면서 함성을 질러댔다. 투구를 벗자 긴 생머리가 바람에 날리면서 아리수의 아름다운 모습이 드러났던 것이다.

"태후마마의 지시로 여러분들에게 군량을 호송해왔어요. 여러분은 대고구려의 용맹한 군사들입니다. 대륙을 호령하던 군사들입니다. 여러분, 백제군을 격파하세요. 나도 여러분과 싸우겠어요."

아리수가 낭랑한 목소리로 외치자 군사들이 더욱 열광적으로 함성을 질렀다.

"군사들은 들으라! 백제군은 승리에 도취하여 방비를 허술하게 하고 있을 것이다. 우리는 쉬지 않고 관미평으로 달려서 백제군을 공파할 것이다! 전군은 속보로 행군하라! 밤새도록 행군하라!"

담덕이 군사들에게 외치고 관미성을 향해 질풍처럼 달리기 시작했다. 고구려군은 사기가 충천하여 관미성을 향해 바람처럼 달려갔다.

백제 아신왕은 담덕이 회군하자 이틀 동안 관미평에서 잔치를 벌인 뒤에 회군하기로 결정했다. 위례성에는 아신왕의 동생 훈해(訓解)와 설례(碟禮)가 있었다. 훈해는 진사왕이 정권을 잡았을 때는 진사왕에게 협조를 했고, 아신왕이 정권을 잡았을 때는 아신왕에게 협조를 했다. 그러나 설례는 진사왕의 일파를 거느리고 새로운 세력을 형성하고 있었기 때문에 오랫동안 위례성을 비워둘 수가 없었다.

"폐하, 고구려군을 격파하였으니 전리품을 가지고 개선해야 합니다."

대장군 진무가 아신왕에게 아뢰었다.

"고구려 촌락을 습격하여 백성들을 노예로 끌고 가자."

아신왕은 군사를 휘몰아 고구려 촌락을 휩쓸고 남녀노소 1천여 명을 노획하여 위례성으로 돌아갔다.

담덕이 군사들을 이끌고 관미평으로 달려왔을 때는 아신왕이 이미 회군한 뒤였다.

"백제군을 모조리 공파하라! 한산주(漢山州 : 경기도 광주)까지 휩쓸어라!"

담덕은 군사를 휘몰아 백제를 공격하기 시작했다. 위례성에서 승전에 들떠 있다가 고구려군이 대대적인 공격을 해오고 있다는 보고를 받자 대경실색한 아신왕은 군사들을 소집하여 북변으로 보냈다. 담덕이 백제의 대군과 맞서게 된 곳은 한산주 북변의 드넓은 벌판 구원(拘原)이었다.

백제군은 구원의 들판에 진채를 세우고 빽빽하게 도열해 있었다. 담덕은 군사들 앞에서 백제군 진영을 노려보았다.

'이제는 죽음을 각오하고 싸워야 한다.'

담덕은 10리에 걸쳐 길게 뻗어 있는 백제국 진영을 노려보면서 심호흡을 했다. 백제군도 흑기로 앞을 가린 채 전투를 벌일 준비를 하고 있었다. 흑기가 병풍을 친 것 같은 일자진 뒤에서 흙먼지가 자욱하게 일어났다.

"좌위는 적의 우익을 맡으라!"

"우위는 적의 좌익을 맡으라!"

담덕이 잇달아 군령을 내렸다. 담덕의 군령에 따라 군사들이 신속하게 움직여 공격 준비를 했다.

"남위와 북위는 나를 따라 적의 중앙을 공격한다."

담덕은 4위의 장군들에게 군령을 내렸다. 군사들의 얼굴에 팽팽한 긴장감이 감돌았다.

"적이 공격 준비를 하고 있습니다."

백제군의 지휘는 표기장군 홍적이 맡고 있었다.

"전투 준비!"

홍적은 군사들 앞에 서서 영을 내렸다. 고구려군은 전통적으로 양쪽 날개를 공격하는 전략을 구사하고 있었다. 이번에도 그와 같은 전략을 사용하리라는 것은 불을 보듯 뻔했다.

"팔진법(八鎭法)을 펼치라!"

홍적이 군사들에게 영을 내렸다. 팔진법은 전방으로 3개, 진 중앙으로 2개, 진 후미에 3개의 진을 펼쳐 총 8개의 진이 유기적으로 협조를 하여 적을 막거나 공격하는 진법이었다. 홍적의 군령이 내리자 백제군이 신속하게 움직여 진법을 펼쳤다.

"백제군이 우리의 학익진(鶴翼陣)을 막으려고 8진을 펼치고 있다. 우리는 학익진을 펼치는 것으로 위장을 하고 어린진(魚鱗陣)으로 공격한다!"

담덕은 백제군이 움직이는 것을 보고 명령을 내렸다.

"전투 준비!"

담덕이 말 위에서 외쳤다.

"와!"

고구려군이 일제히 함성을 질러댔다.

"공격!"

담덕은 군령을 내리면서 백제군을 향해 질풍처럼 달리기 시작했다. 현무군이 우레 같은 함성을 지르면서 담덕의 뒤를 따라 백제군을 향해 파도처럼 쇄도해 들어갔다.

"적이 온다! 돌격하라!"

홍적도 군령을 내리고 고구려군을 향해 맹렬하게 말을 달려 나갔다.

"와!"

백제군들도 함성을 지르면서 부딪쳐 나갔다. 고구려군과 백제군은 구원의 벌판에서 처절한 혈전을 벌이기 시작했다. 피보라가 자욱하게 일어나고 군사들의 비명소리가 난무했다.

북위장군 소보온은 철퇴를 사정없이 휘둘렀다. 그가 철퇴를 휘두를 때마다 윙윙대는 바람소리가 허공을 울리고 백제군이 날아갔다.

남위 장군 우장문은 장창을 휘두르면서 백제군을 도륙했다.

"공격하라!"

담덕은 목이 터져라 군사들을 독려하면서 장창으로 백제군을 베었다.

백제군은 고구려가 양쪽 날개에 주력을 배치한 것으로 생각하여 좌익과 우익에 주력을 배치하여 그들을 막았다. 중앙은 겉으로는 강군을 배치한 듯했으나 실제로는 허약한 군사들을 배치했다. 그러나 고구려군은 중앙에 정예군 주력을 배치하고 있었다. 담덕과 우장문, 소보온이 군사들을 이끌고 백제군의 중앙을 타격했다.

백제군은 필사적으로 버티려고 했으나 끝없이 밀려오는 고구려군을 당적할 수 없었다. 마침내 백제군 선두가 무너지면서 중앙이 크게 어지러웠다. 담덕은 그 틈을 놓치지 않고 더욱 맹렬하게 밀어붙였다.

이내 백제군의 중앙이 무너졌다.

"남위는 적의 우익을 막고 북위는 좌익을 공격하라!"

백제군의 중앙을 무너트린 고구려군은 백제군 좌익을 공격했다. 백제군의 주력을 맞이하여 고군분투하던 호해의 좌위군은 중앙을 공격하던 고구려군이 백제군 우익을 공격하자 사기가 충천했다. 백제군 좌익이 우익을 돕기 위해 군사를 휘몰아 달려왔으나 고구려군 남위의 방어에 막혀 우익을 도울 수가 없었다. 백제군은 중앙에 이어 우익마저 무너졌다. 고구려군은 백제군 우익을 무너트리자 좌익을 대대적으로 공격했다.

"백제군이 무너지고 있다! 병사들아, 힘을 내라!"

담덕은 병사들을 독려하면서 백제군을 공격했다. 백제군은 중앙과 우익이 무너지자 좌익은 싸울 용기를 잃고 패퇴하기 시작했다. 홍적을 비롯한 장수들이 필사적으로 패퇴하는 군사들을 막으려고 했으나 소용이 없었다.

백제군은 대패했다.

"적을 추격하라!"

담덕은 패퇴하는 백제군을 사정없이 몰아붙였다.

"폐하, 홍적이 대패하였사옵니다."

백제군의 패망 소식은 위례성에 있던 아신왕에게 보고되었다.

"군사들을 소집하라! 고구려군은 위례성까지 진격해올 것이다."

아신왕은 당황하여 위례성의 성문을 굳게 닫아걸고 고구려군의 방어에 나섰다. 고구려군은 파죽지세로 위례성을 향하여 남하하고 있었다. 백제의 북변에 있는 성들이 속속 무너졌다. 그러나 고구려군은 백제의 도성을 공격하지 않고 회군하고 말았다. 연나라가 사신을 보내 고구려를 꾸짖었다는 연락이 환도성으로부터 날아왔던 것이다.

'이는 연나라가 침략하겠다는 신호다.'

고구려군은 노예 8천 명을 노획하여 서둘러 환도성으로 회군했다.

아신왕은 고구려군이 물러가자 백제군의 시신이라도 수습하려는 생각으로 구원을 향해 달려갔다. 구원이 가까워질수록 백제 군사들의 시체가 들판에 즐비하게 버려져 있는 것을 볼 수 있었다. 피는 낭자했고 고구려 군사들이 난자한 백제 군사들의 살점들이 여기저기 참혹하게 흩어져 있어 까마귀들이 날아와 까악까악하고 흉측하게 울어댔다.

'아아, 어찌 이럴 수가 있다는 말인가?'

아신왕은 백제 군사들이 참혹하게 죽어 있는 모습에 피눈물을 삼켰다. 고구려 군사들이 얼마나 잔인하게 난도질을 했는지 온전한 시체가 하나도 없었다. 바람이 불 때마다 피비린내가 물씬 풍겼다.

'반드시 이 원수를 갚으리라.'

아신왕은 북녘 땅을 노려보면서 이를 갈았다. 구원의 넓은 벌판에 온통 시체가 즐비하고 부상자들로 가득했다.

제 **2** 장

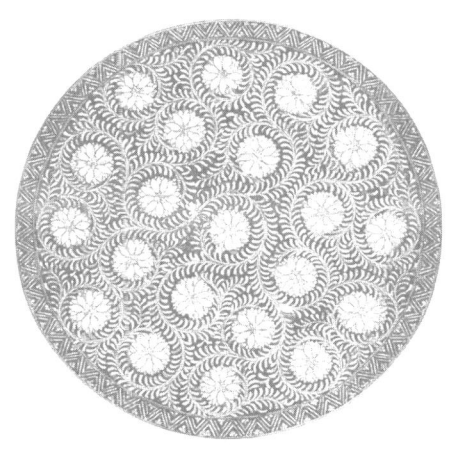

치국 부강 책략

담덕은 고구려군을 이끌고 개선했다. 백제군과 혈전을 치르느라고 군사들은 지쳤으나 백성들은 열렬하게 환영했다. 고구려군은 환도성 도읍의 주작대로를 보무당당하게 행군하여 황궁의 정문에 이르렀다. 태후 하약란은 황궁의 정문 앞에 세워진 대(臺)에서 개선한 군사들을 환영했다.

"태후마마, 소자 무사히 임무를 마치고 돌아왔습니다."

담덕이 말에서 내려 아리수와 함께 하약란에게 무릎을 꿇었다.

"일어나시오. 그대는 대제국 고구려의 국왕이오. 그대가 직접 출정하여 백제군을 공파했으니 백성들은 그대를 따를 것이오."

하약란이 미소를 지으면서 말했다. 담덕은 하약란에게 백제와의 전쟁을 상세하게 보고한 뒤에 출전한 군사들에게 많은 상을 내리고 해산시켰다.

아리수는 전쟁에서 돌아온 지 채 두 달이 되지 않았을 때 아들을 낳

았다. 담덕은 아들을 안아본 뒤에 아리수의 시중을 받으면서 목욕을 했다. 아리수에게서는 희미하게 젖냄새가 풍겼다.

"국상, 연나라의 동태는 어떻소?"

담덕은 소무신으로부터 국정에 대한 보고를 받았다. 연나라는 대군을 이끌고 요동성으로 출정하려 하고 있었다. 연왕 모용성이 왕자 모용희에게 고구려로 출정하라는 지시를 내렸다는 첩자들의 보고가 잇달아 들려오고 있었다. 담덕은 국상 소문신과 오랫동안 연나라의 침략을 방어하는 문제를 상의하고 태후전으로 갔다.

"연나라와 굳이 전쟁을 할 필요는 없소. 우리가 연나라와 싸우려면 더 많은 병사를 양성해야 하오. 지금은 백제와의 전쟁으로 많은 백성들이 지쳐 있소."

하약란이 담덕에게 말했다.

"소자도 연나라와 싸우려면 군사를 더 양성해야 한다고 생각합니다. 해서 사신을 보내 공물을 바치는 것이 어떠하옵니까?"

담덕이 하약란에게 말했다.

"그렇소. 적보다 약하면서 굳이 전쟁을 하려는 것은 어리석은 짓이오. 전쟁은 반드시 이길 확률이 있을 때 하는 것이오."

하약란이 차를 마시면서 고개를 끄덕거렸다.

"예부에 지시하여 연나라에 사신을 보내도록 하겠습니다.'

"그렇게 하오. 오늘부터 나에게 제왕학을 배우도록 하시오."

"제왕학이라고 하셨습니까?"

담덕이 놀라서 하약란을 쳐다보았다.

"백성을 다스리는 자는 반드시 제왕학을 익혀야 하오. 그대는 치도(治道)의 근본을 무엇이라고 생각하오?"

"민심을 얻는 것입니다."

"민심을 얻으려면 어떻게 해야 하오?

"백성들이 이익을 얻게 하는 것입니다."

"백성들이 이익을 얻게 하려면 어찌해야 하오?"

"그것은 치자(治者)가 선정(善政)을 베푸는 일입니다."

"치자가 선정을 베풀어야 한다는 것은 누구나 알고 있소. 그러나 선정이 무엇인지 아는 자는 없소. 선정을 베풀면 왜 치자에게 이익이 되는가? 백성들에게 선정을 베풀면 논밭은 경작이 잘 되고 백성들은 부유하게 살게 되지요. 나쁜 짓을 하려는 자가 없기 때문에 송청(訟廳)이 한가해지고 관리는 질서정연하게 일을 처리하지요. 사회의 공법(公法)이 잘 지켜지고 무법자는 사라지오. 곡식 창고는 가득 차고 감옥은 텅텅 비지요. 현인이 발탁되고 악인은 자취를 감추지요. 관직에 있는 사람은 공정한 것을 좋아하고, 아첨하는 것을 싫어하지요. 병사는 무용(武勇)을 중하게 여기고 사리사욕에 빠지지 않지요. 백성들은 사치를 버리고 근로(勤勞)에 힘쓰지요."

하약란은 담덕에게 치자가 선정을 베풀어야 하는 이유를 상세하게 설명했다.

"어머님의 말씀은 깊은 감명을 줍니다. 선정을 베풀면 강한 군대도 이룰 수 있습니까?"

"백성들에게 선정을 베풀면 백성들이 부유하게 되어 국가 재정이 넉

넉하게 되어 관리들이 수탈하는 일이 없어질 것이고, 백성들은 군주에게 순종하게 되오. 병사들에게 줄 녹봉이 넉넉하여 군사들은 강군(強軍)이 되고 적을 공격하거나 방어를 하거나 상대방을 압도하여 마침내 사해를 평정할 수 있는 것이오."

하약란의 말은 들으면 들을수록 신비했다.

'어머님은 과연 지혜로운 분이다.'

담덕은 하약란에게 탄복했다.

"군대든 정치든 우두머리가 약하면 아무 소용이 없소. 그러기 때문에 그대는 국왕의 몸이지만 학문을 게을리 하지 말고 무예를 닦는 데 최선을 다해야 할 것이오."

"명심하겠습니다."

"나라가 강대해지려면 백성이 많아야 하오. 훌륭한 군주는 백성들에게 출산을 장려하는 정책을 폈소."

"출산을 장려한다구요?"

"중국의 춘추전국시대에 월나라의 범려는 오나라에 복수하려고 와신상담하면서 월나라를 부강하게 하는 정책의 하나로 출산을 장려했는데 그것이 효시가 된 것이오."

"어머님, 저는 학문이 짧아 어떻게 출산을 장려하는지 모릅니다. 가르침을 내려주십시오."

"젊은 남자는 늙은 여자와 결혼하지 못하게 하시오. 늙은 여자는 아이를 낳을 수 없소."

담덕이 고개를 끄덕거렸다.

"젊은 여자는 늙은 남자와 결혼하지 못하게 하시오. 늙은 남자는 아이를 낳을 수 없소."

"예."

"딸이 열다섯 살이 되어도 시집을 보내지 않거나 아들이 열여섯 살이 되어도 장가를 보내지 않으면 부모가 벌을 받게 하시오. 임산부는 나라에서 극진히 돌봐주고 아들을 낳으면 개 한 마리와 술을 주고, 딸을 낳으면 돼지 한 마리와 술을 주시오. 쌍둥이를 낳으면 한 명의 양육비를 나라에서 부담하고 세쌍둥이를 낳으면 둘의 양육비를 나라에서 부담하시오. 이렇게 하면 고구려는 더욱 나라가 커질 것이오."

담덕은 하약란의 가르침을 가슴 속 깊이 새겨들었다.

"도성에는 현무군 1만만 두시오. 그 이상 군대를 유지하려면 많은 비용이 들어가 국가의 창고가 바닥이 나오. 국고가 비면 군대는 몇만이 있어도 소용이 없소."

"어머님, 하오나 백제가 남쪽 국경을 자주 침략하고 후연도 침략을 해올 준비를 하고 있지 않습니까?"

"그러니 군대를 지방군제로 운영하시오. 우리 고구려에는 176개 성이 있소. 성의 크기에 따라 1백 명에서 5백 명의 장정들을 도성에 올려 보내 훈련을 받게 하시오. 1년 동안 훈련을 받고 평소에는 성에서 농사를 짓거나 성을 지키게 하고, 유사시에 소집을 하여 군대에 편입시키는 것이오. 전쟁이 일어날 때마다 5만의 군대를 동원할 수 있을 것이오."

"예."

"성의 태수는 장수를 겸직하게 하시오."

담덕은 하약란의 지시대로 고구려 군대의 편제를 대대적으로 개편했다. 제가들에게는 사병을 거느리지 못하게 했다. 사병을 해산하라는 영을 내리자 5부족의 제가들이 일제히 반발했으나 담덕은 강력하게 밀어붙였다.

"나는 고구려의 태왕이다. 태왕에게 반발하는 자는 반역으로 처단하겠다."

담덕은 제가들을 쏘아보면서 말했다. 제가들이 일제히 술렁거렸다.

"폐하, 선대왕들께서 전례법을 만들어 제가들의 권한을 축소했습니다. 제가들의 권한을 축소하면 국가가 위난을 당했을 때 어떻게 제가들의 협조를 받으실 생각입니까?"

부루노 출신의 소만이 고개를 빳빳이 치켜들고 반발했다. 소만은 부루노의 제가이면서 예부 소청의 벼슬에 있었다. 백관들이 모인 강령전에서 소만이 불만을 터트리는 것은 드문 일이었다. 부루노는 요서 지역에 있었으나 연나라의 침략으로 부족 전체가 환도성으로 옮겨와 있었다.

"그러하옵니다. 부족의 제가들에게 사병을 거느리지 못하게 하는 것은 옳지 않습니다."

송양노의 제가도 반발했다. 어전이 일시에 술렁거렸다.

"제가들 중에 사병을 거느리는 자는 용납하지 않겠다. 열흘 안에 해산하라!"

담덕은 차갑게 영을 내렸다. 제가들이 웅성거리면서 물러갔다. 담덕이 철저하게 제가들을 탄압하자 제가들은 마지못해 사병들을 해산했다.

'나는 대륙을 경영해야 한다.'

담덕은 때때로 황궁의 뒷산에 올라가 대륙 경영의 웅지를 키웠다.

"스승님께서 요동태수로 부임하셔서 고구려의 서북쪽을 맡으셔야 하겠습니다."

담덕은 무예 스승 고양진을 요동성으로 보내기로 결정했다. 요동성은 소노부의 근거지로 고추가인 관천악이 제거되었지만 여전히 소노부의 부족들이 장악하고 있었다.

"삼가 명을 따르겠습니다."

"요동성은 우리 고구려의 요새입니다. 요서 경략의 중요한 위치가 될 것이오니 스승님이 아니면 저의 뜻을 펼칠 수가 없습니다."

"폐하의 원대한 뜻을 이룰 수 있도록 초석이 되겠습니다."

고양진은 군사를 거느리고 요동으로 떠나갔다.

담덕은 제가들의 사병을 해산한 뒤 몸소 모든 계획을 실행에 옮겼다. 백성들이 죽으면 친히 문상을 가서 가족들을 극진히 위로했다. 수레를 타고 밖에 나갈 때는 음식을 싣고 가다가 어린아이들을 만나면 불러서 머리를 쓰다듬어 준 뒤에 음식을 먹였다.

'제왕도 일을 해야 한다.'

담덕은 언제나 그렇게 생각했다. 농사철에는 친히 백성들과 함께 농사를 지었다. 봄에는 논을 갈고 가을이면 밭을 갈았다. 하곡이나 추곡을 거둘 때도 친히 백성들 앞에서 일을 했다. 담덕의 왕비인 아리수와 태후인 하약란도 손수 베를 짰다.

'나는 반드시 대륙을 정벌할 것이다. 대륙을 정벌하여 고구려의 위대한 옛 영광을 되찾고 연나라를 멸하여 할머니의 복수를 할 것이다.'

담덕은 때때로 드넓은 벌판을 바라보면서 심호흡을 했다.

아신왕은 고구려왕 담덕에게 수많은 군사가 몰살을 당한 것에 분노를 참을 수 없었다. 그는 군사를 대대적으로 양성하기 시작했다. 고구려를 꺾지 않으면 결코 대륙으로 진출할 수 없다. 아신왕은 오랜 숙원을 해결하기 위해 군량을 비축하고 궁수들을 양성했다.

아신왕은 즉위한 지 3년이 되었을 때 왕자 전지(腆支)가 태어나자 태자로 책봉하고 대사령을 반포했다. 그는 서제 홍을 내신 좌평으로 임명하여 국사를 돌보게 했다. 그러자 그의 동생들인 훈해와 설례가 반발했다.

"고구려를 쳐서 이겨야 한다. 한꺼번에 모두 정벌할 수는 없으니 압록강까지 진격한다."

아신왕은 어전에서 회의를 열어 고구려를 공략하도록 했다. 훈해와 설례의 반발을 일축해 버렸다.

"폐하, 백제는 흉년이 들었습니다. 이러한 때에 군사를 동원하는 것은 옳지 않습니다."

달솔의 직책에 있는 설례가 반대했다.

"무슨 소리인가? 우리는 몇 년 동안 쉬지 않고 군사를 양성하고 군량을 비축해왔다. 군사는 3만이나 된다."

아신왕이 설례를 쏘아보면서 말했다. 설례는 아신왕의 일에 사사건건 반대하고 있었다.

"7월은 가장 더운 때입니다. 이러한 때에 군사를 움직이면 지쳐서 전쟁을 할 수가 없습니다."

"달솔은 출전을 하는 나에게 반대하지 말라. 이는 우리 군사의 사기를 떨어트리는 일이다."

아신왕은 진무에게 영을 내려 손수 군사를 동원하고 선봉 대장군에 진무, 중군 대장군에 설례를 임명하여 출전했다. 백제의 3만 군사는 수곡성(水谷城 : 평산)을 향해 노도처럼 진군했다. 그들이 고구려 수곡성에 이르렀을 때 중군 대장군 설례가 다시 아신왕에게 출전을 중지할 것을 요구했다.

"폐하, 고구려는 담덕이 왕위에 오른 뒤에 군사들을 훈련시키고 있다고 합니다. 준비가 되어 있는 군사를 치는 것은 옳지 않습니다."

"너는 출전을 할 때도 반대를 했고, 전쟁이 임박해 있는데도 또다시 반대를 하여 아군의 사기를 떨어트리고 있다. 군대의 사기를 떨어트리는 것은 군령을 어기는 것이다."

아신왕이 대노하여 설례를 노려보았다.

"폐하, 신은 오로지 충정으로 말씀드리는 것입니다. 고구려군과 싸워서 이기기 어렵습니다."

"닥쳐라!"

설례는 아신왕이 충언을 올려도 받아들이지 않자 크게 탄식을 했다.

"아아, 이제 우리 백제 근사는 모조리 떼죽음을 당하게 생겼구나. 들판에는 시체가 즐비하게 늘어설 것이고, 까마귀가 하늘을 덮고 시체의 눈알을 파먹을 것이다."

설례는 아신왕 앞에 물러나와서 장수들에게 말했다.

"설례가 기어이 군법을 어기는구나. 아무리 나의 동생이라고 해도 용서할 수가 없다."

아신왕은 전신을 부들부들 떨면서 군법관을 불러 설례를 잡아다가 무릎을 꿇게 했다.

"군법을 어기는 자는 누구를 막론하고 참형에 처하게 되어 있다. 네가 비록 내 동생이라고 군령을 시행하지 않을 수 있겠는가? 군법관은 설례를 참형에 참수하라."

아신왕이 영을 내리자 장수들의 얼굴이 하얗게 변했다.

"폐하, 고구려군과 싸우기 전에 장수의 목을 먼저 베는 것은 상서로운 일이 아닙니다. 설례에게 장군직을 삭탈하고 선봉에 나서서 군사들과 싸워 공을 세우게 하소서."

장수들이 일제히 무릎을 꿇고 아뢰었다.

"설례를 중군 대장군에서 파직하고 부월수(斧鉞手)로 싸우게 하라."

아신왕은 장수들이 일제히 만류하자 설례를 일반 병사로 강등시켰다. 설례는 도끼를 들고 일반 군사들과 함께 선봉에 배치되어 싸우게 되었다.

"전군은 수곡성을 향해 돌격하라!"

아신왕은 백제군에 돌격명령을 내렸다. 백제군들이 일제히 수곡성을 향해 맹렬하게 돌격했다. 고구려군은 치열하게 저항했다.

"핫핫핫! 수곡성을 함락하라. 수곡성을 함락한 뒤에 평양성으로 진격한다!"

아신왕은 영루에서 군사들을 지휘했다. 수곡성의 고구려군은 치열하게 저항했으나 아신왕은 대군을 휘몰아 파도처럼 돌진했다. 고구려군의 수곡성은 화살이 떨어져도 개의치 않고 성벽을 기어오르는 백제 군사들에게 돌덩어리를 굴리고 있었다.

"핫핫핫! 고구려군은 무너지고 있다. 군사들은 힘을 내어 돌격하라!"

아신왕은 군사들을 독려했다.

"와!"

그때 백제 군사의 뒤에서 거대한 함성이 들리면서 고구려 군사들이 질풍처럼 달려오기 시작했다.

"고구려군이다!"

수곡성을 공격하던 백제 군사들은 대경실색했다. 고구려의 대군이 수곡성을 공격하는 백제 군사들의 후미에서 태풍이 몰아치듯이 사납게 공격해 오고 있었다.

"퇴각하라!"

아신왕은 얼굴이 창백하게 변해 군대에 명령을 내렸다.

"아신왕은 어디에 있느냐? 오늘 네 목을 벨 것이다."

고구려군의 장수 하나가 청룡언월도를 휘두르면서 달려왔다. 아신왕은 창백한 얼굴로 당황하여 칼을 뽑아 들었다. 그때 아신왕의 뒤에서 호위를 하던 부용이 활을 쏘았다. 아신왕을 향해 달려오던 고구려 장수가 부용의 활에 맞고 말에서 굴러 떨어졌다. 아신왕은 아슬아슬하게 고구려 장수의 청룡언월도를 피했으나 등줄기로 식은땀이 흘러내렸다.

"아신왕은 목을 바쳐라!"

그러나 고구려군 장수들과 군사들은 사방에서 아신왕을 목표로 공격해왔다. 아신왕의 뒤에 황기가 있는 것을 본 고구려군은 그것을 목표로 맹렬하게 공격을 퍼붓고 있었다. 백제의 장수들과 군사들이 아신왕을 보호하기 위해 병풍을 치면서 고구려군의 포위망을 뚫기 시작했다.

"이 황기는 내가 가져간다."

고구려군이 아신왕을 향해 대대적으로 공격하는 것을 본 설례는 질풍처럼 말을 달려 황기를 탈취하여 달아났다. 고구려군은 설례가 황기를 가지고 달아나는 곳에 아신왕이 있는 것으로 알고 설례를 쫓기 시작했다. 아신왕은 그 틈에 간신히 고구려군의 포위망을 뚫고 탈출했다.

아신왕은 대패하여 위례성으로 회군했다.

"설례 덕분에 대왕께서 목숨을 구하실 수 있었습니다. 설례의 관직을 회복하여 주소서."

백제의 대신들이 아뢰었다.

"아뢴대로 하라."

아신왕은 설례가 탐탁하지 않았으나 설례의 관직을 회복시켜주었다. 그러나 즉위한 뒤에 고구려와의 대전에서 잇달아 패했기 때문에 아신왕은 침통했다. 근초고왕 시대에 백제는 고구려를 능가하는 군사대국이었고, 근수구왕과 함께 평양성을 공격하여 고국원왕을 전사하게까지 했었다. 진사왕 시대에도 백제는 고구려에 결코 뒤지지 않았다. 그러나 아신왕 시대에 이르러 잇달아 고구려에 패하면서 아신왕은 백제인들로부터 비난을 받고 있었다.

"우리가 고구려에 패한 것은 군사들이 적었기 때문이다. 왜국과 동맹을 맺고 군사를 빌려라."

아신왕은 태자 전지를 왜국에 인질로 파견하고 군사를 빌려오려고 했다.

"아들이 아직 어린데 어찌 머나먼 왜국에 인질로 보내려고 하십니까?"

아신왕의 왕비 아개가 울면서 반대했다.

"고구려에 잇달아 패했는데 아들을 인질로 보내는 것이 무엇이 중요하다는 말이오?"

아신왕은 아개의 만류를 일축했다. 백제의 황궁에서도 대신들의 의론이 분분했다.

"고구려와 싸워 이기는 것은 백성들을 잘 보살펴 부유하게 만드는 것입니다. 백성들이 부유해지면 군사는 저절로 많아질 것입니다. 군사가 많은데 어찌 고구려군을 당적하지 못하겠습니까?"

설례가 고개를 흔들면서 반대했다.

"닥쳐라! 백성들을 부유하게 하는 것과 고구려를 치는 것이 무슨 상관이라는 말이냐?"

"고구려는 이미 많은 군대를 양성했습니다. 우리가 전쟁을 하지 않으려고 해도 고구려는 반드시 침략을 해올 것입니다."

훈해도 설례의 편을 들어 전쟁을 반대했다.

"그렇습니다. 고구려는 대륙을 정벌한다고 합니다. 대륙을 정벌하기 위해서는 남변을 안정시켜야 하기 때문에 우리를 먼저 공격할 것입니다."

계은종과 진모도가 훈해의 말에 찬동했다.

"폐하, 성을 수축하여 방어를 튼튼하게 한 뒤에 백성들에게 선정을 베풀어야 합니다. 백성들이 부유하지 않으면 결코 전쟁을 할 수 없습니다."

"선정, 선정하는데 내가 백성들에게 악정이라도 했다는 말이냐?"

"몇 년 동안 군사를 동원했기 때문에 백성들의 원성이 높습니다."

"닥쳐라! 선즉제인, 제인선즉이라고 했다. 우리가 먼저 공격을 해야지 고구려의 공격을 앉아서 당할 수는 없다."

아신왕은 설례와 대신들의 반대에도 불구하고 어린 태자 전지를 부용에게 보호하라는 영을 내리고 왜국으로 인질로 보냈다. 왜국에서는 이에 대한 답례로 군사 2천 명을 보내왔다.

아신왕은 다시 군사를 양성하기 시작했다. 진무는 좌장군에 임명되어 군사를 강제로 모으고 훈련을 시켰다. 백제는 수년에 걸쳐 군사들을 징발하자 백성들이 농사를 지을 수 없게 되어 원성이 하늘을 찌를 듯했다. 그래서 백제에서 살기가 어려워져 신라로 달아나는 자들이 속출했다.

진무는 마침내 군사들의 훈련을 마치고 고구려를 향해 북벌에 나섰다. 백제군은 보무당당하게 패수(浿水)까지 진격했다.

백제군이 국경을 침범한다는 소식은 즉시 환도성에 있는 태왕 담덕에게 보고되었다

"백제의 아신왕이 또다시 침략을 하는구나."

담덕은 아신왕이 패수에 이르렀다는 보고를 받자 즉시 전쟁 준비에 돌입했다. 그는 고구려에서 가장 강력한 군대로 양성한 철갑기병을 이

용하기로 했다. 철갑기병은 1만여 명이나 되었다. 담덕은 그 중에 7천 명을 선발하여 부대를 편성했다.

"백제의 아신왕이 패수까지 이르렀다. 우리는 단숨에 패수로 달려서 아신왕의 항복을 받을 것이다."

담덕은 군사들 앞에서 군령을 내렸다.

"그대들은 장차 대륙을 정벌할 철갑기병들이다. 백제 아신왕을 공격하여 그 위용을 보이라."

담덕은 7천 명의 철갑기병을 동원하여 패수로 전광석화처럼 달리기 시작했다. 담덕의 고구려군은 사흘만에 패수에 이르렀다. 그러나 그들은 정면전을 시도하지 않고 우회를 하여 백제의 뒤에서 진무의 백제군을 공격했다. 백제군은 앞에서 고구려군이 올 줄 알고 후방의 경계를 소홀히 했는데 한밤중에 고구려 철갑기병 7천 명이 들이닥치자 혼비백산했다.

백제군은 고구려군에게 몰살을 당하고 진무는 간신히 목숨을 건져서 달아났다. 백제군은 2만의 군사 중에 8천 명을 잃었다.

"오오, 고구려군에게 우리 군사가 또다시 대패를 당했다는 말인가?"

아신왕은 패수 일대에 가득한 백제군의 시체를 보자 비통했다.

"폐하, 신은 많은 군사를 잃었습니다. 신의 목을 베어서 억울하게 죽은 병사들의 넋을 위로하소서."

대장군 진무가 무릎을 꿇고 비통하게 외쳤다.

"그대에게 무슨 잘못이 있는가? 내가 반드시 우리 군사의 원한을 피로 씻을 것이다."

아신왕은 울면서 진무를 일으키고 위례성으로 회군했다.

고구려군도 많은 전리품을 노획하여 환도성으로 돌아갔다.

'전쟁은 용맹만으로 승리할 수 없다.'

담덕은 환도성으로 돌아오자 대대적으로 병기 개발에 나섰다. 투사기(投射器), 투창기(投槍器), 투석기(投石器)를 개발하기 위해 병기창(兵器廠)을 신설하고 대장장이와 목공을 비롯한 장인들을 선발하여 병기 제작을 하고 몸소 감독했다. 군사들도 진법에 맞춰 훈련을 하는 한편 수군(水軍)을 양성하고 전선(戰船)을 건조했다. 투구와 방패, 창을 제작하는 장인들이 고구려 전역에서 환도성으로 몰려오고 여자들에게는 갑옷을 만들게 했다. 사복시를 설치하여 말들의 훈련도 게을리 하지 않았다.

"폐하, 신첩과 바둑을 두시겠습니까?"

아리수는 때때로 담덕과 바둑을 두었다. 담덕은 아리수와 바둑을 두면서 진법을 개발하는 데 열중했다. 아리수와 바둑을 두다가 보면 여러 가지 포석이 나오고는 했는데, 정면전을 전개하는 척하면서 배후를 기습적으로 공격하는 방법이 가장 효과적이었다.

'바둑에는 무궁무진한 병법이 있다.'

담덕은 아리수와 바둑을 두면서 그렇게 생각했다.

한여름이었다. 환도성 황궁 내원의 어림지(御臨池)에 있는 수정루(水亭樓)에서 매미가 시원스럽게 울어댔다.

"폐하, 무얼 그렇게 골똘하게 생각하세요?"

아리수가 바둑을 두다가 담덕을 말끄러미 쳐다보았다.

"병법을 생각하고 있소."

담덕이 웃으면서 검은 돌로 아리수가 포진해 놓은 성을 공격하기 시작했다.

"호호호. 바둑은 많은 공성법(攻城法)과 방성법(防城法)이 있어요."

아리수가 하얀 이를 드러내놓고 유쾌하게 웃었다. 아리수는 이미 국수의 기력(棋歷)을 가지고 있기 때문에 담덕의 공격을 능수능란하게 방어했다.

"폐하, 오늘 첩이 이기면 출궁을 시켜주세요."

아리수가 웃으면서 담덕을 쳐다보았다.

"출궁이오? 왕비는 가고 싶은 곳이 있소?"

"말을 타고 싶어요."

"그렇다면 굳이 승패를 가려서 갈 필요는 없소. 내가 왕비와 함께 말을 타겠소. 그러잖아도 통구하에 있는 병기창을 가보려고 했소."

담덕은 호군 오살리를 불러 4위의 장군들까지 출궁 준비를 하라는 영을 내렸다. 병기창은 담덕이 국왕으로 즉위하기 전에 대장장이 곽충에게 영을 내려 장인촌을 만들었기 때문에 병기창이 들어서자 가족들까지 몰려들어 대촌(大村)이 되어 있었다.

담덕은 아리수와 장군들이 준비를 마치자 말에 올라타고 황궁을 나왔다. 황궁 앞의 주작대로를 오가던 성민들이 깜짝 놀라서 연도로 비켜서서 절을 올렸다.

"이랴!"

담덕과 아리수는 주작대로를 벗어나자 질풍처럼 말을 달리기 시작했다. 4위의 장군들과 국왕의 호위병들도 흙먼지를 자욱하게 일으키면서 담덕과 아리수의 뒤를 따르기 시작했다.

"폐하께서 오셨다."

담덕이 도착하자 장인과 공인들이 이리저리 뛰어다니면서 소리를 지르고, 병기창의 관리들이 황망히 달려나와 맞이했다. 장인촌은 순식간에 크게 술렁거렸다. 담덕은 말에서 훌쩍 뛰어내린 뒤에 아리수를 안아서 내려주었다.

"왕비께서도 오셨다."

"왕비께서 선녀처럼 아름답다고 하더니 정말이네."

장인과 공인들은 고개를 숙여 절을 하면서도 낮게 속삭였다.

"폐하, 어서 오십시오."

수염이 덥수룩한 곽충이 두 손을 모아서 공손히 읍을 했다. 담덕과 아리수는 나란히 걸어서 병기창을 시찰했다. 장군들이 뒤를 따르면서 호위했다. 거대한 용광로에서는 철광석을 녹이는 장정들이 웃통을 벗은 채 땀을 흘리고 있었고, 여기저기서 망치로 쇠를 단련하는 장정들, 풀무질을 하는 장정들이 가득했다.

"곽 소형, 투창기는 완성되었소?"

담덕은 병기창을 시찰한 뒤에 곽충에게 물었다. 곽충은 병기창을 총괄하는 소형직을 맡고 있었다.

"예, 우선 세 대를 만들었습니다."

곽충이 굵은 목소리로 대답했다.

"시험을 할 수 있소? 전장에서 유용하게 쓰이지 못하면 소용이 없소."

"폐하께서 보십시오."

곽충이 담덕과 아리수를 넓은 공터로 안내했다. 그 곳에는 이미 활처럼 만들어진 투창기가 설치되어 있었다.

"시험 발사를 하라! 폐하께서 친히 관전하신다."

곽충의 명령에 장정들이 투창기에 창을 세 개 꽂고 두 명의 장정들이 활시위처럼 만들어진 닥나무줄을 힘껏 잡아당겼다. 술율 대장군과 호군 오살리를 비롯하여 여러 장수들이 일제히 한 발 앞으로 나왔다.

"발사!"

곽충이 다시 명령을 내리자 장정들이 팽팽하게 당긴 시윗줄을 놓았다.

쇄애애액!

투창기에서 발사된 세 개의 창이 맹렬한 파공성을 일으키면서 까마득한 하늘로 날아갔다.

"이 정도면 적의 기병으로 이루어진 대열을 흐트러트릴 수 있을 것 같소."

담덕은 투창기의 창이 3백 보나 날아가는 것을 보고 술율 대장군을 돌아보면서 말했다.

"폐하, 투창기가 전장에서 요긴하게 쓰이겠습니까?"

술율 대장군이 투창기를 자세히 살피면서 의아한 표정을 지었다.

"대장군, 투창기는 빽빽하게 밀집한 적의 기병들을 흐트러트리기 위한 병기요. 투사기는 여러 대의 화살을 쏠 수 있지만 방패로 막을 수 있소. 그러나 투창기에서 발사된 창은 파괴력이 있어서 방패로 막을 수가 없어서 적의 기병들이 흐트러지게 될 것이오. 적의 방패를 뚫기 위한 병기요."

"예."

술율 대장군이 고개를 끄덕거렸다.

담덕은 병기창에서 일을 하는 장인들에게 상을 내리고 왕비 아리수와 함께 강변을 달린 뒤에 황궁으로 돌아왔다.

백제 아신왕은 군사를 모으기 시작했다. 그는 1년 3개월만에 다시 2만의 군사를 이끌고 고구려 정벌에 나섰다. 그들은 여러 날을 행군하여 청목진(靑木陣 : 개성)에 이르렀다. 그러나 날씨가 살을 에듯이 추워져 더 이상 진격을 할 수가 없었다. 아신왕은 청목진에 진을 치고 날이 풀리기를 기다렸다. 그러나 이번에도 고구려군의 대군이 환도성에서 달려와 청목진에 주둔한 백제군을 맹렬하게 공격했다.

"고구려군을 몰살시키라! 이번에야말로 황천에서 통곡을 하는 우리 군사들의 원수를 갚아야 한다."

아신왕은 패수에 배수의 진을 치고 고구려군과 격렬한 전투를 벌였다. 백제군은 고구려 철갑기병과 처절한 전투를 벌였다.

'이번에는 백제의 항복을 받아야 한다.'

담덕은 철갑기병을 보내 백제군과 정면전을 벌이면서 발해만에서 전선 3백 척을 동원하여 예성강으로 진입하게 했다.

"백제군을 모조리 죽여라!"

예성강으로 진입한 고구려 수군은 강을 거슬러 오면서 청목진에 주둔한 백제군의 배후를 공격했다. 아신왕은 경악하여 예성강에 가득한 고구려 수군을 응시했다.

"폐하, 고구려 수군이 오고 있습니다."

백제군 대장군 진무를 비롯하여 장군들이 당황하여 어쩔 줄을 몰라했다.

"고구려가 언제 수군을 양성했다는 말이냐?"

아신왕은 사색이 되어 군사들을 뒤로 물리려고 했다. 그러나 고구려 군선에서 내린 수많은 군사들이 활을 쏘면서 공격을 감행하자 많은 군사를 잃고 말았다. 고구려 수군은 패수 연안에 상륙하여 백제군의 후미를 맹렬하게 공격했다.

'고구려의 태왕 담덕은 전략의 귀재로구나. 수군까지 동원하여 백제를 공격할 줄이야.'

아신왕은 비통하여 입술을 깨물고 위례성으로 퇴각했다. 백제군은 진무가 패했을 때와 똑같은 상황에 놓여 또다시 군사의 대부분이 몰살을 당했다. 그러나 전쟁은 그것으로 끝난 것이 아니었다. 고구려군은 청목진에서 백제군을 격파하고 위례성으로 노도처럼 밀려왔다. 아신왕은 군사들과 백성들을 총동원하여 위례성 방어에 나섰다.

고구려군은 파죽지세로 남하했다. 고구려군이 지나는 성들은 모조리 파괴되고 군사들은 살육되었다. 처음부터 사기를 잃고 있던 백제 군사들은 고구려군이 투창기와 투사기까지 동원하여 맹렬하게 공격을 퍼붓자 변변하게 저항조차 할 수 없었다. 고구려군은 삽시간에 위례성을 에워쌌다. 백제의 위례성은 풍전등화의 위기에 처했다. 고구려군이 개발한 투창기의 창들이 성안에까지 날아오고, 투사기의 화살들이 황궁의 벽에까지 날아와 박혔다.

'아아, 내가 이게 무슨 꼴인가?'

백제 아신왕은 위례성이 고구려군에 포위되자 비통했다.

"폐하, 고구려군에게 항복을 청하는 것이 바람직합니다. 후일을 도모하시옵소서. 고구려군이 위례성을 포위하면 사직을 보존할 수가 없습니다."

백제의 문무대신들이 일제히 꿇어 엎드렸다.

"못한다. 내가 죽는 한이 있더라도 고구려에게 항복할 수는 없다."

아신왕이 비통한 목소리로 외쳤다.

"폐하, 사직을 보존하셔야 하옵니다."

"못한다. 백제에 어찌 이다지 장수가 없다는 말이냐?"

아신왕은 강경하게 외치면서 방어선을 구축하라는 영을 내렸다. 그러나 고구려군이 파도가 몰아치듯이 세차게 공격을 하고 있어서 백성들은 공포에 질려 성 밖으로 달아나기에 바빴다. 위례성은 서로 먼저 달아나려는 백성들로 아수라장을 이루었다. 성문을 닫아걸고 백성들이 달아나는 것을 막으려고 하자 백성들이 통곡을 하며 울부짖었다. 위례성이 백성들의 울음소리로 가득 찼다.

"달아나는 자는 내보내주라. 나라를 버리고 가는 자는 막지 마라."

아신왕은 심술을 부리듯이 영을 내렸다. 성문이 열리자 달아날 기회만을 노리고 있던 백성들이 일제히 달아났다. 백제의 도성 위례성은 삽시간에 텅 비었다. 백제의 대신들은 전전긍긍했다. 대신들 중에도 가솔들을 이끌고 백성들에 섞여 달아나는 자가 속출했다. 대장군 진무를 비롯하여 대신들이 아신왕에게 고구려에 항복할 것을 아뢰었다. 아신왕은 차마 고구려에 항복하기가 싫었다.

"폐하, 오늘의 수치는 내일의 영광이 될 것입니다. 수치를 참을 줄 아는 자만이 진정한 영웅입니다."

왕비 아개가 아신왕을 위로했다. 아신왕은 눈에 핏발이 서서 왕비 아개를 노려보았다.

"폐하, 사직을 보존하셔야 하옵니다. 위례성은 이틀을 견디지 못한다고 하옵니다."

왕비 아개가 꿇어 엎드려 울었다.

'그래 오늘의 수치는 내일의 영광이다.'

아신왕은 마침내 항서를 써서 고구려 왕 담덕에게 보냈다.

…상고해 보면 백제와 고구려는 형제의 나라로 다 같이 시조로 동명성
왕을 모시고 있습니다. 고구려는 형의 나라요, 백제는 동생의 나라인 것
은 우리 건국 시조인 비류와 온조왕이 모두 유리왕의 동생이기 때문입
니다. 신이 우매하여 형제의 정을 멀리하고 고구려의 변방을 공격하였으
니 태왕께서는 넓은 아량으로 은택을 베풀어주소서. 백제는 이날 이후
고구려를 깎듯이 형의 나라로 모시고 영원히 노객(奴客)이 될 것이며, 해
마다 조공으로 사람, 말, 곡식을 바칠 것입니다…

담덕은 아신왕의 항서를 보고 미소를 지었다. 아신왕의 말이 틀린 것
은 아니다. 백제의 건국 시조 비류와 온조는 고구려 제3대왕 유리와 형제
인 것이다. 그러나 수백 년이 흐르면서 형제라는 사실은 무의미해졌다.

…2대의 항서를 기쁘게 받아들이고 형 된 입장에서 아우에게 진실로
충고를 한다. 고구려는 천손의 후예로 대륙 정벌의 대업을 달성하기 위
해 노심초사해왔다. 이제 때가 이르렀는데 아우의 나라가 남변을 분탕
질하여 형의 나라를 번거롭게 하니 어찌 징벌을 하지 않을 수 있겠는가.
나는 왕 중의 왕 태왕이다. 은택을 베풀 때는 바다처럼 넓게 베풀 것이나
징벌을 내릴 때는 벼락처럼 무섭게 내릴 것이다. 해마다 조공을 바치고,
백성들을 전쟁에 동원하지 말라. 다시 남변을 번거롭게 하는 날이 있을
때는 나는 범처럼 사납게 달려와서 징벌할 것이다. 태왕은 결코 식언을

하지 않는다….

고구려 태왕 담덕은 백제의 아신왕에게 답신을 보냈다. 아신왕은 이
에 감사하는 뜻으로 동생 훈해를 인질로 보내고 1천 명의 노예를 바쳤
다. 담덕은 군사를 되돌려 회군했다. 백제의 위례성은 다시 평화가 찾아
왔다. 짐보따리를 이고지고 도성을 떠났던 백성들이 속속 돌아오고 황
궁도 안정을 되찾았다.

'왕 중의 왕 태왕이라고…?'

아신왕은 태왕 담덕의 서찰을 볼 때마다 이를 악물었다.

'나는 결코 이 치욕을 잊지 않을 것이다.'

아신왕은 고구려에 복수를 하기 위해 절치부심하여 군사를 양성하
고 군량을 비축했다. 백제의 백성들은 아신왕이 또다시 군사들을 양성
하기 시작하자 원성이 높아졌다. 아신왕은 오로지 고구려에 치욕을 갚
는 일만 생각했다.

"폐하, 지금까지 고구려와 백제의 전쟁은 우리 땅에서 이루어졌습니
다. 이번에는 전략을 바꾸어 바다를 이용해 고구려 영토에 상륙하여 도
성을 공격하는 것이 어떻겠습니까?"

대장군 진무가 제안을 했다.

"고구려 영토에 상륙을 한다고? 고구려 영토 어디에 상륙을 한다는
말인가?"

"발해만으로 상륙하여 대강을 따라 거슬러 올라가면 환도성에 이를
수 있습니다."

"좋다. 그러면 수군을 양성하자. 군선을 만들고 군량을 비축하라."

아신왕은 비로소 생기가 돌아 고구려를 정벌할 계획을 실행에 옮기기 시작했다.

"폐하, 이번에는 3년을 기한하고 수군을 양성해야 하옵니다."

"나도 생각하는 바가 많았다. 나는 전쟁 준비를 제대로 갖추기 전에 고구려와 싸울 생각부터 했다. 이제부터는 완벽한 준비를 하기 전에는 고구려와 싸우지 않을 것이다. 그대는 수군 양성에 주력하라. 나는 내치에 주력할 것이다."

아신왕이 비장하게 입술을 깨물었다.

담덕은 백제 아신왕의 항복을 받자 환도성으로 개선했다. 백제를 완전히 토멸할 수도 있었으나 토멸한 뒤에 백제의 영토를 다스리는 일이 문제였다. 태수나 자사(刺史)를 두어 다스릴 수도 있었으나 유민들이 반발하면 이를 진압하는 일이 번거롭게 된다. 담덕은 그 때문에 백제의 항복을 받고도 아신왕을 포로로 잡지 않고 회군한 것이다.

요동태수 고양진은 먼 들판을 묵연히 바라보았다. 영락대제 담덕에 의해 요동태수에 임명된 지 여러 해가 지나 있었다. 요동은 전방 50리 앞에 요하를 끼고 있어서 푸른 초원이 끝없이 펼쳐져 있었다. 한때는 고조선의 영토였고, 한(漢)나라 때는 한고조 유방이 4군을 설치하여 현도군이 있던 곳이기도 했다. 그러나 선비족의 일족인 후연(後燕)이 호시탐탐 침략할 기회를 노리고 있었기 때문에 항상 전운이 감돌고 있는 지역이기도 했다.

'폐하께서는 대륙을 경영할 웅대한 야망을 갖고 계신다.'

고양진은 영락대제 담덕의 얼굴을 떠올리자 무겁게 한숨을 내쉬었다. 요동태수에 임명되었을 때 그는 대륙 정벌의 초석을 놓겠다고 다짐을 했었다. 고양진은 요동태수에 부임하자 군사를 양성하는 대신 성을 증축하고 백성들을 부유하게 하는 데 모든 정력을 기울였다. 전쟁도 백성들이 부유해야 할 수가 있다는 것이 태왕 담덕의 지시였다.

'아아, 벌써 봄이 오고 있는가?'

고양진은 성루에서 아지랑이가 아롱아롱 피어오르는 들판을 바라보았다. 초원에 푸릇푸릇 봄풀이 돋아나고 햇살이 따뜻했다. 양을 키우는 사람들은 양떼를 몰고 풀을 찾아다닐 것이고, 농사를 짓는 사람들은 씨를 뿌릴 것이다.

"태수님, 성을 순찰하시겠습니까?"

요동성의 수비를 맡고 있는 장수 원월이 물었다. 요동 태수는 사방 1천리 안에 광양, 조선, 광릉, 성양, 대방, 낙랑 등 13개 성을 거느리고 있다.

"봄이 왔으니 겨우내 성들이 어떻게 지냈는지 순찰을 해야겠지."

고양진이 고개를 끄덕이면서 말했다. 순찰은 이미 며칠 전부터 준비가 되어 있었다.

"군사들을 이끌고 나오겠습니다."

원월이 성루를 내려가면서 말했다. 고양진은 대답 없이 아득히 펼쳐진 초원을 바라보다가 성루를 내려왔다. 원월이 무장한 군사 1천 명을 대기시켜 놓고 있었다.

"광릉으로 먼저 간다."

원월이 군사들에게 지시했다. 말들이 천천히 움직이기 시작하자 고양진도 말위에 올라타 광릉성을 향해 달리기 시작했다. 광릉성은 요동성에서 50리가 떨어져 있다. 고양진 일행이 1천 명의 군사를 이끌고 성내로 들어가자 거리가 왁자했다. 광릉성 성주 이영이 황급히 고양진을 마중 나왔다. 같은 성주라도 고양진은 자사급이고 이영은 태수급이었다.

"성내에 무슨 일이 있는가?"

고양진은 이영의 안내를 받으면서 말 위에서 물었다. 성안이 온통 잔치를 벌인 것처럼 들떠 있었다.

"수박대회가 열리고 있습니다."

이영이 머리를 조아리면서 대답했다. 수박대회는 고구려의 성이라면 어느 곳에서나 열린다.

"수박대회에 이렇게 군중이 많이 몰렸는가?"

"어제부터 청년 하나가 광릉성의 장사들을 모두 때려눕히고 있어서 성내의 군중들이 그를 보러 몰려들고 있는 것입니다."

"어떤 청년이기에 수박이 그렇게 능한가?"

고양진은 호기심이 동하여 이영의 안내를 받아 군사들을 훈련하는 연무장으로 갔다. 연무장에는 이미 군중들이 빽빽하게 도열하여 박수를 치고 함성을 질러대고 있었다. 고양진은 말에서 내려 군중들 틈으로 들어갔다.

'아니, 폐하께서 어찌 이곳에서 수박을 하고 계신다는 말인가?'

고양진은 태왕 담덕이 웃통을 벗고 장사들과 수박을 하고 있는 것을 보고 소스라쳐 놀랐다. 태왕 담덕이 아무 기별도 없이 광릉성에 와 있다는 사실에 그는 가슴이 철렁할 정도로 놀랐다. 그리고 보니 군중들 틈에 태왕 담덕의 호위병들로 보이는 사내들이 눈을 부릅뜨고 사방을 살피면서 비밀리에 경호를 하고 있었다.

"자, 누가 나와 겨룰 사람이 없소?"

태왕 담덕이 군중들을 돌아보면서 물었다.

"내가 한 번 그대와 겨루어 보겠소."

그때 군중들 틈에 우락부락한 장한이 배를 내밀면서 앞으로 나섰다. 나이는 얼추 30대 초반으로 보였으나 키가 9척이고 우람한 체구를 갖고 있었다. 사람들이 '황장사야, 황장사를 이기기 어려울 거야'라고 속삭이는 것으로 보아 장한은 광릉성 일대에 이름이 높은 장사인 모양이었다.

"좋소."

담덕이 사내를 맞아 대련 자세를 취했다. 장한은 어깨를 약간 구부리고 두 팔을 벌려 독수리가 병아리를 낚아챌 듯한 자세를 취하고 태왕 담덕을 덮쳤다. 태왕 담덕이 빠르게 몸을 피하면서 장한의 정강이를 걸어차자 쿵 하고 나동그라졌다. 사람들이 와자하게 웃음을 터트렸다.

"이놈! 네놈이 힘은 없고 기술만 있구나."

장한은 얼굴이 벌겋게 달아올라 벌떡 일어나 다시 담덕을 덮쳤다. 이번에는 담덕이 피하지를 못하고 장한에게 팔이 잡혔다.

"어디 이번에도 미꾸라지처럼 피하는가 보자."

장한이 담덕을 번쩍 들어 빙빙 돌리다가 휙 던졌다. 사람들이 우 하고 탄성을 내뱉었다. 담덕은 장한에 의해 던져지자 재빨리 공중회전을 하여 사뿐히 내려섰다. 사람들이 일제히 박수를 쳤다.

"이놈 봐라!"

장한이 데룩거리는 눈알을 굴리면서 담덕을 향해 씩씩거리며 정권을 내질렀다. 담덕은 그럴 때마다 팔꿈치를 이용하여 장한의 공격을 무위로 만들었다. 장한은 수도(手刀) 치기와 발까지 이용하여 맹렬하게 공격을 퍼부었다. 담덕도 지지 않고 받아치면서 발길질을 했다. 바람이 윙윙거리고 일어나는 한편 어지러운 보세(步勢)로 인하여 흙먼지가 자욱하게 일었다.

"천권(天權)!"

마침내 담덕의 수도가 장한의 가슴팍을 가격했다.

"헉!"

장한이 헛바람 빠지는 소리를 내면서 비틀거렸다. 그러자 담덕이 견광석화처럼 몸을 돌리면서 발차기로 장한의 턱을 찼다. 장한이 쿵 하고 나가떨어졌다. 사람들이 일제히 박수를 쳤다.

담덕이 공수를 하면서 군중들에게 인사를 하다가 고양진과 눈이 마주쳤다. 고양진이 공손하게 포권을 하여 예를 올리고, 고양진의 군사들이 일제히 무릎을 꿇었다. 군중들과 장한이 놀라서 담덕을 쳐다보았다.

"폐하다!"

군중들 속에서 누군가 소리를 질렀다. 그러자 군중들이 웅성거리다가 일제히 무릎을 꿇고 절을 했다.

"핫핫핫! 변장을 하고 각 성을 순행하고 있었는데 스승님께서 오시는 바람이 산통이 깨어졌습니다."

담덕이 유쾌하게 웃음을 터트렸다. 그때 호위병들 속에 섞여 있던 왕비 아리수가 담덕의 옆에 와서 섰다.

"왕비마마다!"

고양진이 거느리고 온 군사들 중에서 누군가 소리를 지르자 광릉성의 백성들이 웅성거리다가 일제히 무릎을 꿇고 절을 했다.

"신들이 왕비마마를 뵈옵니다."

남녀 백성들은 마치 선녀를 본 듯이 말했다.

"모두 예를 거두세요."

아리수는 잔잔하게 웃으면서 손을 내저었다. 백성들이 아리수를 보기 위해 밀고 밀리는 바람에 작은 소란이 일어났다.

"폐하를 뵙게 되어 무상의 영광입니다."

군중들 중에서 가장 연장자로 보이는 수염이 하얀 노인이 담덕에게 다가와서 공손히 허리를 숙였다.

"대궐에 있다가 변방에서 고생을 하고 있는 백성들이 어떻게 살고 있는지 살피러 왔소. 백성들은 모두 어떻게 지내시오?"

담덕이 촌노의 손을 잡아 일으키면서 물었다.

"폐하께서 어진 정사를 펼치시어 함포고복을 노래하고 있습니다. 다만 후연이 쳐들어올까 봐 그 점만이 걱정되고 있습니다."

"핫핫핫! 후연이 침략하지 못하도록 방비를 할 생각이오. 여러분들은 생업에 충실하시오."

담덕은 백성들을 일일이 위로하고 광릉성 태수의 관저로 향했다. 백성들이 담덕과 아리수가 지나가는 연도에 늘어서서 왕 중의 왕 태왕 영락대제 만세를 외쳤다.

"폐하께서 누추한 곳에 왕림하실 줄은 몰랐습니다. 진작 알아보지 못한 소인을 용서하여 주십시오."

광릉성 태수 이영이 무릎을 꿇고 사죄했다.

"태수는 일어서시오. 내가 변장을 하고 황궁을 나왔는데 어찌 알아볼 수 있겠소. 번거롭게 예를 갖추지 마시오."

담덕은 마치 형제에게 말하듯이 이영에게 인자하게 말했다.

"폐하께서 머나먼 변방까지 오신 것은 이유가 있을 것이라고 생각합니다. 신들에게 하명하소서."

이영이 다시 말했다.

"그렇소. 조만간 후연과 큰 전쟁을 하게 될 것이오. 연나라는 우리오 누대에 걸친 원수인데, 나는 이 기회에 연나라를 토멸하여 백성들이 전쟁 없이 평화롭게 살게 할 작정이오."

"연을 정벌하려면 수십만 군대가 필요할 것입니다."

고양진이 어두운 얼굴로 말했다.

"그렇소. 연과 전쟁을 하기 위해서는 30만 이상의 군대가 필요하오. 이 30만 군사를 전부 도성에서 이끌고 올 수는 없소. 대부분의 군사를 요동성 일대에서 모집해야 할 것이오."

"하오면 신이 20만 군사를 준비하겠습니다. 신의 관할에 13개의 성이 있은즉 각 성이 5천에서 2만의 군사를 모은다면 20만 군사를 모을 수 있을 것입니다."

"전쟁은 숫자로 하는 것이 아니오. 군사들을 모으되 훈련에도 전력을 쏟아야 할 것이오."

담덕은 고양진과 오랫동안 군사를 양성하는 일에 대해서 논의했다. 군사를 양성할 때 가장 어려운 점은 군사들이 훈련을 하는 동안 가족들이 양을 키우거나 농사를 지을 수가 없어서 생활이 어려워진다는 사실이었다. 담덕은 각 성에서 군량을 비축하여 군사들의 가족을 부양할 수 있도록 일정한 급료를 지급할 수 있는 체제를 갖추라고 지시했다. 군사들에게 지급할 급료로 사용될 군량이 부족할 때는 중앙에서 일정 부분을 담당하도록 했다.

담덕이 고양진과 군사 양성을 논의하고 있을 때 아리수가 광릉성의 부녀들을 접견하고 이야기를 나누었다.

"스승님, 이 일대는 앞으로 유주라고 부를 것입니다. 스승님께서 이 일대를 다스리셔야 합니다."

"삼가 영을 받들겠습니다."

고양진이 공손히 아뢰었다. 담덕은 광릉성에서 이틀을 머물다가 성양성으로 향했다. 고양진과 이영은 성양으로 향하는 담덕 일행을 성 밖까지 배웅했다. 갑옷을 입지 않고 깃발도 세우지 않고 2백 명의 호위병을 이끌고 성양성으로 달려가는 담덕 일행은 한낱 사냥꾼 무리로밖에 보이지 않았다.

'태왕 폐하는 대륙을 정벌하는 위대한 영웅이 되시겠구나.'

고양진은 흙먼지를 자욱하게 일으키면서 구릉을 넘어가는 담덕의 일행을 보면서 가슴 속에서 무엇인가 뜨거운 것이 끓어오르는 듯한 기분이었다.

두두두두. 말은 지축을 울리면서 질풍처럼 달려 요하에 이르렀다. 담덕은 아리수와 함께 구릉에서 시린 눈빛으로 요하를 내려다보았다. 요하 건너 아득한 들판에는 봄기운이 완연하여 목동들이 양을 끌고 초원을 찾아 이동하는 노랫소리가 끊어질 듯이 바람결을 따라 가늘게 들리고 있었다. 천 개의 고원과 천 개의 하늘로 이루어져 있다는 초원, 그 초원이 어느 사이에 봄 햇살로 가득했다.

"폐하, 이제는 봄이 오는 것 같아요."

아리수가 요하 강변에 늘어서 있는 수양버들을 보면서 말했다. 아리수는 두 달째 담덕을 따라 성을 순행하고 있었다.

"비가 오면 초원이 더욱 파래질 것이오."

담덕이 고개를 끄덕거렸다. 연둣빛으로 물이 오르고 있는 수양버들 사이로 은빛으로 반짝이는 강물이 내려다보이고 후연의 땅인 강 건너 들판에서는 목동들이 양떼를 몰고 언덕을 넘어오는 모습이 보였다.

"가자!"

담덕은 들판을 시린 눈빛으로 바라보다가 부하들에게 명령을 내리고는 채찍을 휘둘렀다. 말이 히히힝하는 소리와 함께 요하 강변을 향해 달리기 시작했다.

"이랴!"

아리수도 말갈기를 휘날리면서 담덕과 함께 강변으로 달려갔다.

"이랴!"

모두루가 거느리는 호위병들도 일제히 말을 달려 담덕과 아리수의 뒤를 따르기 시작했다.

'저게 무엇이지?'

담덕이 강변을 향해 달리고 있을 때 하얀 천 뭉치 같은 것이 떠내려오고 있는 것이 보였다. 담덕은 말을 세우고 강물을 따라 하얀 천 뭉치를 바라보았다.

'사람이다.'

강물에 떠내려 오는 것은 여인이었다.

"모두루, 사람이 틀림없지?"

"그러하옵니다. 폐하."

모두루도 강물을 보면서 대답했다. 담덕은 말에서 내려 강물로 달려들어갔다.

"폐하!"

아리수가 깜짝 놀라서 소리를 질렀다. 그러나 담덕은 이미 물속으로 달려 들어가 여인을 향해 나아가고 있었다. 모두루와 호위병들이 일제히 물속으로 뛰어 들어갔다. 담덕이 물속으로 헤엄쳐 들어가 꺼내온 여인은 17, 8세쯤 되어 보이는 어린 소녀였다. 다행히 소녀는 물에 빠진 지 얼마 되지 않은 모양으로 가느다랗게 숨결이 붙어 있었다. 아리수와 호위병들이 담덕과 소녀를 에워쌌다.

"폐하, 살아 있나요? 제가 좀 볼게요."

아리수가 인공호흡을 하자 소녀는 물을 토해내고 눈을 떴다. 소녀는 공포로 인하여 축 늘어진 채 등에서 피가 흐르고 있었다. 아리수는 소녀의 팔다리를 주물러 안정을 시켜주었다. 소녀는 한참이 지나서 정신을 수습한 뒤에 담덕 일행을 보자 눈물을 주르륵 흘렸다.

"너의 이름은 어찌되고 무슨 일로 물에 빠졌느냐?"

담덕이 소리를 죽여 흐느껴 우는 소녀의 얼굴을 살피면서 물었다.

"저의 이름은 몽유앵이라고 하고 부락이 도적들의 습격을 받고 있습니다. 저희 부락을 구해주세요."

몽유앵이 눈물에 젖은 눈으로 담덕을 바라보면서 말했다. 담덕은 소녀의 말에 가슴이 타는 것 같았다. 대륙에는 수많은 유동민들이 살고 있는데, 그들 중에는 다른 부족을 약탈하는 것을 생업으로 삼는 도적들도 적지 않았다.

"부락이 어디에 있느냐?"

"강의 상류를 거슬러 올라가면 멀지 않습니다."

"도적들이 아직도 있느냐?"

"도적들은 집들을 불태우고 부녀자들을 겁탈하고 있습니다."

"내가 도적들을 모조리 베어버릴 것이다. 가자."

담덕은 몽유앵을 안아서 말에 태웠다. 모두루와 호위병들이 일제히 담덕의 뒤를 따라 달리기 시작했다. 담덕이 상류를 거슬러 올라가다 낮은 구릉에 올랐을 때 북쪽 골짜기에서 검은 연기가 치솟고 있는 것이 보였다.

"폐하, 연기가 오르고 있습니다."

호위 장군 모두루가 옆에 와서 외쳤다.

"나도 보았다. 도적들이 우리 부락을 침략한 것이다."

담덕이 눈살을 찌푸리면서 말했다. 골짜기 곳곳에서 연기가 솟아오르고 있었다.

"오살리는 왕비를 보호하라."

담덕이 호군 오살리에게 영을 내렸다.

"예, 폐하!"

호군 오살리가 굳은 얼굴로 대답했다.

"가자!"

담덕은 부락민들이 침략을 당한 것이 분명하다고 생각하고 세차게 말을 달려갔다. 그들이 골짜기 입구에 이르자 부락에서 말울음소리와 비명소리가 난무하고 있었다. 부락은 유목민들로 보이는 장한들이 대두도를 휘두르면서 노략질을 하고 있었다. 장한들은 얼추 3, 4백 명이나 되어 보였다.

"초원의 이리들이구나. 놈들을 포위한 뒤에 모조리 도륙하라! 한 놈도 살려 보내서는 안 된다."

담덕은 칼을 뽑아들고 맹수처럼 외치면서 노략질을 하고 있는 초원의 이리들을 향해 질풍처럼 달려갔다.

"적이다!"

부락민을 노략질하던 장한들이 깜짝 놀라서 담덕에게 맞서 왔다.

"이놈들! 네놈들을 도륙하러 온 저승사자들이다."

담덕은 크게 소리를 지른 뒤에 대두도를 들고 달려오는 장한을 향해 일검을 그었다. 피보라가 일어나면서 장한이 처절한 비명을 지르고 나뒹굴었다. 호위 장군 모두루가 지휘하는 담덕의 호위병들은 흙먼지를 자욱하게 일으키면서 장한들을 에워싸고 창으로 찔러죽이기 시작했다.

"한 놈도 살려 보내지 마라."

담덕은 장한들을 닥치는 대로 베면서 부하들에게 호통을 쳤다. 모두루와 호해도 장한들을 에워싼 채 전장을 누비면서 창을 휘둘렀다. 부락은 이미 처절한 살육전이 끝나가고 있던 중이었다. 부락의 장정들과 남자들은 대부분이 죽고 여자들은 겁탈을 당하고 있었다. 그러나 담덕 일행이 들이닥치면서 장한들은 혼비백산하여 달아나려고 했으나 담덕의 호위병들은 정예 군사들이었다. 담덕도 고양진으로부터 오랫동안 무예를 익혀 왔기 때문에 수박대회에서 한 번도 패한 일이 없는 무예의 달인이었다.

"클클클! 어디서 온 놈들이 감히 우리와 대적하려고 하느냐?"

그때 갈포를 걸친 구척 장신의 괴인이 철퇴를 들고 성큼성큼 다가오면서 벼락을 치듯이 고함을 질렀다. 그가 걸음을 떼어놓을 때마다 땅바닥이 쿵쿵거리고 울리는 듯한 기분이었다. 그는 눈이 핏빛으로 번들거리고 있었고, 수염이 턱을 덮고 있었다. 담덕은 구척 장신의 괴인이 자신을 쏘아보자 압도되는 것을 느꼈다.

"음."

담덕은 자신도 모르게 낮게 신음을 삼켰다.

"클클클! 이 어르신은 요하 일대에서 염라사자로 불리는 어른이시다. 사람 고기를 먹고 살지."

괴인이 가슴을 앞으로 내밀고 철퇴로 땅바닥을 찍었다. 철퇴로 얼마나 많은 사람들을 죽였는지 철퇴가 온통 피에 젖어 번들거리고 있었다.

"천하에 악독한 놈이로구나. 내가 오늘 너를 죽여서 우리 백성들을 구하겠다!"

담덕은 바짝 긴장하여 암암리에 칼을 쥔 손에 힘을 주었다.

"클클클! 네놈의 머리통을 이 철퇴로 박살내 주마."

괴인이 철퇴를 번쩍 들어 허공에 휘둘렀다. 그러자 바람을 가르는 무시무시한 파공성이 들리면서 철퇴가 담덕의 머리를 향해 떨어졌다. 담덕은 가슴이 철렁하여 옆으로 재빨리 피하면서 칼로 괴인의 옆구리를 베었다. 괴인의 옆구리에서 피가 왈칵 쏟아졌다.

"이… 이놈이…!"

괴인이 핏빛 눈알을 굴리면서 더욱 맹렬하게 철퇴를 휘둘렀다. 담덕은 현란하게 보세(步勢)를 전개하여 괴인의 철퇴를 피하다가 오른쪽 어깨에서 왼쪽 허리 쪽으로 베었다. 괴인의 몸에서 한 줄기 혈선이 사선으로 그어지더니 피가 주르르 쏟아졌다.

"으아아악!"

괴인은 피가 분수처럼 뿜어지고 있는 몸뚱이를 살피다가 천지를 울리는 괴성을 질러댔다.

"탓!"

담덕은 공중으로 솟아오르면서 괴인의 목을 베었다. 담덕의 칼은 쇠를 두부처럼 벤다는 금강검(金剛劍)이었다. 곽충이 철을 녹일 때 인체의 머리카락까지 넣어서 단련한 검이었다. 담덕의 칼이 괴인의 목을 스치자 사이아아악 하는 소리가 들리면서 괴인의 머리가 떨어져 뒹굴었다.

도적들은 금세 피투성이가 되어 나뒹굴었다.

"폐하, 도적들을 모두 제압했습니다."

호위 장군 모두루가 달려와서 보고했다. 그의 몸도 피투성이가 되어 있었다.

"도적놈들을 모조리 죽였느냐?"

"다섯 놈을 생포했습니다."

"놈들을 대기시켜라."

담덕은 모두루에게 명령을 내리고 백성들을 살폈다. 백성들은 아직도 1백7, 80명이 살아 있었다.

"노인, 이곳의 이름이 어떻게 되고 주민은 얼마나 되오?"

담덕은 수염이 허연 촌노에게 물었다. 촌노는 가족들을 부둥켜안고 울고 있다가 담덕을 향해 일어섰다. 노인은 늙어서인지 허리가 구부정했다.

"부락의 이름은 흑석골이고 주민은 3백 명쯤 됩니다."

노인이 비통한 목소리로 대답했다.

"도적들은 어디서 온 자들이오?"

"요하 건너 염수(鹽水) 쪽에서 온 자들입니다."

"염수는 어디에 있소?"

"여기서 5백 리나 떨어진 곳에 있습니다."

노인이 비틀대면서 다시 가족들의 시체에 다가가서 울기 시작했다.

'염수에서 이 먼 곳까지 달려와서 노략질을 하다니…'

담덕은 뭔가 대책을 세워야겠다고 생각했다. 도적들이 한바탕 휩쓸어버린 흑석골은 지옥도가 펼쳐진 것처럼 처참했다. 여기저기 시체들이 뒹굴고 피가 뿌려져 아수라의 참상이 벌어져 있었다. 담덕은 호위 병사들에게 흑석골의 주민들을 돕도록 지시했다. 아리수도 소매를 걷어붙이고 아이들을 돌보고 부상자들을 치료했다.

"오늘 부락이 큰 피해를 입을 뻔했는데 귀인의 구원을 받았습니다. 실례지만 귀인께서는 어디서 오신 분인지요?"

마을이 어느 정도 정리가 되자 노인이 장정 몇 사람을 거느리고 와서 담덕에게 공손하게 인사를 했다.

"나는 환도성에서 왔소."

담덕이 빙그레 웃으면서 말했다.

"참으로 고마운 일입니다."

노인이 몇 번이나 머리를 조아려 사례를 했다. 호군 오살리가 노인에게 담덕의 정체를 밝히려 하자 담덕은 손을 내저어 만류했다.

"포로로 잡은 저자들의 팔을 하나씩 잘라서 돌려보내라. 그리고 놈들에게 말해라. 고구려에는 천손인 태왕 담덕이 있어서 국경을 침략하여 노략질하는 자는 모두 도륙을 할 것이라고…."

담덕의 무서운 영이 내려졌다. 오살리가 부하들에게 눈짓을 하자 부하들이 일제히 도적들에게 달려들어 팔을 잘랐다. 도적들은 처절한 비명을 지르면서 강을 건너 달아났다. 담덕은 부락을 재건하도록 호위 병사들에게 명령을 내렸다. 불에 탄 집은 수리를 하고 무너진 집은 새로 지어주었다. 그러는 동안 담덕이 고구려의 국왕이라는 사실이 알려져 흑석골의 백성들이 모두 감격하여 절을 올렸다.

"나는 우리 고구려의 여러 성을 순행 중에 있소. 백성들이 도적들에게 변을 당한 것을 모두 복구하겠소. 물론 죽은 사람은 돌아올 수 없겠으나 내가 다시 올 때는 저 먼 염수까지 정벌하여 다시는 우리 백성들이 약탈을 당하지 않도록 하겠소."

담덕은 백성들을 위로하고 호위 병사들이 가지고 있던 식량을 나누어 준 뒤에 흑석골에서 보름을 보냈다. 호위 병사들이 부락을 재건하는 동안 담덕은 아리수와 강가에 나가서 물고기를 잡고 골짜기를 누비면서 사냥을 했다. 사슴과 노루를 여러 마리 잡은 날은 마을 사람들과 고기를 구워 먹고 술을 마시면서 춤을 추었다.

하루는 담덕이 아리수와 요하에서 물고기를 잡고 있을 때 몽유앵이 말을 타고 달려왔다.

"유앵, 여기는 웬일이냐?"

담덕은 강에서 몸을 일으켜 몽유앵을 쳐다보았다. 몽유앵은 건강하고 아름다운 소녀였다. 눈이 맑고 살결이 뽀얗게 희었을 뿐 아니라 들판을 한 마리 망아지처럼 뛰어다녔다.

"폐하, 폐하께서 내일 떠나신다고 들었어요."

몽유앵이 말에서 내려 담덕에게 다가왔다.

"그렇다. 나는 요동 방면에 있는 13개 성을 모두 돌아보아야 한다. 왜 그렇게 숨이 차게 달려왔느냐? 내가 떠나면 하늘이 무너지기라도 하느냐?"

담덕은 얼굴까지 붉게 물들이고 허겁지겁 달려온 몽유앵을 보고 녀털대고 웃었다.

"폐하, 소녀도 따라가게 해주세요."

"핫핫핫! 나는 이 나라의 왕이다. 왕은 사사로운 시간이 없는 사람이다. 그러니 너를 돌봐줄 시간이 없다."

"소녀는 오로지 폐하를 따라가고 싶사옵니다."

몽유앵이 야무지게 입술을 깨물고 말했다. 담덕이 몽유앵을 지그시 살폈다. 몽유앵은 아리수가 담덕의 옆에 있는데도 거침이 없었다.

"폐하, 유앵을 후궁으로 삼으세요."

아리수가 담덕에게 밉지 않게 눈을 흘기면서 속삭였다.

"무슨 말이오?"

담덕이 깜짝 놀라서 아리수를 쳐다보았다.

"유앵을 보는 폐하의 눈이 심상치 않아요. 유앵도 완전히 폐하에게 빠졌구요."

"핫핫핫! 왕비는 공연히 의심하지 마시오."

담덕은 헛기침을 하고 낮게 대꾸했다. 몽유앵처럼 아름다운 소녀를 후궁으로 거느리는 것이 싫지는 않았다. 그러나 지혜로우면서 대고구려 왕비로서의 덕성을 갖춘 아리수를 실망시키고 싶지 않았다.

"호호호! 폐하와 같은 영웅이 어찌 저 하나로 만족하겠어요? 질투하지 않을 테니 환도성으로 데리고 가세요."

"정녕 괜찮겠소?"

"폐하가 후궁을 두지 않으면 조정 대신들이 내가 투기를 하고 있다고 생각할 거예요."

"핫핫핫! 나를 위해서가 아니라 왕비를 위하여 유앵을 후궁으로 삼아야 한다는 말이구려."

담덕이 유쾌하게 웃음을 터트렸다. 몽유앵은 담덕이 흑석골을 떠날

때 울면서 바라보았다. 담덕은 낮게 한숨을 내쉬고 부절을 하나 내주었다.

"유앵, 어른이 되면 환도성으로 오너라."

담덕은 몽유앵이 기뻐하는 모습을 본 뒤에 목저성을 향해 달리기 시작했다.

제 **3** 장

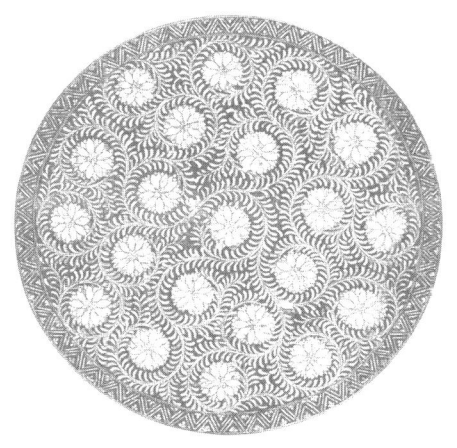

대륙의 지배자들

눈보라가 게차게 몰아치기 시작했다. 후연의 소무제(昭武帝) 모용성은 성을 나오자 눈보라가 자욱하게 날리는 요동 벌판을 바라보았다. 북위(北魏)를 치는 것은 여러 가지 문제로 승산이 없었다. 그의 선조들이 북위를 치려다가 내내 실패를 했고, 그것이 병이 되어 죽기까지 했다. 북위를 정벌해야 중원을 지배할 수 있지만 막강한 북위를 공격하는 것은 후연의 국력으로 어려웠다. 어려운 싸움을 굳이 하는 것은 사직의 존립마저 위태롭게 된다.

후연을 창업한 것은 전연(前燕)의 왕인 모용황의 다섯째 아들 모용수였다. 모용수는 용맹이 뛰어나 오(吳)왕으로 책봉되어 위명을 떨치고, 동진(東晉)의 환온(桓溫)이 공격해오자 이를 격멸시키기도 했다. 그러나 전연은 권력 쟁탈이 치열했다. 전연의 권력을 장악하고 있는 숙부 모용평(慕容評)이 시기하여 암살하려고 하자 모용수는 가까스로 전진(前秦) 왕 부

견에게로 망명했다. 그는 부견의 신임을 얻어서 전진에서도 용맹을 크게 떨쳤다. 비수의 전투에는 부견을 도와서 대승을 거두고 귀환한 뒤에 스스로 후연을 세우고 황제가 되었다. 그러나 모용수는 군사를 일으켜 서연(西燕)을 멸망시키고 북위 정벌을 단행하는 도중에 병으로 죽었다.

성무제 모용수의 뒤를 이어 혜민제(惠愍帝) 모용보가 후연의 황제로 등극하여 4년 동안 다스렸다.

모용성은 모용보의 아들이었다. 북위를 정벌하여 선조들의 원수를 갚으려고 했으나 강대한 북위군에게 대패하여 뜻을 이루지 못했다.

'북위를 치기 전에 고구려를 먼저 정벌해야 한다.'

모용성은 그렇게 생각했다. 고구려를 점령한 뒤에 고구려의 군사를 전위에 내세워 북위를 공격할 작정이었다. 고구려에는 천손이라는 영락대제 담덕이 즉위해 있었다. 고구려 전체를 정복하는 것은 어려울지 몰라도 요동 일대를 정벌하는 것은 그다지 어려운 일이 아니라고 생각했다. 고구려는 사방에서 위협을 받고 있었다. 남쪽에서는 백제가, 북쪽에서는 흑수말갈이, 동쪽에는 동부여가 고구려를 정벌하기 위해 호시탐탐 기회를 노리고 있었다. 그구려가 지배하고 있는 요동 일대를 장악하여 북위를 공격하는 전초기지로 삼아야 했다.

"폐하, 바람이 차옵니다."

평주자사 모용희가 옆으로 와서 말했다. 모용희의 뒤에는 한인 출신의 풍발, 고구려 출신의 맹장 고운(高雲)도 무장을 한 채 머리를 조아리고 있었다.

"고구려를 정벌할 것이다. 군대를 동원하라!"

모용성은 뒤에 서 있는 무장들에게 낮게 영을 내렸다.

"폐하, 지금은 혹한의 겨울입니다. 이러한 겨울에 출정을 하면 많은 군사들이 얼어 죽을 것입니다."

모용귀가 고개를 번쩍 들고 반대를 했다. 모용희는 모용성의 명령을 받고 평주에서 후연의 도읍 용성까지 달려온 것이다. 모용성이 갑자기 부른 이유가 군대를 동원하라는 영이라고 생각하자 등줄기가 서늘해져 왔다.

"겨울이라고 전쟁을 하지 않는가? 그대들은 언제까지나 안일하게 대처할 것인가?"

모용성의 눈꼬리가 사납게 치켜 올라갔다.

"송구하옵니다."

모용귀가 재빨리 고개를 숙였다.

"요하 건너에는 숙군성과 요동성이 있습니다. 이 두 성 중에 숙군성을 치는 것이 어떠하옵니까?"

장군 모득(母得)이 말했다. 모득은 모용희의 오른팔이었다.

"희는 어찌 생각하는가?"

모용성이 모용희를 살피면서 말했다.

"폐하께서 고구려를 정벌하는데 어찌 절기를 가리겠사옵니까? 요동성에는 고구려의 맹장 고양진이 있다고 하니 숙군성을 치는 것이 어떠하옵니까? 또한 요동성이 숙군성의 뒤에 있으니 숙군성을 친 뒤에 사정을 봐서 요동성을 쳐야 한다고 생각합니다."

모용희의 말은 적절한 것이었다.

"숙군성이라…"

모용성이 낮게 신음을 삼켰다. 숙군성도 주위에 여러 개의 성이 있어서 좀처럼 공격을 하는 것이 용이하지 않았다.

"숙군성을 치는 것이 마땅하옵니다."

평주자사 모용귀도 아뢰었다.

"황궁으로 돌아간다."

모용성은 결론을 내리지 않고 귀궁하기 시작했다. 천지사방에 자욱하게 날리는 눈보라 때문에 서둘러 귀궁하지 않으면 길을 잃게 된다. 모용성은 장군들과 군사들을 거느리고 눈보라 속을 달려서 연나라의 황궁으로 돌아와 장군을 소집했다. 장군들이 눈을 맞으며 황궁으로 속속 입궁했다.

"북위는 우리와 누대에 걸친 원수다. 북위를 쳐서 선조들의 원수를 갚아야 하지만 요동에 고구려가 있다. 고구려의 숙군성을 칠 수 있도록 군사를 동원하라."

모용성이 어전에서 영을 내렸다.

"삼가 영을 받들겠사옵니다."

모용희를 비롯하여 장군들이 일제히 군례를 바치고 물러갔다. 후연의 조정 대신들은 모용성의 동원령을 따르기 위해 전쟁 준비에 돌입했다. 그러나 한겨울에 많은 군사를 동원하는 것에 대한 반발도 만만치 않았다.

"폐하께서 한겨울에 군사를 동원하는 것은 옳지 않소. 허나 반대를 하면 살려두지 않을 것인즉 부득이 출정할 수밖에 없소."

한족 출신인 풍발이 고은에게 와서 말했다. 고운은 고구려 출신으로 전연의 모용황에 의해 선조들이 강제로 이주를 당한 뒤에 후연 땅에서 살고 있었다. 혜민제 모용보가 양자로 삼았으나 보위를 이은 것은 모용성이었다.

"저 또한 그 점을 걱정하고 있습니다."

고운이 근심이 가득한 표정으로 말했다. 풍발은 심지가 깊은 인물이라 한인이면서도 후연에서 막강한 권세를 누리고 있었고, 그를 따르는 장수들도 적지 않았다. 야심을 갖고 있었으나 도무지 내색을 하지 않아 속에 구렁이가 들어 있다는 소문이 파다했다. 50대 초반의 중후한 얼굴에 수염이 길게 나 있었다.

"폐하께서 워낙 강경하시니 출정을 하지 않을 수 없습니다. 출정을 하는 이상 승리를 해야 하는데 황자께서는 대책이 있으십니까?"

고운은 모용보가 양자로 삼았기 때문에 황자로 불리고 있다. 고구려 출신으로는 드물게 출세를 한 인물이다. 그는 모용의 딸 모용옥 공주와 혼례를 올려 모용보의 부마이기도 했다.

"대책이랄 것이 무엇이 있습니까? 숙군성을 공격하는 것은 먼저 초원의 부족을 공격하여 그들을 통합한 뒤에 그들을 앞세우는 것이 우리의 전통입니다"

고운이 풍발의 길게 찢어진 눈을 바라보면서 말했다. 고운은 무예가 출중할 뿐 아니라 병법에도 능한 인물이었다. 그러나 그는 야심을 갖고 있지 않았다. 훗날 북연의 황제가 되지만 오히려 풍발에게 축출당한다. 초원에는 수십 개의 부족이 있다. 작은 부족은 수백 명 단위에 불과하지만 수천 명을 거느린 부족들도 있다. 수천 명 단위의 부족을 거느린 군사들만도 1천 명 이상이 되는 경우가 적지 않았다. 고운은 그들을 통합한 뒤에 고구려를 공격해야 한다는 전략을 말한 것이다.

모용성이 전군에 동원령을 내리자 후연의 도읍 앞에 있는 벌판으로 속속 군사들이 집결하기 시작했다. 벌판은 온통 기치창검으로 뒤덮이고 군마의 말발굽으로 어지러워졌다.

"평주자사 모용귀는 표기장군으로 선봉을 맡아라."

모용성은 모용귀에게 3만의 군사를 주었다.

"정위장군 풍발은 2만으로 좌익을 맡는다. 우익은 황자 고운이 군사 2만으로, 황자 모용희는 3만으로 중군을 맡는다."

모용성은 친히 5만의 군사를 지휘했다. 후연군은 15만의 대군으로 동북평정군을 편성했다. 한겨울에 동북평정군이 집결하자 벌판이 온통 붉은 깃발로 뒤덮였다.

2월 초하루, 모용귀가 선봉군을 이끌고 출정했다. 3만 대군이 치중(輜重)과 군량까지 가지고 출정을 하자 연도의 군중들이 집결하여 환호했다. 아들과 남편이 출정을 하는 전쟁터였다. 후연의 백성들은 전쟁터에 나가는 아들과 남편이 살아 돌아오기만을 간절히 바라고 있었다.

초이틀에는 풍발과 고운이 출정하고, 초사흘에는 모용희가, 초나흘에는 후연의 황제 모용성이 중군을 거느리고 출정했다.

선비족들은 초원과 추위를 피해 대대로 남진을 해왔다. 중국에서는 이들을 호족(胡族)이라고 하여 오랑캐라고 여겨왔다. 탁발규는 내몽골의 바옌타라(巴彦塔拉)에서 태어나 선조들의 꿈을 이루기 위해 화북까지 내려왔다.

'나는 대륙과 중원을 통일하고 천하의 주인이 되어야 한다.'

탁발규는 가슴 속에 품고 있는 야망을 한시도 잊은 적이 없었다. 그러나 그의 나이 벌써 50이 넘고 있었다. 화북 일대를 평정하기는 했으나 대륙에는 후연이, 남쪽에는 동진이 있었다. 또 동쪽으로는 미지의 강대국 고구려가 있었다.

'내 대에 이루지 못하면 아들이라도 천하를 평정해야 한다.'

탁발규는 어전에서 동북쪽을 쳐다보며 깊은 생각에 잠겼다. 군대를 일으켜 부족을 통일하기는 했으나 북벌이나 동정(東征)을 쉽사리 단행할 수가 없었다. 황실 내에서도 권력 투쟁이 치열하게 전개되어 외척들까지 그의 자리를 노리고 있었다.

북위 정권을 수립하는 데 결정적인 공헌을 한 것은 유고인(劉庫仁)고 유권(劉眷) 형제였다. 탁발규는 하가촌에서 지혜로운 여자 하약란을 납치하여 아내로 삼으려다가 실패하자 한인 출신으로 쟁쟁한 명성을 떨치고 있는 유권의 딸 유설화(劉雪花)를 부인으로 맞이했다.

유설화는 이름처럼 아름다운 여인이었다. 성품은 상냥하고 우아한 기품까지 갖추고 있었다.

'여자는 지혜로운 것도 중요하지만 평화로운 가정을 이루게 하는 것도 중요하다.'

탁발규는 유권의 딸을 아내로 맞이한 뒤에 행복한 가정을 이룰 수 있었다. 그러나 탁발규가 부족을 통일하고 제국을 건국하자 외척들이 권력을 행사하기 시작했다. 나라를 건설하는 데 공을 세운 공신들도 패권 쟁탈을 벌였다. 그들의 패권 쟁탈은 때때로 탁발규를 노리는 일까지 발생하여 몇 번이나 암살의 위협을 당하기도 했다.

"폐하, 후연이 군사를 일으켜 초원으로 이동하고 있습니다."

황태자 탁발소가 어전으로 들어와 부복했다. 탁발소는 외사촌인 유현과 함께였다. 유현은 북위정권을 수립하는 데 공을 세운 유고인의 아들이었다. 북위의 군사들 중 절반이 그의 수중에 있었다.

"후연이 초원으로 이동을 하면 고구려를 친다는 말이냐?"

탁발규는 유현을 노려보면서 물었다.

"폐하, 초원의 유목민들을 치는 것으로 보입니다."

유현이 거만한 자세로 대답을 했다. 유현의 누이 역시 탁발규의 부인이 되었으나 딸만 둘을 낳고 젊은 나이에 죽었다. 그를 안타까워한 탁발규는 유현을 발탁하여 높은 벼슬을 내리고 왕위에 책봉을 했으나 유현은 야망이 많은 인물이었다. 그의 수하에 장사들이 모여들고 있다는 소문이 탁발규의 귀에까지 들려오고 있었다.

"유목민들을 왜 이 한겨울에 공격한다는 말이냐?"

"고구려를 공격하기 위하여 유목민들을 통합하여 군대에 두려는 술책입니다."

유현이 굵은 목소리로 대답했다.

"후연이 전략을 아는구나."

탁발규는 무릎을 치면서 탄복을 했다. 후연은 황제가 자주 바뀌고 있었다. 후연을 세운 모용수가 겨우 10년을 재위에 있었을 뿐 나머지는 기껏해야 2년에서 4년일 뿐이다.

"폐하, 이 기회에 군사를 일으켜 후연을 공격하는 것이 어떠하옵니까? 후연은 유목민들을 공격하느라고 대군을 일으켜 도성이 텅텅 비어 있습니다. 이때 우리가 10만 군사만 이끌고 후연을 공격해도 승리할 수가 있습니다."

황태자 탁발소가 아뢰었다. 탁발규는 아들의 진심을 살피기 위해 그를 가만히 쏘아보았다.

"후연이 군사를 회군하면 어떻게 할 것이냐?"

"그때는 도성을 점령한 뒤라 후연은 벌판을 헤매야 할 것입니다."

탁발규는 잠시 생각에 잠겼다. 탁발소의 말이 틀린 것은 아닐지 모른다. 10만 군사를 동원하고 후연의 도성 용성까지 달려가는 데는 한 달이면 충분하다. 그리고 후연군이 회군을 하여 온다고 해도 도성을 빼앗

거 사기가 떨어질 뿐 아니라 성을 오랫동안 방어하면 추위에 얼어 죽는 병사들이 속출할 것이다. 그때 성문을 나가 후연군을 공격하면 대파할 수가 있다. 탁발규는 일단 황태자 탁발소와 정남장군 겸 진왕인 유현을 물러가게 했다.

'유현이 탁발소를 사주하고 있는 것인가?'

탁발규는 어전에서 어둠을 노려보며 깊은 생각에 잠겼다. 북위의 권력을 잡고 있는 것은 국상 탁발혼과 황후의 부친인 유권이다. 유현은 부친 유고인이 북위 창업에 혁혁한 공을 세웠으나 유권에게 밀리고 있었다.

"폐하, 무슨 근심을 하시옵니까?"

밤이 늦자 황후가 어전으로 나왔다. 황후는 황태자 탁발소를 낳았으나 늙었다. 그래도 여전히 우아한 아름다움을 유지하고 있었다.

"황후가 어쩐 일이오?"

탁발규가 고개를 들고 황후를 바라보았다. 황후도 탁발규를 고뇌하게 하는 여인의 한 사람이었다.

'내가 죽을 때가 되면 황후를 죽여야 한다.'

북위에는 오래전부터 입자살모(入子殺母)의 전통이 있다. 아들을 태자로 세우면 외척들의 발호를 경계하기 위해 그 어머니를 죽이는 것이다. 탁발규는 자신의 손으로 황후를 죽여야 한다는 사실이 괴로웠다.

"폐하께서 근심이 많은 것 같아 들렸사옵니다."

황후가 입언저리에 살포시 미소를 띠고 말했다.

"나라를 경영하는 일이라 여러 가지가 모두 마음이 쓰이는구려. 그만 침전으로 갑시다."

탁발규는 황후와 함께 침전으로 갔다. 모처럼 간소한 술상을 내오라고 이른 뒤에 황후와 술을 마셨다. 금침 위에 눕자 대전 밖에서 눈보라를 날리는 음산한 바람소리가 들려왔다. 탁발규는 황후를 품에 안았다. 황후를 안아주는 일도 얼마 남지 않았을 것이라는 생각에 가슴이 저려왔다.

이튿날 황태자 탁발소와 유현이 어전에 다시 들어와 후연을 정벌할 것을 청했다.

"군사를 동원하라는 영을 내려라."

탁발규는 잠시 생각에 잠겨 있다가 탁발소에게 영을 내렸다. 탁발소와 유현이 절을 하고 물러갔다.

"폐하, 겨울에 군사를 동원한단 말입니까? 고구려를 정벌한다는 말씀이 사실이옵니까?"

늙은 국상(國相) 탁발혼이 군사를 일으킨다는 말을 듣고 어전으로 달려와 물었다. 어전에는 북위의 수많은 귀족들과 백관들이 후연을 정벌하는 문제를 논의하고 있었다.

"그렇소."

탁발규는 탁발혼을 지그시 응시하면서 말했다.

"겨울에 군사를 일으키는 것은 하책(下策)입니다."

"국상, 그대는 나를 도와 북위를 건국하는 데 많은 공헌을 했소. 나는 그대를 아버지처럼 여겨왔으나 더 이상 반대를 하면 용납하지 않겠소."

탁발규가 눈을 부릅뜨고 소리를 질렀다. 탁발규와 탁발혼의 관계를 잘 알고 있던 귀족들과 백관들이 놀라서 웅성거렸다.

"폐하, 신은 오로지 충정으로 드리는 말씀이옵니다. 겨울에는 군사를 동원해서는 안 됩니다."

탁발혼은 탁발규가 눈을 부릅뜨고 물러가라고 하는데도 강경하게 출정을 반대했다.

"물러가시오."

"폐하, 군사를 일으켜서는 안 됩니다."

"무엇들 하느냐? 저 늙은이를 끌어내라."

탁발규가 엄명을 내렸다. 군사들이 우르르 달려들어 탁발혼을 어전에서 강제로 끌어냈다.

"폐하!"

탁발혼은 어전 밖에서 통곡을 하고 울었다.

"시끄러운 늙은이로구나. 늙어서 망령이 든 것이야."

탁발규의 말에 백관들의 얼굴이 하얗게 변했다.

"북벌군 10만을 동원하되 병마대원수는 유현으로 할 것이다. 선봉장에 탁발소, 좌익장군에 부휠, 우익장군에 사마광이다. 열흘 이내에 군사를 소집하고 출정할 수 있도록 하라. 군량과 마초는 방난이 맡는다."

탁발규가 삼엄한 영을 내렸다. 북위는 때 아닌 군사 소집으로 비상이 걸리고 마초와 군량을 동원하느라 벌집을 쑤신 것 같았다. 유현은 열흘이 되자 10만 군사를 소집했다. 그러나 군량을 맡은 방난은 열흘 동안에 군량과 마초를 충분하게 동원할 수가 없었다. 10만 군사에 필요한 군량과 마초를 준비하는 일은 열흘로 너무나 기한이 촉박했다.

"군령에 따라 방난을 참수하라!"

탁발규가 지엄한 영을 내렸다.

"폐하, 방난은 공이 많은 장수입니다. 그를 죽이면 아니 됩니다."

장수들이 일제히 만류했다.

"방난을 대장군직에서 파직하고 곤장 50대를 쳐라!"

탁발규의 영이 떨어지자 평생 동안 탁발규를 따르면서 수많은 전투를 치른 방난이 파직되고 곤장을 맞고 풀려났다. 군사를 동원할 때는 군령을 삼엄하게 세우기 위해 아장 급의 장군들의 목을 베는 경우가 종종 있다. 그러나 방난과 같은 대장군이 파직을 당하고 곤장을 맞은 것은 전례가 없는 일이었다.

군량은 대장군 보기에게 돌아갔다. 대장군 보기는 군량을 담당하자 군사들을 동원하여 강제로 군량과 마초를 징발했다. 군사들에게 할당량을 주어 할당량을 채우지 못하면 군법으로 참수했기 때문에 이틀만에 참수를 당하는 군사가 70여 명이나 되었다. 대장군 보기가 강력하게 군사들을 몰아대자 사흘만에 목표로 한 군량과 마초를 채울 수 있게 되었다.

탁발규는 군량과 마초가 준비되자 직접 출정하려고 했다. 그때 국상 탁발혼이 황궁 앞에 엎드려 출정을 만류했다.

"늙은이가 망령이 들었구나. 탁발혼을 파직하라!"

탁발규는 어전으로 돌아와 탁발혼을 파직했다. 백관들이 만류하자 그의 일족들까지 모조리 파직하여 황도에서 떠나라는 영을 내렸다. 탁발혼의 일족은 조정에서 벼슬을 하던 자가 20여 명이나 있었다. 그러나 탁발규의 한 마디에 그들은 모두 파직된 뒤 황도에서 추방되어 눈보라 속에서 고향으로 돌아갔다.

"이틀 후에 출정을 할 것이다. 모든 준비를 갖추도록 하라."

탁발규가 다시 영을 내렸다. 그러나 이틀이 지나 출정을 하려고 할 때 병마대원수 유현이 말에서 떨어지는 불상사가 발생했다.

"녹상서사(錄尙書事)인 북해왕(北海王) 탁발상(詳)을 병마대원수에 명한다."

탁발규는 유현을 병마대원수에서 교체하고 일족인 탁발상을 병마대원수에 임명했다. 병마대원수 탁발상은 날씨가 좋지 않다는 이유로 닷새나 지나서야 군사를 출정시켰다.

북위의 10만 대군은 후연을 향해 행군을 하기 시작했다. 그들이 열흘 동안 행군을 하여 후연의 국경에 들어섰을 때 황도에서 다급하게 파발이 날아와 유현이 반란을 일으켰다는 보고가 들어왔다.

'후후… 내가 유현이 반란을 일으킬 줄 알았다.'

탁발규는 즉시 바옌타라로 돌아간 탁발혼에게 영을 내려 황도로 달려가게 하고, 황도에 남아 있는 방난에게는 안에서 호응하라는 영을 내렸다. 탁발혼과 방난 모두 탁발규의 치밀한 음모에 의해 물러났던 것이다.

"유현을 따르는 군사는 얼마나 되느냐?"

"8만 정도라고 하옵니다."

"8만이라면 문제없다. 우리에게 10만 군사가 있고 탁발혼이 3만 군사를 이끌고 올 것이다. 또한 방난이 황도에서 호응을 하면 유현은 견디지 못할 것이다."

탁발규는 군사를 회군하여 황도를 빽빽하게 에워쌌다.

"유현은 들으라. 네 어찌 반란을 일으키느냐?"

탁발규가 성루를 향해 고함을 질렀다.

"핫핫핫! 왕후 장상의 씨가 처음부터 따로 있는 것은 아니다."

유현이 성루에서 탁발규를 내려다보면서 대답했다.

"내 반드시 너를 죽이고 삼족을 멸할 것이다."

"핫핫핫! 그대는 거기서 얼어 죽을 것이다."

유현이 유쾌하게 웃음을 터트렸다. 탁발규는 탁발혼의 군사까지 합하여 맹렬하게 공격을 퍼부었다. 그러나 북위의 황도성은 고구려 출신인 고운이 축성 기술자들을 동원하여 축성한 성이었다. 성밑에서 치열하게 공격을 했으나 유현은 완강하게 버텼다. 오히려 탁발규의 군사들이 피해가 막대하여 계속 공격을 하는 것은 무리였다.

'방난이 어찌 호응을 하지 않는 것일까?'

탁발규는 방난이 유현에게 넘어간 것이 아닌가 하고 의심했다. 그러나 밤이 되자 성안에서 화살 하나가 쏘아져 나왔다. 화살 끝에는 이경에 일제히 공격을 하면 안에서 불을 지르면서 호응을 하겠다는 방난의 서찰이 묶여 있었다.

탁발규는 이경이 되자 군사들에게 일제히 불화살을 쏘도록 지시했다. 천지를 울리는 듯한 함성이 일어나면서 탁발규가 군사들을 동원하여 공격을 가하자 성안에서도 유현의 군사들이 반격을 하기 시작했다. 양군은 치열하게 공방전을 전개했다. 그때 성안 곳곳에서 불길이 치솟으면서 유현의 군사들이 당황하기 시작했다. 방난이 성안에서 유현을 공격하고 있는 것이 분명했다.

"전군은 성벽을 오르라!"

탁발규는 군사들을 직접 지휘했다. 군사들이 함성을 지르면서 성을 기어오르기 시작했다. 성안에서는 함성소리가 더욱 커지면서 방난이 거느린 군사들과 유현의 군사들 사이에 치열한 공방전이 벌어졌다. 탁발규의 군사들도 성벽을 기어올라 유현의 군사들을 맹렬하게 공격했다.

"성문이 열렸다! 전군은 진격하라!"

탁발규는 군사들을 성안으로 들여보냈다. 유현은 방난이 성안에서 호응을 하고 성문이 뚫리자 사색이 되어 군사들을 이끌고 북쪽 성 밖으로 달아났다. 탁발규는 성안으로 들어가자 유현의 일당에게 가담했던 자들을 색출하여 모조리 베어 죽였다. 성안이 온통 피로 물들고 시체가 즐비하게 깔렸다.

유현은 군사들을 이끌고 자신의 출신지인 회주로 달아났다. 회주는 인구가 10만이 넘는 대도시이고 주위에는 상당(上堂)을 비롯하여 큰 도시들이 즐비했다. 탁발규는 다시 탁발혼을 국상으로 발탁했다. 반역자들을 처단하고 도성을 정비한 북위의 도무제 탁발규는 깊은 생각에 잠겼다. 회주는 유현의 근거지이기 때문에 섣불리 군사를 보내 토벌을 할 수가 없었다.

"폐하, 신을 보내 주시오면 폐하의 근심을 덜어드리겠나이다."

대장군 방난이 어전에 들어와 아뢰었다.

"회주를 토벌하는 것은 쉬운 일이 아니다."

"속히 토벌하지 않으면 유현은 그 일대의 부족들을 동원하여 폐하에게 항거할 것입니다."

탁발규는 방난의 주청에 고개를 끄덕거렸다.

"군사 5만을 끌고 출정하라."

탁발규가 방난에게 영을 내렸다. 방난은 어전에서 물러나오자 즉시 군사를 소집하고 출정준비를 했다. 유현은 회주에 도착하자 대대적으로 군사를 소집하여 탁발규와 일전을 불사할 준비를 하기 시작했다.

"도무제는 전략을 아는 사람입니다. 반드시 군사를 파견하여 우리를 토벌하려고 할 것이니 이에 대한 대책을 세워야 할 것입니다."

유현을 받들어 반란을 일으키는 데 참가한 상당의 장군 원일이 아뢰었다. 유현은 즉시 회주 인근에 격문을 보내 군사를 모집했다.

…북위는 흉노들이다. 흉노가 중원을 침략하여 나라를 세우고 한인 백성들을 탄압하니 각 주(州)는 군사를 이끌고 와서 나와 합류하라. 합류하지 않는 자는 오랑캐로 여기고 토벌할 것이다…

유현이 격문을 보내자 각 주의 장자들이 속속 군사들을 이끌고 왔다. 그러잖아도 흉노족인 탁발규가 군사를 이끌고 북위를 세운 일에 대해서 불만을 갖고 있던 주의 장자들이었다.

유현이 북위의 도성에서 올 때는 불과 1만의 군사에 지나지 않았으나 각 주에서 속속 군사들이 몰려오자 순식간에 군사가 10만으로 불어났다. 유현은 군사들이 회주의 벌판에 진채를 가득 세운 것을 보고 만족했다. 이제는 북위의 도무제 탁발규가 직접 출정을 한다고 해도 격파할 자신이 있다고 생각했다.

방난이 5만의 군사를 이끌고 회주를 향해 노도처럼 들이닥친 것은 유현이 이미 10만 군사를 소집했을 때였다.

"방난이 5만 군사를 거느리고 오고 있습니다."

전방에서 시시각각 방난이 진군하는 상황을 보고해왔다.

"방난은 용맹만 있지 전략을 모르는 장수다. 원일은 3만 군사를 이끌고 용두산(龍頭山)을 우회하여 방난의 배후를 공격하라."

유현은 원일에게 3만 군사를 주고 회주에서 백리나 떨어져 있는 용두산을 우회하라는 영을 내렸다. 원일이 3만 군사를 이끌고 방난을 공격하기 위해 떠나갔다.

"좌장군 사도영과 우장군 유봉인은 각각 1만의 군사를 이끌고 용두산 협곡에 매복하라."

유현은 빠르게 영을 내렸다. 사도영과 유봉인이 군사를 이끌고 출정하자 유현은 손수 5만의 군사를 이끌고 용두산 앞으로 나아갔다. 용두산 앞에는 백리평이라는 평원이 있다. 5만 군사가 먼저 백리평에 도착하여 진채를 세우고 방난을 맞아 싸울 준비를 했다. 방난은 그들이 진채를 세운 지 이레가 지나서야 5만 군사를 이끌고 백리평을 향해 달려오기 시작했다.

"백리평에 유현이 군사를 이끌고 진채를 세웠습니다."

척후병들이 돌아와 보고했다. 방난은 용두산 협곡을 통과하기 전에 일단 군사들을 용두산 앞에 정지하게 했다. 협곡이 멀고 깊어서 군사들이 매복할 가능성이 있었다.

"척후병을 파견하여 매복이 있는지 살피라."

방난이 영을 내렸다. 장수들이 척후병을 파견하여 용두산 협곡을 샅샅이 살핀 뒤에 돌아와 매복이 없다고 보고했다.

"핫핫핫! 유현은 정녕 전략을 모르는구나. 이토록 험한 협곡에 매복

을 세우지 않았으니 그를 격파하는 것은 누워서 떡먹기다. 전군은 진군
하라!"

척후병들로부터 매복이 없다는 보고를 받은 방난은 즉시 진군령을
내렸다.

"대장군, 매복이 없다고 하더라도 협곡으로 들어가는 것은 위험한 일
입니다."

방난의 선봉장을 맡고 있는 양계신이 협곡으로 들어가는 것을 반대
했다.

"무슨 소리인가? 그대는 매복이 없다는 척후병들의 보고를 듣지 못했
는가?"

방난이 눈을 치뜨고 양계신을 노려보았다.

"척후병들의 보고가 있기는 했습니다만 협곡으로 들어가는 것은 병
법의 가장 하책입니다. 멀더라도 용두산을 우회해야 합니다."

"닥쳐라! 네놈이 어찌 병법을 안다고 나서느냐?"

방난은 양계신이 모욕감이 들 정도로 군사들 앞에서 호통을 쳤다.

"속히 진군하라!"

방난은 양계신의 말에 반발이라도 하듯이 군사들을 다그쳐 용두산
계곡을 향해 속보로 달리기 시작했다.

유현의 좌장군 사도영과 우장군 유봉인은 이때 용두산 북쪽에 있었
다. 방난의 척후병들은 계곡만 살피고 돌아갔지 산 뒤는 살피지 않았다.
그들은 멀리서 방난의 대군이 협곡을 향해 진군하는 것을 본 뒤에야 산
을 넘어 용두산의 협곡으로 들어가 매복했다. 협곡에는 조금만 전략을
아는 장수라도 군사를 매복시키기 때문에 척후병을 보내 매복 여부를

살피는 것은 장수의 기본이다.

원일은 3만 군사를 이끌고 용두산을 우회하여 방난의 대군이 용두산 협곡으로 들어가는 것을 지켜보았다.

'오늘 방난의 군사들이 떼죽음을 당하겠구나.'

원일은 군사들에게 깃발을 세우지 못하게 하고, 방난의 군사들이 협곡으로 완전히 들어갈 때까지 기다렸다. 방난은 양계신과 1만의 군사들을 앞에 세우고 자신은 중군에서 협곡으로 들어갔다. 용두산 협곡은 길이가 20리나 되었고 양쪽이 험준한 산비탈로 이루어져 있었다. 매복이 있으면 5만이 아니라 10만 군사라도 떼죽음을 당할 수 있는 위험한 지형이었다.

'매복은 없다. 매복이 있으면 척후병들이 모를 리 없지 않은가?'

방난은 양계신 때문에 기분이 꺼림칙했다. 그러나 협곡의 중앙에 이를 때까지 아무 일도 없었다. 협곡이 워낙 험준했기 때문에 군량과 여러 가지 장비를 마차에 실어 운반하는 대군은 협곡을 빠져나가기가 쉽지 않았다. 군사들은 협곡의 중간에 이르자 땀으로 온몸이 젖고 지쳤다.

"군사들은 행군을 멈추고 쉬도록 하라. 건량으로 식사를 하고 행군한다."

방난은 군사들이 힘들어하는 것을 보자 군령을 내렸다. 1만 군사를 이끌고 앞에서 달려가던 양계신이 깜짝 놀라서 달려왔다.

"대장군, 협곡에서 군사를 쉬게 하면 안 됩니다."

양계신이 백짓장처럼 하얗게 질린 얼굴로 방난에게 말했다.

"너는 어찌 나의 군령에 사사건건 반대만 하느냐?"

방난이 심통이 나서 양계신을 쏘아보았다.

"협곡은 속히 빠져나가는 것이 상책입니다. 여기에서 휴식을 취하다가 무슨 변을 당하려고 이러십니까?"

"닥쳐라! 나는 여기서 밥을 먹고 갈 터이니 너는 1만 군사를 이끌고 협곡을 빠져나가라!"

방난이 대노하여 소리쳤다. 방난을 둘러싸고 있던 장수들이 일제히 웅성거렸다. 양계신은 깊은 실망감을 느껴 선봉으로 돌아와 1만 군사를 이끌고 협곡을 빠져나가기 시작했다. 방난은 양계신이 군사들을 이끌고 먼저 떠나는 것을 보다가 영을 내려 군사들에게 휴식하게 했다. 군사들이 웅성거리면서 건량을 꺼내 식사를 하기 시작했다. 그러나 그들이 방만하게 휴식을 취하기 시작한 지 일각도 되지 않았을 때 양쪽 협곡에서 갑자기 우레 같은 함성이 들리면서 화살이 빗발치듯이 날아왔다.

"매복이다!"

"적이다!"

군사들이 놀라 비명을 지르면서 이리 뛰고 저리 뛰기 시작했다. 그러나 빗발치는 화살에 군사들은 처절한 비명을 지르면서 쓰러졌다.

"퇴각하라! 당황하지 말고 퇴각하라!"

방난은 사색이 되어 말에 올라타 군사들을 지휘하기 시작했다. 군사들은 대오도 갖추지 않고 우왕좌왕하면서 달아나기 시작했다. 그러나 그들의 뒤에는 원일이 3만의 대군을 거느리고 기다리고 있었다. 협곡에 매복한 군사들의 화살을 피해 퇴각하던 방난의 군사들은 원일의 군사들에 의해 도륙당하기 시작했다.

양계신은 1만의 군사들을 이끌고 백리평을 향해 나아가다가 협곡에서 사도영과 유봉인 군사들의 공격을 받았다.

"앞으로 나아가라! 전군은 속보로 달리라!"

협곡 안에서는 적과 싸울 수가 없다. 양계신은 군사들을 휘몰아 질풍처럼 협곡을 빠져 나왔으나 백리평에는 유현이 5만의 군사를 거느리고 기다리고 있었다.

'공연히 개죽음을 당할 필요가 없다.'

양계신은 일이 틀렸다고 생각하자 백기를 들고 유현에게 투항했다. 1만의 군사는 고스란히 유현의 군사에 편입되었다. 협곡에서 뒤로 퇴각한 방난은 원일의 3만 군사와 싸우다가 몰살을 당하고 말았다. 방난 자신도 원일의 화살에 맞아 비참한 죽음을 당했다.

토벌군이 유현에게 몰살을 당했다는 소식은 즉시 탁발규에게 보고되었다.

"양계신이 항복을 했다고 한다. 그의 일가들을 모조리 참살하라!"

탁발규는 대노하여 양계신의 일가 175명을 모조리 죽였다.

유현은 방난의 **토벌군**을 몰살시킨 뒤에 전공을 세운 장수와 군사들에게 골고루 상을 내렸다. 장수와 군사들이 크게 기뻐하면서 개선했다.

"도무제는 오랑캐다. 그가 황제로 있으면 우리 한인들을 몰살시킬 것이다."

유현은 지략을 갖고 있는 인물이었다. 그는 회주 일대의 한인들에게 흉노족에 대한 공포감을 불러 일으켜 단결하게 했다. 군사들을 양성하는 한편 군량을 비축하고 회주 일대의 백성들에게 민심을 얻기 시작했다.

'유현이 이놈이 끝내 나를 칠 생각이구나.'

탁발규는 유현이 민심을 얻기 시작하자 유씨 일족들에게 환멸을 느꼈다. 북위의 북쪽에 있는 후연의 움직임도 심상치 않았다. 탁발규는 두 곳에 적을 두고 있는 셈이었다.

'네놈이 그렇게 나온다면 나도 철저하게 응징을 할 것이다.'

탁발규는 군사를 양성하기 시작했다. 그러나 1년이 지나자 유현이 먼저 군사를 움직였다. 유현은 15만 대군을 일으켜 북위를 치겠다는 선언을 하고 한인들에게 격문을 띄웠다. 한인들이 곳곳에서 북위에 저항하여 들고 일어났다. 탁발규는 사방으로 군사를 보내 한인들을 격파하게 했다. 그러나 유현 때문에 정예군을 파견할 수 없었다.

유현은 회주에서 군사를 일으켜 조금씩 조금씩 앞으로 진격하기 시작했다. 10여 개의 성이 유현의 손아귀에 넘어갔다.

탁발규는 도리 없이 지구전을 펼치기로 했다. 한인들이 유현에게 합류하는 것을 방지하기 위해 변방의 성주로 있는 한인들을 우대하고 그들의 가족이 황궁을 숙위한다는 명목으로 도성으로 불러들여 인질로 삼았다. 유현이 군사를 일으켜 변방을 칠 때도 무리하게 군사를 출동시키지 않고 자체적으로 방어하게 했다. 유현은 몇 번이나 변방을 공격했으나 탁발규는 대응하지 않았다.

'후연의 모용성이 있는 한 유현을 함부로 공격할 수 없다.'

유현은 탁발규에게 있어서 복병이나 마찬가지였다. 여러 해가 지나자 유현도 전쟁을 일으키는 것을 단념했는지 회주에 머물러 있었다.

"누가 유현을 암살하겠는가?"

탁발규는 결코 유현을 잊지 않았다. 자나깨나 그는 유현을 죽일 생각에만 골몰하다가 대신들에게 물었다.

"신이 회주에 잠입하여 유현을 암살하겠습니다."

대신들의 말석에 있던 한 사내가 아뢰었다.

"그대는 누구인가?"

"신은 무명소졸에 지나지 않습니다. 탁군의 안광이라고 하옵니다."

"그대가 무슨 재주로 유현을 암살하겠는가?"

"주위를 물리치고 신의 말씀을 들으소서."

탁발규는 잠시 망설였다.

"저 자는 누구인가?"

탁발규가 국상 탁발혼에게 물었다.

"저 자는 원래 유현의 수하로 있던 자인데 유현에게 직언을 하다가 가족들이 모두 참수를 당했습니다. 안광만이 간신히 도망을 쳐서 도숭에 왔는데 신이 가련하게 여겨 말석에 세웠습니다."

탁발혼이 아뢰었다. 탁발규는 대신들을 물러가게 하고 안광을 가까이 불렀다.

"그대에게 무슨 계책이 있는지 소상히 말하라."

"신에게 무슨 계책이 있겠습니까? 신은 오로지 노모의 원수를 갚으려고 할 뿐입니다."

탁발혼까지 물러가자 안광이 갑자기 소매 속에서 비수를 꺼내 탁발규에게 달려들었다. 탁발규가 깜짝 놀라 뒤로 피한 뒤에 칼을 뽑아들었다. 안광의 비수는 아슬아슬하게 탁발규의 가슴을 스치고 지나갔다.

"여봐라! 자객이다!"

탁발규가 소리를 지르자 군사들이 우르르 달려왔다. 안광은 필사적으로 탁발규를 죽이려고 했으나 군사들이 에워싸고 공격을 하자 갑자기 앙천광소를 터트렸다.

"핫핫핫! 나는 안광이 아니라 유현에게 투항한 양계신의 아들 양광이다. 네가 노모를 참살했기에 복수를 하려고 했으나 하늘이 내 뜻을 이루어주지 않는구나."

양광은 하늘을 우러러 앙천광소를 터트리더니 스스로 목을 찔러 자결하고 말았다. 뒤늦게 달려온 탁발혼의 얼굴이 창백하게 변했다. 양광을 양계신의 아들인지도 모르고 조정에 들어오게 했으니 탁발혼의 책임이 큰 것이다.

"폐하, 신이 대역죄인을 몰라보고 조정에 발탁했으니 신을 죽여주시옵소서."

탁발혼이 어전에 무릎을 꿇고 대죄를 청했다.

"국상을 하옥하라!"

탁발규가 지엄한 영을 내렸다. 군사들이 우르르 달려들어 탁발혼을 하옥하자 북위 조정이 발칵 뒤집혔다. 탁발혼은 북위 정권을 수립하는 데 가장 큰 공을 세웠고, 탁발규의 그림자나 다름없는 사람이었다. 몇 번이나 조정에서 물러나 쉬겠다고 청했으나 그때마다 탁발규가 만류해 왔었다. 그는 일족이 모두 조정에 출사해 있었다.

"국상 탁발혼은 나라를 창업하는 데 많은 공을 세운 사람입니다. 폐하께서는 인재를 아끼시는 성덕을 갖고 계시니 국상을 사면하소서."

대신들이 일제히 아뢰었다.

"그자는 나를 암살하려는 자를 조정에 발탁했는데 어찌 죄가 없다고 하는가? 대죄를 내리라."

대죄를 내리는 것은 능지처참을 말한다.

"폐하, 탁발혼을 사하여 주소서."

대신들이 일제히 무릎을 꿇었다. 대신들이 일제히 반대하자 탁발규도 마음이 흔들렸다.

"탁발혼은 3천 리 밖으로 유배를 보내고 그 아들을 국문하라."

탁발규의 지시는 무시무시했다. 탁발혼의 아들들이 형부의 살벌한 조사를 받았다. 형부의 조사 결과 탁발혼의 큰 아들이 탁발혼에게 양광을 천거한 것으로 밝혀졌다. 탁발규는 탁발혼의 큰 아들 탁발민을 처형하고 부인과 아이들의 목도 베게 했다. 탁발혼의 다른 아들들은 모두 도성에서 추방했다.

탁발혼의 둘째 아들 탁발윤이 회주 유현의 장원에 나타난 것은 그로부터 한 달 후의 일이었다. 탁발윤은 유현 앞에서 통곡을 하고 울었다.

"국상 탁발혼이 북위에 지대한 공을 세웠는데도 한 번의 잘못으로 파가(敗家)를 했구나."

유현이 처연한 목소리로 말하고 탁발윤을 위로하기 위해 잔치를 베풀었다.

"탁발혼은 탁발규의 그림자나 다름없는 사람입니다. 어찌 그의 아들에게 잔치를 베풀어 위로를 하십니까?"

원일이 유현에게 아뢰었다.

"탁발혼의 아들을 후대하면 탁발혼이 나에게 올 것이다. 탁발혼이 오면 북위의 많은 대신들이 나에게 온다."

유현이 빙그레 웃으면서 말했다. 유현이 예상했던 대로 탁발윤을 후대하자 탁발혼이 밤을 이용해 귀양지를 탈출하여 유현에게 왔다.

"국상께서 이 쿨초한 사람을 찾아주시니 감격할 따름입니다."

유현은 대신들과 장수들을 거느리고 성 밖까지 나와서 정중하게 인사를 했다.

"늙어서 아무 짝에도 쓸모없는 사람을 환대해 주시니 살아 있는 것이 부끄럽습니다."

유현이 빈객의 예를 갖추어 대(臺) 아래서 세 번 절을 하고 세 번 술잔을 따라 올리자 탁발혼도 감격하여 세 번 절을 하고 세 번 술잔을 따라 올렸다. 이렇게 세 번을 거듭하여 서로가 9배를 올리자 대신과 장수들이 모두 탄복했다. 탁발혼이 유현에게 귀순하자 북위 조정에서 높은 벼슬에 있던 대신들이 다투어 유현을 찾아왔다.

탁발규는 대신들이 유현에게로 가면 그 가족들을 모조리 처형했다.

"폐하, 나라에 공을 세운 자들에게 가혹해서는 안 됩니다. 민심이 등을 돌릴 것입니다."

황태자 탁발소가 아뢰었다.

"창업을 할 때는 많은 인재들이 필요했다. 그 인재들에게 권력이 쏠려 황제를 능가하고 있다. 내가 그들을 처형하는 것은 신하들에게 나누어 주었던 권력을 빼앗아 너에게 주려는 것이다."

탁발규는 탁발소의 만류에도 숙청을 계속했다. 북위는 탁발규가 일으키는 숙청의 바람으로 숨을 죽였다.

유현에게 의탁해 있는 탁발혼과 탁발윤에게 북위에서 한 사내가 찾아왔다. 그는 탁발규에게 숙청을 당한 조정대신의 아들로 조강이라는 이름을 갖고 있었다. 탁발윤은 그를 유현에게 천거했다. 유현은 권력을 장악하자 여러 명의 첩을 두고 호화로운 생활을 하고 있었다. 한때 자신이 모시고 있던 탁발혼을 빈객이라고는 하지만 수하로 두고 있었기 때문에 기분이 좋았다. 탁발혼 부자와 조강을 대청으로 올라오게 하여 술을 마실 것을 권했다. 술이 몇 순배 돌자 조강이 갑자기 품속에서 비수를 꺼내 유현을 찔렀다.

"자객이다!"

군사들이 우르르 달려와 유현을 에워싸고 조강을 삽시간에 베어 주었다.

'아아, 이게 무슨 꼴인가?'

북위에서 국상까지 지냈던 탁발혼은 스스로 목을 매어 죽었다. 탁발윤은 유현에게서 달아나 깊은 산속으로 숨어버렸다.

자객의 칼에 찔린 유현은 시름시름 앓다가 죽었다. 유현이 죽자 반란군은 스스로 해산했다. 북위에서 일어난 반란은 이렇게 하여 수년 만에 진정이 되었다.

제 **4** 장

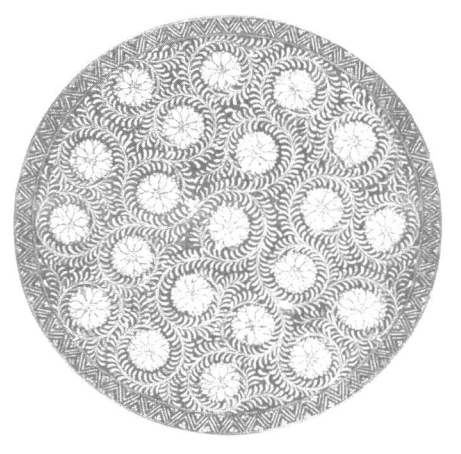

후연의 숙군성
정벌 작전

북위의 탁발규가 유현의 반란으로 골머리를 앓고 있을 때 후연의 모용성은 초원을 경략하느라 분주했다. 그는 대군을 일으켜 대륙과 초원을 휩쓸었다. 북위와는 언젠가는 존망을 결정하는 한판의 전쟁을 벌여야 할 것이 분명했고, 모용성은 그러한 시기가 점점 가까이 다가오고 있다는 사실을 의식하고 있었다. 북위와 한판 전쟁을 벌이기 전에 초원과 대륙을 평정해야 한다. 전연에서 고구려를 침략하여 폐허로 만든 뒤에 고구려는 한동안 존립이 어려울 정도로 위기에 처했었다. 상대적으로 허약해진 고구려를 공격하여 완전히 항복 받기 전에는 북위를 공격할 수 없었다.

동영지(冬營地)는 눈이 하얗게 내리고 있었다. 쓰이완 족이 수만 마리의 양떼를 이끌고 초원을 이동하다가 동영지에 머문 것은 지난 가을이

었다. 쓰이완 족은 전통적으로 유목생활을 하고 있었다. 그들은 선비족의 한 갈래였으나 후연의 간섭을 받지 않으면서 유목생활을 하고 있었다. 고구려가 다부족 연합정권이었듯이 후연도 수많은 유목 부족들이 주축을 이루고 있었다. 그러나 쓰이완 족은 초원에서 양들을 치면서 후연의 정권에 가담하지 않고 있었다. 그들은 어디든지 초원만 있으면 양떼를 몰고 이동했으나, 대부족이었기 때문에 침략을 받는 일도 드물었다.

"소몽, 오늘은 눈이 많이 오니 늑대들의 습격은 없겠지?"

쓰이완 족의 용사 철목아는 말을 타고 설원을 살피면서 옆에 있는 친구 오소몽에게 물었다. 겨울에는 굶주린 늑대들이 먹을 것이 마땅치 않아 유목민들의 동영지를 습격하고는 했다.

"눈이 그칠 때까지는 습격을 하지 않을 거야. 놈들도 눈이 올 때는 설원을 구경하는 모양이야."

오소몽이 철목아의 어깨를 툭 치면서 웃었다. 그들은 활과 화살로 무장을 하고 유사시에는 부족들에게 알리기 위해 각적을 소지하고 있었다. 머리에는 털모자를 쓰고 가죽으로 몸을 덮고 있었다.

"소몽, 눈이 그친 뒤에 사냥을 갈까?"

철목아가 오소몽에게 물었다.

"좋지. 사슴을 잡을 수 있으면 좋겠어. 사슴 피를 먹으면 몸이 더워지거든."

오소몽이 몸을 부르르 떨면서 먼 설원을 응시했다. 눈이 그치면 칸

자는 족히 쌓이기 때문에 사냥을 하는 것은 거의 불가능하다. 짐승들도 움직이지 않고 굴속에 숨어 있는 것이 일반적이다.

"이랴…! 이랴…!"

그때 자욱하게 날리는 눈발 속에서 백마가 한 필 달려왔다. 오소몽의 여동생 오소란이 파오 쪽에서 달려오고 있었다.

"저 말괄량이가 또 웬일이야?"

오소몽이 눈살을 찌푸리면서 철목아를 응시했다. 철목아의 어깨에 눈이 잔뜩 쌓인 것을 보면 쉽게 그칠 것 같지가 않았다. 오소란은 철목아와 결혼을 하기로 부모들이 어릴 때 혼약을 맺어놓고 있었다. 이번 겨울에 혼인을 하게 될지도 모른다. 오소란의 나이가 벌써 열여섯이 아닌가.

철목아는 오소란이 달려오는 모습을 보고 흥건하게 미소를 지었다. 장차 아내가 될 오소란이 점점 꽃처럼 피어나는 것 같아 흐뭇했다.

"오라버니!"

오소란은 그들의 앞에 도착하기 전에 소리부터 다급하게 질렀다.

"소란, 무슨 일이냐?"

오소몽이 불길한 예감을 느끼면서 오소란에게 물었다.

"아버지가 부르셔."

철목아의 아버지 철려근은 쓰이완 족의 족장이었다.

"너 철목아와 같이 있기 위해서 나를 쫓아버리는 것은 아니겠지?"

오소몽이 오소란를 윽박지르는 시늉을 했다.

"그런 게 아니야. 무슨 일이 일어나고 있는 것 같아."

오소란이 어두운 얼굴로 말했다. 오소몽은 그때서야 철목아와 오소란의 얼굴을 번갈아 살핀 뒤에 파오 쪽으로 달려가기 시작했다.

"소란, 무슨 일이야? 왜 그렇게 헐레벌떡 달려와?"

철목아가 오소란에게 물었다.

"자세히는 모르겠어요. 아무래도 전쟁이 벌어질 것 같아요."

"전쟁?"

"수메르 족장이 왔는데 후연에게 공격을 당했대요. 후연에 항복을 하지 않았다가 부족들이 멸망을 당했나봐요."

"이 겨울에 후연이 공격을 해온다는 말이야?"

철목아는 파오 쪽으로 멀어져 가고 있는 오소몽의 모습을 살피면서 어두운 표정을 지었다.

철목아는 오스란과 함께 말을 달려 파오로 돌아왔다. 파오는 장정들이 갑자기 분주하게 움직이고 있었다. 그와 함께 각 가문의 대표들이 더 족장 철려근의 파오로 소집되었다. 철목아도 집안의 대표였기 때문에 철려근의 유르트로 들어갔다.

"후연이 대군을 거느리고 우리 쓰이완 족을 향해 오고 있다. 우리는 초원에서 평화롭게 유목생활을 하기를 원하고 있으나 후연의 황제 모용성이 우리에게 투항을 요구하고 있다. 투항을 하게 되면 남자들은 후연의 군대에 끌려가 전쟁을 해야 한다."

철려근이 파오에 가득 모인 가문의 대표들을 살피면서 침중한 목소리로 말했다. 가문의 대표들 얼굴에 불안감이 서렸다.

"대족장, 전쟁을 회피할 수는 없습니까?"

"후연의 모용성은 고구려를 치기 전에 우리 쓰이완 족을 멸망시키려하고 있소. 후연의 목적은 우리가 아니라 고구려요."

"어찌되었든 후연의 군대가 되어 고구려 침략의 전위가 될 수는 없소."

"옳소."

가문의 대표들이 일제히 찬성했다.

"그렇다면 후연과 싸워야 한다는 말이오?"

"싸워야 합니다. 우리는 아직까지 어떤 나라에도 굽히지 않고 살아왔습니다."

가문의 대표들이 분개한 얼굴로 주먹을 흔들었다. 그러나 대표회의는 오랫동안 계속되었다. 후연의 10만 군대가 침략을 해오면 전체 인구가 2만밖에 되지 않는 부족으로서 당할 수밖에 없다고 설명하는 오소몽의 말이 노년층을 납득시켰던 것이다. 그러나 청장년층은 후연과의 전쟁을 요구했다.

"우리가 투항을 해도 남자들은 군대에 끌려갑니다. 남자들은 후연의 전위가 되고 노인들은 후연의 군량을 실어 나르는 노예가 될 것이 뻔합니다. 그리고 여자들은 후연의 군사들 노리개가 될 것입니다. 결국은 죽게 될 것인데 가족들에게 피눈물을 흘리게 할 수는 없습니다. 우리 가족은 우리가 지켜야 합니다."

"여러분들이 원한다면 전쟁을 합시다."

오소몽이 마침내 결단을 내리면서 쓰이완 족은 전쟁의 바람에 휘말렸다. 남자들은 무장을 하고 여자들은 성책을 쌓기 위해 돌을 나르고, 산에서 나무를 베어 날랐다.

후연의 대군이 쓰이완 족의 동영지인 소르빈 초원까지 달려온 것은 그들이 전쟁을 준비하기 시작한 지 열흘이 되었을 때였다. 설원을 가득 메운 후연의 대군을 본 철목아는 숨이 막히는 듯한 기분이 들었다.

모용성은 쓰이완 족의 동영지 소르빈 초원에 이르자 영루를 세우거 했다. 군사들이 직접 전쟁을 하는 것을 영루에서 지켜볼 셈이었다. 모용 희에게 영을 내려 쓰이완 족에게 투항할 것을 권고했으나 그들은 오히 려 사자에게 모욕을 가하면서 거부하고 목책 안에서 전쟁 준비를 했다.

후연과 쓰이완 부족은 소르빈 초원에서 대치했다.

"궁시병부터 공격하라!"

후연의 왕 모용성이 영루에서 영을 내렸다.

"궁시병은 활을 쏘라!"

후연의 수천 명의 궁시병들이 전면에 서서 앞으로 나아가 쓰이완 족 을 향해 활을 쏘기 시작했다. 화살이 빗발치듯 날아와 쓰이완 족의 몸 에 박혔다.

"용사들은 후연군을 격파하라!"

오소몽은 용사들을 이끌고 목책 밖으로 달려 나갔다. 전통적으로 백 병전에 능한 쓰이완 족의 용사들과 활로 싸우게 되면 고전을 하게 된다. 오소몽은 용사들을 이끌고 후연군을 향해 달리기 시작했다.

"쓰이완 족을 죽여라! 저항하는 자는 살려두지 마라"

후연은 처음부터 대군을 투입하여 쓰이완 족을 대대적으로 공격했 다.

쓰이완 족은 후연군에게 전멸당했다. 모용성은 쓰이완 족 용사들 대부분을 몰살시키고 여자들과 노약자들을 포로로 사로잡았다. 쓰이완 족이 동영을 하고 있던 동영지는 시체가 즐비하게 나뒹굴었다. 모용성은 수만 마리의 양떼를 노획하여 군량으로 충당했다. 모용성은 쓰이완 족을 섬멸한 뒤에 계속 동쪽을 향해 파도가 몰아치듯이 진군했다. 요하를 건너면서부터는 고구려 땅이었다. 모용성의 대군은 조양을 지나 고구려의 숙군성을 향해 질풍처럼 달렸다.

"군사들을 소집하고 환도성에 적의 침입을 즉시 알려라!"

숙군성의 태수 장철한은 후연이 군사 13만을 휘몰아 고구려의 숙군성을 향해 달려오자, 군사들을 소집하고 환도성에 다급하게 파발을 띄웠다. 고구려의 왕 태왕 담덕은 파발을 받자 깊은 생각에 잠겼다.

"연나라가 우리를 치는 것은 거란을 치기 위한 음모에 지나지 않는다.

우리는 그동안 군사를 양성하고 병기창에서 수많은 병기를 제작해 왔다. 그러나 지금은 때가 아니다. 숙군성을 구원하기 위해 군사를 출동시키면 안 된다. 나는 4위를 대폭 보강하여 철기군단을 만들어 연나라를 정벌할 것이다. 연나라는 우리와 누대의 원수다. 50년 전에 당한 치욕은 차후에 갚아줄 것이다."

담덕이 대신들과 장군들을 소집하고 영을 내렸다. 대신들과 장군들이 일제히 웅성거렸다.

"폐하, 허면 숙군성을 방어하지 않을 것입니까?"

대장군 술율과 을밀이 의아한 표정으로 담덕을 쳐다보았다.

"철기군단을 편성하는 데 2년 정도 시간이 필요하다. 또한 우리가 군대를 소집하여 숙군성으로 달려가려면 적어도 열흘은 걸릴 테니 그때는 이미 전쟁이 끝났을 것이다. 숙군성 자체로 방어하게 하라."

담덕은 연나라 군대가 숙군성을 공격하는데도 군사를 출정시키지 않았다. 연왕 모용성은 친히 군사를 이끌고 전쟁을 지휘·감독했다. 그는 표기대장군 모용희에게 선봉을 맡기고 숙군성을 파죽지세로 공격했다.

'하가촌의 하약란은 고구려왕의 모후가 되어 있다. 하약란이 고구려의 왕비가 되기 전에는 연나라에 조공을 바치는 속국이었는데 그녀가 고구려 왕비가 되면서 갑자기 강대국이 되고 있다. 고구려를 침공하여 반드시 하약란을 빼앗으리라.'

모용희는 하가촌에서 하약란을 탈취하려다가 실패한 일을 떠올리고 주먹을 움켜쥐었다. 하약란은 이미 고국양왕의 부인이 되었으나 그도 죽고 지금은 젊은 왕 담덕의 모후가 되어 있다. 하약란의 아들 담덕은 고구려를 강대한 제국으로 부흥시켜 가고 있었다.

'그때 하약란을 연나라로 데리고 왔으면 나의 여자로 만들 수 있었을 것이다. 그러나 이제는 남의 여자가 아닌가? 하약란의 아들이 더 강해지기 전에 제거해야 한다. 시라소니가 호랑이가 되기 전에 없애야 돼.'

모용희는 하약란을 생각할 때마다 가슴 속으로 찬바람이 불고 지나가는 것 같았다.

"후연을 방어하라!"

숙군성 성주 장철한은 후연을 방어하기 위해 치열한 전투를 벌였다. 그는 배후에 있는 요동성의 자사 고양진에게 구원을 청하는 밀사를 보냈다.

'백제가 왜군과 연합하여 비사성을 공격하려 하고 있다. 백제를 방어하지 않으면 안 된다.'

고양진은 숙군성 성주 장철한에게 숙군성 자체의 힘으로 후연을 방어하라고 지시한 뒤에 담덕에게 백제와 왜군의 동정을 보고했다.

'백제가 또다시 우리 고구려를 공격하려 한단 말인가?'

담덕은 요동성에 숙군성을 지원하라는 지시를 내리려다가 중단했다. 비사성이 무너지면 환도성까지는 불과 3, 4백 리밖에 되지 않는다. 오히려 비사성을 지원하기 위해 군사를 동원해야 했다.

후연은 파죽지세로 숙군성을 공격했다. 모용희를 비롯하여 고구려 출신의 고운, 한인 출신의 풍발이 각각 군사를 이끌고 숙군성을 대대적으로 공격했다. 숙군성은 풍전등화의 위기에 몰렸다. 환도성에서는 후연의 대군이 몰려오고 있는데도 구원군을 보낼 움직임이 없었고 수백 리밖에 떨어지지 않은 요동성도 백제가 침략을 해온다는 보고에 구원군을 보내올 수 없었다.

'아아, 하늘이 어찌하여 우리 숙군성에 이와 같은 재앙을 내리는가?'

숙군성 성주 장철한은 통곡을 하며 울고 싶었다.

"성주님, 이러고 계실 때가 아닙니다. 후연의 대군은 며칠 안에 성을 무너트릴 것입니다."

장수들이 비통한 표정으로 하늘을 보고 있는 장철한에게 말했다.

"우리는 결사항전을 해야 한다. 환도성에서 여기까지 군사가 올 수는 없다. 우리의 백성들이 모두 죽을 때까지 투항하지 말고 싸우라!"

장철한은 주먹을 움켜쥐고 비장하게 결의를 다졌다. 후연의 대군은 숙군성을 에워싸고 맹렬하게 공격을 퍼부었다. 양측의 공방은 치열했다. 그러나 성주 장철한을 비롯하여 고구려 군사들과 백성들이 죽음을 각오하고 필사적으로 방어를 했기 때문에 후연은 13만 다 군이 몰려왔으면서도 쉽사리 숙군성을 함락할 수 없었다.

숙군성의 공방전은 한 달 동안이나 계속되었다. 숙군성은 식량이 떨어지고 화살이 떨어졌다. 군사들의 군량을 대느라고 백성들이 굶어 죽는 일도 속출했다. 그래도 고구려군은 끝내 항복하지 않고 필사적으로 항전했다. 장철한은 사력을 대해 후연군을 막다가 피로가 누적되어 쓰러졌다. 봄을 재촉하는 빗발이 휘몰아치기 시작할 무렵 고구려군은 더 이상 항전을 할 수 없는 상태에 이르고 말았다. 후연군은 마침내 성 위로 새카맣게 올라왔다.

고구려군은 탈진하여 성루에 주저앉거나 누워서 꼼짝도 하지 못하고 있었다. 후연군은 고구려 군사들을 모조리 포로로 사로잡은 뒤에 숙군성으로 입성했다. 숙군성은 후연왕 모용성이 생각했던 것보다 훨씬 더 비참한 상태에 빠져 있었다. 숙군성 곳곳에 고구려 백성들의 시체와 허골이 나뒹굴어 목불인견의 참상이 벌어져 있었다. 그러나 성주 장철한과 함께 최후까지 항전한 고구려 군사들은 의연했다. 굶주리고 지친 모습이 역력했으나 고구려군은 비굴한 태도를 보이지는 않았다.

'고구려의 장철한은 참으로 훌륭한 성주로구나.'

모용성은 장철한이 과로로 인하여 죽었으나 감탄했다.

"고구려의 변방을 무력하게 만들라!"

모용성이 모용희에게 영을 내렸다. 요동성까지 진격할 수도 있었으나 많은 장수들이 요동성 진격만은 중지할 것을 청했다. 초원을 휩쓸고 고구려의 숙군성까지 함락한 모용성은 겨울의 대장정을 일단 중단했다.

모용희는 사방 7백 리를 연나라 영토로 편입시킨 뒤에 고구려 백성 5천 명을 연나라로 끌고 갔다.

숙군성이 후연에 패망했다는 보고를 받은 고구려의 태왕 담덕은 주먹을 불끈 쥐고 초원을 노려보았다. 숙군성에 구원군을 보내지 않아 성주 장철한을 잃은 것은 살점이 떨어져 나가는 듯한 고통이었다. 비사성을 향해 백제와 왜군이 연합하여 오고 있다는 보고 때문에 요동성에 숙군성을 구원하라는 영을 내리지 못한 것이 아쉬웠다.

'백제 아신왕이 항복했을 때 살려주었는데 또다시 우리 변경을 위협했어.'

담덕은 아신왕에게 분노를 느꼈다. 백제군과 왜군은 비사성을 공격했으나 요동성의 고양진이 군사를 이끌고 출정하자 변경만 노략질을 하고는 회군했다.

"이제는 대륙을 정벌해야 한다."

담덕은 정예군으로 철기군단 4군을 창설했다. 4군은 황룡군, 녹룡군, 적룡군, 흑룡군으로 각각 □만의 군사를 배치했다. 고구려의 정규군은 혼무군까지 5만에 이르렀다.

담덕은 부강한 나라를 만들기 위해 백성들의 생업을 적극적으로 장려했다. 백성들이 장사를 하는 데 방해가 되지 않도록 관리들이 수탈을 하지 못하게 하고, 농사를 지을 때면 군사들이 돕게 했다. 성의 태수들에게 명을 내려 백성들이 부유하게 살 수 있도록 도우라고 지시했다.

연나라에는 첩자를 파견하여 수시로 정보를 보내오도록 지시했다. 담덕이 가장 신경을 쓴 것은 철기군단의 양성이었다. 주력 5만의 철기군단만 있으면 어떤 군대로도 격파할 수 있었다.

백제군과 왜국 군사들이 수로를 이용해 또다시 비사성을 공격해 온 것은 담덕이 철기군단을 양성하기 시작한 지 2년이 지났을 때였다.

'백제군과 왜군에게 우리 철기군단의 위용을 시험해볼 것이다.'

담덕은 철기군단에 비사성으로 출정하라는 영을 내렸다. 백제군과 왜군은 발해반도에 상륙하여 비사성을 향해 질풍처럼 달려오고 있었다. 비사성은 공포에 질려 성문을 닫고 전쟁 준비에 나섰다.

'흥! 백제는 고구려를 반드시 멸망시키고 대륙의 주인이 될 것이다.'

아신왕은 군사들을 지휘하여 비사성에 이르렀다. 그는 비사성에 먼저 사자를 보내 투항할 것을 권고했다.

…나는 백제의 왕이다. 왜군과 연합하여 수만 명의 군대를 이끌고 왔으니 성주는 속히 투항하라. 투항을 하면 성주의 지위를 그대로 누리게 해 줄 것이나 저항하면 성안의 모든 백성들을 도륙할 것이다…

아신왕의 사자가 보낸 서찰을 받은 비사성 성주 두경운(杜慶雲)은 긴장감에 사로잡혔다. 환도성에 파발을 보내기는 했으나 언제 구원병이 올지 알 수 없었다. 두경운은 성루에 올라가 비사성 앞에 빽빽하게 진을 친 백제군과 왜군을 바라보았다. 백제군과 왜군은 얼추 5만이나 되어 보였다.

"들으라! 백제가 왜군까지 동원하여 우리 고구려를 침략하고 있다. 백제는 우리 고구려의 누대에 걸친 원수이고 왜군은 섬나라 오랑캐에 지나지 않는다. 도성에 파발을 보냈으니 폐하께서 철기군단을 거느리고 올 것이다. 전군은 죽음을 각오하고 백제군과 왜군을 물리쳐라!"

두경운은 군사들과 백성들을 모아놓고 열변을 토했다.

"와!"

군사들과 백성들이 창검을 흔들면서 일제히 함성을 질렀다. 그때 백제군과 왜군이 맹렬하게 공격을 감행해왔다. 백제군과 왜군은 성밑에 이르러 일제히 활을 쏘고 성벽을 기어오르기 시작했다. 화살이 비사성으로 비오듯이 날아오는 가운데 사다리를 놓고 성벽을 새카맣게 기어오르는 백제군과 왜군에 맞서 비사성의 군사들은 성주 두경운의 지휘 아래 치열한 방성전에 돌입했다. 거대한 통나무를 뾰족하게 해 수백 명이 수레에 싣고 맹렬하게 달려와 성문을 부수려고 돌진하기도 했다.

"돌을 굴려라! 백제군을 돌로 깔아 죽여라."

비사성의 군사들은 성벽을 기어오르는 백제군과 왜군을 상대로 처절한 사투를 벌였다. 백제군과 왜군은 여러 차례 공성을 시도하여 막대한 희생자를 냈으나 공성에 성공할 수 없었다.

"물러서라!"

아신왕은 비사성의 군사들이 완강하게 저항하자 일단 군사들을 뒤로 물렸다. 성벽을 새카맣게 기어오르던 백제군과 왜군의 시체가 성 밑에 즐비하게 쌓였다.

'지독한 놈들이구나.'

아신왕은 완강하게 저항하는 비사성에 놀랐다. 발해만에 상륙하여 몇 개의 작은 성을 파죽지세로 짓밟았으나 비사성처럼 완강하게 저항하는 성은 없었다.

고구려의 2개 철기군단이 비사성으로 들이닥친 것은 아신왕이 열이틀째 비사성을 공략하고 있을 때였다. 비사성의 군사들은 오랜 전투에 지쳐 변변하게 싸우지도 못하고 있었다.

"백제군은 기운을 내서 돌격하라! 비사성의 군사들은 다 죽어가고 있다! 돌격하라!"

아신왕은 군사들을 지휘하여 공성을 계속했다. 군사들이 다시 비사성 성벽으로 새카맣게 기어오르기 시작했다. 그때 비사성 뒤에서 붉은 깃발이 하나 떠오르더니 점점 많아졌다. 백제군과 왜군은 구릉으로 올라오는 깃발을 넋을 잃고 바라보았다. 어느 사이에 붉은 깃발이 구릉 위에 가득해지고 있었다.

"고구려군이다!"

백제 군사들이 공포에 질려 소리를 질렀다.

"구원병이 왔다."

사투를 벌이던 비사성의 군사들이 일제히 만세를 불렀다. 아신왕은 구릉에 가득해지는 고구려 철기군단을 보고 숨이 막히는 듯한 기분이었다. 철기군단은 전원이 기마병으로 이루어져 있었다.

두두두두.

마침내 지축을 흔드는 말발굽소리가 요란하게 울리면서 철기군단이 백제군을 향해 달려오기 시작했다.

"진법을 펼치라! 방패로 철벽을 쌓아라!"

아신왕은 당황하여 군사들에게 영을 내렸다. 대장군 진무를 비롯하여 백제의 장군들이 군사들을 독려하여 신속하게 대오를 정리하고 진을 펼치기 시작했다. 그러나 핏빛의 붉은 깃발을 날리면서 질풍처럼 달려온 고구려 철기군단은 백제군이 미처 진을 펼치기도 전에 무시무시한 기세로 창을 휘둘러 백제군들을 찔러 죽이고 있었다.

"아악!"

백제군이 여기저기서 비명을 지르면서 나뒹굴었다.

"침략자들을 박살내라! 한 놈도 살려 보내지 마라."

고구려 철기군단은 무시무시했다. 그들은 말에까지 철가면을 씌우고 맹렬하게 백제군을 짓밟았다. 왜군은 고구려 철기군단이 구릉에 나타났을 때 재빨리 후미로 빠졌다. 그들은 여차하면 해안으로 달려가 배를 타고 달아날 작정이었다. 그들이 예상했던 대로 백제군은 고구려 철기군단과 부딪치자마자 무너지기 시작했다.

"백제군이 밀리고 있다. 왜군은 해안으로 퇴각하라!"

왜군은 대장의 지휘를 받아 썰물처럼 해안으로 퇴각하기 시작했다. 그러나 그들이 해안에 이르렀을 때는 태왕 담덕이 지휘하는 고구려 철기군이 배들을 모조리 파괴하고 기다리고 있었다.

"핫핫핫! 섬나라 왜놈들이 여기가 어디라고 왔느냐? 저 놈들을 모조리 쓸어버려라."

태왕 담덕이 마상에 앉아서 칼을 뽑아들고 호통을 쳤다. 고구려의 철기군단은 담덕의 영이 떨어지자 순식간에 왜군을 짓밟았다. 투구와 갑옷으로 중무장을 하고 오랫동안 훈련을 받은 고구려 철기군단은 삽시간에 왜군을 격파했다. 왜군은 살아서 돌아간 자가 불과 수십 명에 이를 정도로 고구려 철기군단에 철저하게 붕괴되었다. 담덕은 왜군을 몰살시킨 뒤에 백제군을 압박하기 시작했다.

'고구려가 무서운 군대를 양성했구나.'

아신왕은 고구려의 철기군단을 보고 몸서리를 쳤다. 비사성에서 농성을 하던 고구려군도 성문을 열고 백제군을 일제히 공격했다. 백제군은 사방에서 적을 맞이하여 필사적으로 싸웠으나 대부분이 몰살을 당하고 아신왕과 대장군 진무를 비롯하여 수천 명만이 살아서 돌아갔다.

백제 아신왕은 육로를 통해서 비참한 패퇴의 길에 올랐다. 고구려군은 곳곳에서 그들을 습격했다. 아신왕은 이때의 치욕적인 패배로 위례성으로 귀환한 뒤에 시름시름 앓다가 이듬해 9월에 죽는다.

'아아, 하늘이 어찌 나를 내고 고구려에 담덕을 냈는가?'

한때 대륙을 통일할 영웅의 기상을 갖고 있던 아신왕은 태왕 담덕에게 막혀 끝내 대륙으로 진출하지 못한 채 한을 품고 눈을 감았다.

고구려 태왕 담덕은 바다를 통해 비사성으로 침략해온 백제와 왜의 연합군을 격파한 뒤 철기군단의 위용에 흡족했다. 철기군단은 적들이 활을 쏘고 쇠노를 쏘아도 전혀 위축되지 않았다. 그는 철기군단을 사열한 뒤에 대륙 정벌에 나서기로 결정했다.

고구려의 성이었던 숙군성은 연나라의 왕자 모용귀가 평주자사(平州

刺史)가 되어 다스리고 있었다.

"모용귀는 전략을 모르는 자다. 이제 숙군성을 공격하여 되찾자. 장렬하게 전사한 숙군성 군사들의 원한을 갚을 때가 왔다."

담덕은 손수 철기군단을 지휘하여 숙군성을 향해 달려갔다. 고구려 군의 사기는 드높았다. 담덕이 보위에 오른 뒤에 백제와의 전투에서 연전연승했고 담덕은 승리를 하면 반드시 전리품을 군사들에게 나누어주었다. 고구려의 5만 철기군단은 숙군성을 향해 질풍처럼 달렸다. 백성들은 군사들을 환송하기 위해 연도에 구름처럼 모여들었다.

"고구려의 대군이 숙군성으로 달려오고 있습니다."

숙군성의 평주자사 모용귀는 척후병들로부터 고구려군이 오고 있다는 보고를 받자 전군을 동원하여 방어에 나섰다. 모용귀는 즉시 후연의 도성에 구원병을 청하는 파발을 띄웠다. 그러나 모용귀가 구원병을 청했을 때 후연의 황제 모용성은 북위의 탁발규가 공격을 해올까 봐 군사를 일으키지 못하고 있었다. 반란군 유현을 토벌한 탁발규는 후연을 공격하기 위해 군사를 양성하고 있었다.

"숙군성은 우리의 성이다. 전군은 숙군성을 공격하라!"

담덕은 단숨에 숙군성 앞에 이르러 군사들에게 영을 내렸다. 고구려 군들이 일제히 숙군성을 공격하기 시작했다. 숙군성은 치열한 전투에 휘말렸다. 그러나 고구려군은 담덕이 오랫동안 양성해온 철기군단이었다. 철기군단은 투사기와 투석기를 이용해 후연군을 맹렬하게 공격했다. 후연군은 고구려 철기군단의 맹렬한 공격을 받으면서도 완강하게 성을 고수했다. 고구려의 대군은 숙군성을 에워싸고 치열한 공방전을 벌였다. 그러나 모용귀와 모용희를 비롯해 연나라 군사들이 죽음을 각오하고 방어를 했기 때문에 고구려 대군은 쉽사리 숙군성을 함락할 수가 없었다.

소보온은 고구려의 역사였다. 백인걸과 우장문도 용력이라면 누구에게도 지지 않는 장수들이어서 서로가 힘자랑을 할 때가 적지 않았다. 소보온은 숙군성을 대대적으로 공격했으나 뜻을 이루지 못하자 백인걸과 우장문에게 큰소리를 쳤다.

"내일은 내가 혼자서 숙군성을 공격할 테니 두 분은 구경이나 하시오."

소보온이 가슴을 두드리면서 소리를 질렀다.

"핫핫핫! 좋소. 그대가 대공을 세운 뒤에 우리가 나서겠소."

백인걸이 가슴을 두드리며 호쾌하게 웃음을 터트렸다. 날은 어느새 캄캄하게 어두워져 있었다. 담덕은 대군영에서 장수들과 전략회의를 했다. 모용희와 모용귀가 후연을 이끌고 완강하게 방어를 하고 있으므로 대책이 필요했다. 그때 소보온이 내일은 자신이 출정을 하겠다고 담덕에게 요구했다.

"좋다. 반드시 숙군성을 함락하라."

담덕이 소보온의 출정을 허락했다. 이튿날 아침이 되자 현무군의 장군 소보온은 군사를 이끌고 숙군성 앞으로 나가서 싸움을 걸었다. 그러나 후연군은 성안에서 꼼짝도 하지 않았다.

"핫핫핫! 적이 성문을 열지 않는다고 어찌 망설이고 있으랴."

소보온은 철퇴를 휘두르면서 성 밑으로 나가서 한바탕 춤을 추었다. 고구려군은 일제히 박수를 치고 후연군은 성 위에서 야유를 퍼부었다.

"누가 성 밑에서 춤을 추느냐? 내가 성 위로 끌어 올려주마. 용기가 있으면 이 밧줄을 잡고 성 위로 올라와 봐라."

성 위에서 후연의 한 장수가 밧줄 하나를 풀어서 성 밑으로 내려보내며 소리를 질렀다.

"그것이 무엇이 어려우냐? 내가 올라가리라!"

그때 남위 장군 우장문이 큰소리를 지르면서 달려나와 재빨리 밧줄을 움켜잡았다. 고구려군에서 일제히 함성이 일어나며 박수가 쏟아졌다. 우장문은 밧줄을 움켜잡자 몸을 솟구쳤다. 우장문의 몸은 한 줄기 바람처럼 가볍게 성루를 향해 달려 올라갔다.

"핫핫핫! 어서 오너라."

성 위의 후연 장수가 요란하게 웃음을 터트리며 칼로 밧줄을 잘랐다. 성루에 올라서려던 우장문의 몸이 반공(半空)에서 중심을 잃고 곤두박질쳤다. 숙군성의 높이는 까마득했다. 평범한 사람이라면 아득한 성첩(城堞)에서 떨어졌으므로 온몸이 으깨져 죽었을 터였다. 그러나 우장문은 사뿐히 떨어져 툭툭 몸을 털었다.

"와!"

고구려군 진영에서 우레와 같은 함성이 일어났다.

"핫핫핫! 네가 요행으로 살아났다마는 다시 올라올 수 있겠느냐?"

성 위에서 후연의 군사들이 밧줄을 내리면서 우장문을 조롱했다.

"흥! 내가 못 올라갈 줄 알았느냐?"

우장문은 다시 밧줄을 잡고 나는 듯이 성벽으로 기어오르기 시작했다. 마치 원숭이가 나무를 기어오르는 것처럼 조금도 힘이 들지 않았다.

"어서 올라오너라."

후연의 장수는 우장문이 성첩에 이를 만하자 밧줄을 싹둑 잘랐다.

우장문이 다시 성 밑으로 추락했다. 그러나 여전히 상처 하나 없이 멀쩡했다.

"핫핫핫! 네 조상이 원숭이인 줄은 모르겠다마는 또 올라올 수 있겠느냐? 자신 있으면 올라와 보라."

성 위에서 또다시 후연 장수가 밧줄을 드리우며 우장문을 조롱했다.

"오냐. 내가 어찌 올라가지 못하겠느냐?"

우장문은 밧줄을 움켜잡고 성벽을 빠르게 기어오르기 시작했다. 성 위의 후연은 우장문이 기어오르면 밧줄을 잘라서 떨어트릴 작정이었다. 그러나 두 번씩이나 후연에게 조롱을 당한 우장문은 성첩에 이르자마자 번개처럼 성루에서 내려다보던 후연 군사 하나를 낚아챘다. 동시에 후연이 밧줄을 칼로 싹둑 잘랐다

"아악!"

후연 군사가 처절하게 비명을 질렀다. 성첩에서 추락한 우장문은 멀쩡했으나 후연군 군사는 땅에 처박히자 퍽 하는 소리와 함께 머리가 터져 죽었다. 뇌수가 쏟아지고 사방이 후연 군사의 피로 낭자해졌다. 성 위의 후연 군사들은 얼굴이 하얗게 질렸다.

"핫핫핫! 어찌하여 밧줄을 내리지 않느냐? 다시 한 번 밧줄을 내려보아라!"

우장문이 성 위를 향하여 소리 질렀다. 후연 군사들은 입을 다물었다. 우장문은 껄껄 웃으며 진영으로 돌아왔다.

"이제는 내가 올라갈 것이다."

소보온이 철퇴를 움켜쥐고 말했다.

"내가 장군이 성벽을 올라갈 수 있도록 도우리라."

우위 장군 백인걸이 말했다. 소보온은 숙군성 성 밑에 이르자 성벽을 향해 쇠갈고리를 매단 밧줄을 던졌다. 후연이 깜짝 놀라서 쇠갈고리를 걷어내려고 했을 때 백인걸이 활을 쏘았다. 화살이 쇠갈고리를 걷어내려던 후연의 목을 꿰뚫었다. 후연이 처절한 비명을 지르며 나뒹굴었다. 소보온은 맹렬하게 밧줄을 타고 성벽을 기어오르고, 백인걸은 후연을 향해 잇달아 활을 쏘았다.

"와!"

고구려군이 일제히 함성을 질러댔다. 소보온이 마침내 숙군성의 성루에 올라가 육박전을 벌이기 시작했다. 백인걸은 잇달아 활을 쏘아 성루에 있는 후연군을 죽였다.

"성을 올라가라!"

소보온이 숙군성 성루에서 용전을 펼치는 것을 본 군사들이 다투어 성벽을 기어오르기 시작했다. 그와 함께 고구려의 군사들이 일제히 활을 쏘아 성루에서 고구려군을 공격하는 후연을 죽였다. 후연은 성벽을 기어오르는 고구려군을 죽이다가 고구려군이 쇠뇌와 활을 우박처럼 쏘아대는 바람에 효과적으로 막아낼 수가 없었다.

고구려군의 용맹한 육박전에 마침내 숙군성의 성문이 열렸다.

"성문이 열렸다. 고구려군은 성문으로 돌격하라!"

고구려군은 성문이 열리자 노도처럼 쇄도해 들어갔다. 평주자사 모용희는 대경실색하여 패잔병을 이끌고 허겁지겁 달아났다. 고구려군은 숙군성을 회복하고 백성들을 안정시켰다.

"숙군성을 회복한 군사들에게 상을 내리라. 용맹하게 싸우다가 전사한 군사들의 가족들에게도 전리품을 분배하라!"

담덕은 후연에게서 노획한 보물들을 모두 군사들에게 골고루 나누어
주었다.

담덕은 드넓은 초원을 바라보며 일단 숙군성에 연나라를 정벌하기
위한 전초기지를 마련해야 한다고 생각했다. 그는 숙군성을 증축하고
장군 해영종(高達)에게 성의 방위를 맡긴 뒤 개선했다. 고구려의 속국인
남쪽 신라에 왜군이 침입하고 있다는 보고가 들어왔던 것이다. 신라는
고구려에 조공을 바치고 인질을 보내 백제의 침략으로부터 보호를 받고
있었다. 속국을 보호해야 하는 것은 대국으로서의 의무였다.

'대륙을 정벌하는 것은 다음 기회로 미룰 수밖에 없구나.'

담덕은 왜군이 신라를 침공했다는 보고를 받자 철기군단을 이끌고
회군했다.

"폐하, 왜국과 가야군이 신라를 침공했습니다. 신라왕이 사신을 보내
구원을 청하고 있습니다."

고구려 철기군단이 환도성으로 개선하자 국상 소문신이 아뢰었다. 담

덕은 피로를 풀 여가도 없이 가야와 신라에 대한 자세한 동정을 보고 받았다.

"왜가 가야와 동맹을 맺고 신라를 치는 것은 용납할 수가 없다. 신라는 우리 속국이 아닌가? 또한 백제가 가야국을 병합하여 신라를 침공한 뒤에 고구려의 남방을 유린하면 대륙 정벌을 할 수가 없다."

담덕은 철기군단을 이끌고 남정을 하기로 결정했다.

"폐하, 숙군성을 공격한 군사가 돌아온 지 얼마 되지 않았습니다. 지금 다시 남정을 하면 군사들이 지쳐서 승리할 수가 없습니다."

대신들이 일제히 반대했다.

"왜가 신라를 치는 것을 용납해서는 안 된다. 왜는 백제와 연합하여 우리를 공격했는데 어찌 방임할 수 있겠는가? 신라왕에게 들으니 왜는 걸핏하면 신라를 침공하여 약탈을 해가고 있다고 한다. 또 신라의 밑에는 가야라는 여러 나라들이 있다고 하니 이 나라들을 정복하여 복속하게 할 것이다. 군사들은 내가 설득할 것이다."

덤덕이 어전에서 영을 내린 뒤에 철기군단의 장수들을 소집했다.

"그대들은 내 말을 한 마디도 빠트리지 말고 군사들에게 전하라. 나는 신라를 침공한 가야와 왜를 정벌하기 위해 남정을 할 것이다. 철기군단의 군사들이 숙군성을 공력하고 돌아온 지 얼마 되지 않아 피로가 누적되어 있다는 것을 알고 있다. 가야와 왜는 우리가 숙군성에서 돌아온 지 얼마 되지 않아 남정을 하지 못할 것으로 생각하고 있을 것이다. 우리는 가야와 왜의 허를 찌른다. 나는 천손이고 왕 중의 왕 태왕이다. 나는 너희들을 이끌고 남정을 단행한다. 신라를 구원하고 가야를 정벌하여 남쪽의 땅 끝을 보리라. 그대들은 남쪽 끝을 본 일이 있는가. 나는 그대들에게 남쪽 끝, 세상의 끝을 보여줄 것이다. 나와 함께 남정을 하는 자는 역사에 영원히 이름이 남으리라!"

담덕이 철기군단의 장수들에게 영을 내리자 장수들이 군사들에게 그대로 전했다. 철기군단의 군사들은 담덕을 따라 남진하겠다고 자원했다.

"가야와 왜가 방심하고 있는 틈을 타서 기습을 해야 한다. 우리는 신라의 도읍 금성까지 닷새만에 주파한다. 적을 기습하는 것은 기동력이다."

담덕은 철기군단을 이끌고 속보로 남진하기 시작했다. 고구려의 철기군단은 압록강을 건너 빠르게 남진했다. 개마고원을 지나 북원(北原)에 이르자 신라의 태수가 마중을 나와서 절을 했다.

"왜군은 어디까지 왔는가?"

담덕은 말위에 앉아서 신라의 태수를 살폈다.

"금성(金城 : 경주)을 포위하여 공격하고 있습니다."

신라의 북원 태수 양달이 황공한 듯이 대답했다.

"왜군 단독으로 공격을 하고 있는가?"

"가야와 연합하여 공격을 하고 있습니다."

담덕은 신라 태수의 보고를 받자 군사를 4로로 나누어 진격하게 했다. 고구려 철기군단은 무인지경으로 신라의 강역을 휩쓸면서 금성으로 달려갔다. 금성은 이미 왜국 군사들과 가야국 군사들이 겹겹이 에워싸고 공격을 하는 한편 주위의 촌락에서 재물을 약탈하고 부녀자들을 겁탈하여 아비규환의 참상이 벌어지고 있었다.

"가야는 어떤 나라인가?"

담덕이 사벌주에 진을 치고 장수들에게 물었다.

"가야는 원래 아홉 개 촌락의 촌장이 각 촌을 다스리는 부족국가였는데 금관가야국의 수로왕이 통일했다고 합니다. 지금은 여섯 가야가 연맹을 이루고 있습니다. 중극과 왜와 무역을 하고, 농사를 주로 짓고 있습니다."

가야에 대해서 비교적 정통으로 파악하고 있는 사벌주 태수 설호가 아뢰었다.

"왜국은 나라 꼴도 제대로 갖추지 못한 미개한 나라이다. 왜국 군사들을 철저하게 도륙하여 다시는 침략하지 못하게 하고, 가야는 고구려의 속국으로 만든다."

담덕이 장수들에게 영을 내렸다.

"폐하, 군령을 내려주십시오."

"왜국 군사들과 가야국 군사들이 금성을 포위하여 공격하고 있다. 전군은 4로로 나누어 동서남북에서 일제히 공격하라. 진군하라!"

담덕의 군령이 떨어졌다.

"예!"

철기군단의 대장군들이 일제히 군례를 바쳤다.

"전군, 속보로 진군!"

고구려군은 전고를 울리면서 가야군과 왜군을 향해 질풍처럼 달리기 시작했다. 가야군은 고구려군이 질풍처럼 달려오자 대경실색하여 싸우지도 않고 달아나기 시작했다.

"왜군을 한 명도 살려 보내지 마라. 왜군은 백제를 도와 우리 고구려를 공격하는 자들이다."

고구려군은 파도가 몰아치듯이 왜국 군사들을 공격했다.

"저들이 어디에서 온 군사들이냐?"

왜군은 고구려의 철기군단을 보고 경악했다. 왜군은 나라 꼴도 제대로 갖추지 않은 채 지방의 족장들이 무리를 지어 신라를 공격하여 재물을 약탈해 가고는 했다. 그들은 갑옷이나 활조차 변변하지 않았고, 군대의 편제도 갖추지 않은 해적들에 지나지 않았다. 왜의 기후가 농사를 짓기에 적합하지 않았고, 농사를 짓는 방법도 서툴러 부족한 식량을 신라를 약탈하여 대신하곤 했던 것이다. 고구려의 철기군단은 왜국 군사들에게 지옥의 사신이나 다를 바 없었다.

"북방의 고구려 군사들입니다."

"북방에서 여기까지 무슨 일로 왔다는 말이냐?"

"속히 달아나야 합니다."

"달아나자."

왜군은 여자들과 재물을 약탈해 가지고 황급히 달아나기 시작했다. 그러나 고구려의 철기군단은 이미 배후를 막고 왜군을 닥치는 대로 도륙했다. 반월성 앞의 넓은 들판이 왜군의 시체로 가득했다.

신라의 도읍 금성은 고구려군으로부터 구원을 받았다.

반월성에서 5일 동안이나 처절한 혈전을 치렀던 신라 내물왕은 성 밖까지 나가서 담덕을 맞이했다.

"성덕이 높으신 왕 중의 왕 태왕께서 몸소 천군을 거느리고 서라벌까지 왕림하는 수고로움을 끼쳤으니 몸 둘 바를 모르겠습니다. 신라는 고구려를 상국으로 모실 것이며, 해마다 조공을 바칠 것입니다."

내물왕이 절을 하고 말했다.

"고구려와 신라는 형제의 나라가 되기로 약조하였으니 어려울 때 돕는 것은 당연한 일입니다."

담덕은 내물왕의 어깨를 잡아 일으켜 나란히 신라 황궁으로 들어갔다. 내물왕은 신라의 실정을 담덕에게 자세히 보고했다. 담덕은 내물왕으로부터 가야와 왜국에 대한 이야기를 들었다. 그는 신라의 도성을 안정시킨 뒤에 가야를 공략하기로 결정했다.

"폐하, 가야는 작은 나라입니다. 굳이 작은 나라를 공격할 필요가 있겠습니까?"

황룡철기군 대장군 을밀이 물었다.

"이 땅은 3면이 바다로 되어 있다고 하는데, 나는 남쪽의 끝을 보고 싶다."

담덕이 빙그레 웃으면서 말했다.

"폐하, 그러하오면 각 군에 명령을 내리도록 하겠습니다."

"그럴 필요가 없다. 각 군은 서라벌에서 닷새를 쉰 뒤에 회군하도록 하라. 나는 가야를 정벌하여 세상의 끝을 본 뒤에 회군하겠다."

"폐하, 폐하께서 어찌 그와 같은 수고를 하실 수 있습니까? 신들이 대신하겠습니다."

"나는 세상의 끝을 보겠다고 하지 않는가?"

담덕이 유쾌하게 웃음을 터트렸다. 신라의 내물왕은 담덕과 고구려 군사들에게 많은 선물을 바쳤다. 고구려 철기군단은 북으로 회군하기 시작하고, 담덕이 지휘하는 현무군은 가야를 향해 질풍처럼 달려가기 시작했다.

"고구려 군사가 왜 가야를 침공하는 것인가?"

금관가야의 왕이 장수들에게 물었다. 가야는 김수로가 가야를 창업했다고는 하나 9개 촌이 연합하여 이룬 부족이었다. 대륙을 질타하던 고구려 철기군단이 말발굽소리를 요란하게 울리면서 파도처럼 쇄도해 오자 공포에 떨었다.

"고구려의 담덕왕은 인자로운 태왕이라고 합니다. 대왕께서 항복을 하시고 칭신(稱臣)을 하시면 부족이 짓밟히지 않아도 될 것입니다."

"담덕왕이 우리의 항복을 받아주겠는가?"

"항복을 하는데 어찌 죽이겠습니까?"

"사자를 보내 봐라."

왕이 명령을 내리자 부족 중에 가장 용맹한 자가 고구려 군사들을 향해 백기를 들고 말을 달려갔다.

"가야가 항복을 한다면 굳이 전쟁을 하지는 않겠다. 신라와 고구려는 동맹을 맺었으니 왜군을 끌어들여 신라를 침략해서는 안 된다."

담덕은 사자를 가야로 돌려보냈다.

금관가야의 왕은 부족들을 이끌고 담덕에게 와서 엎드려 절을 하고 항복했다. 담덕은 금관가야의 항복을 받아들이고 1만 군사를 이끌고 금관가야로 들어갔다. 그러나 금관가야 왕의 아들이 고구려에 항복하지 않고 밤중에 몰래 부족들을 이끌고 고구려군을 기습했다.

"항복을 하고 다시 배신을 하는 것은 신의가 없는 것이다. 금관가야를 완전히 멸망시켜라!"

담덕은 노기충천하여 군사들에게 삼엄한 군령을 내렸다. 담덕이 이끄는 고구려군은 사흘 만에 금관가야를 완전히 초토화시켰다. 이에 가야 6국의 중심이면서 친백제 세력이었던 금관가야는 힘을 잃고 대가야가 가야 6국의 중심이 된다. 고구려 군에 의해 금관가야가 철저하게 짓밟히는 것을 본 나머지 5가야는 속속 고구려군에 투항했다.

'아아, 여기가 남도의 끝이구나.'

담덕은 남도의 끝에 이르자 짙푸른 수평선을 바라보면서 깊은 감회에 젖었다. 비사성에서도 바다를 보았으나 가야의 남쪽 끝, 세상의 끝에서 바다를 본 것은 처음이었다.

제 **5** 장

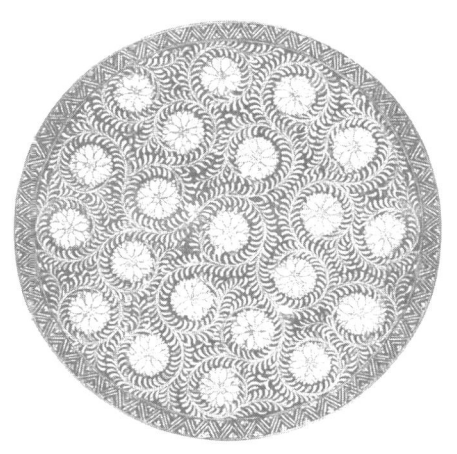

태왕 영락대제

먼 숲에서 새들이 지저귀는 소리가 왁자하게 들렸다. 담덕은 침상에서 눈을 뜨자 창호지 사이로 새벽빛이 부옇게 스며 들어오고 있는 것을 보았다. 오랜만에 침상에서 깊은 잠을 잔 담덕은 포근하고 부드러운 이부자리의 촉감에 만족했다. 왕비 아리수는 아직도 깊은 잠에서 깨어나지 않고 있었다. 침상에서 몸을 일으키려던 담덕은 아리수의 평화롭게 잠든 얼굴을 내려다보았다. 고구려의 국왕으로 즉위한 뒤에 담덕은 계속 전쟁을 하러 다니거나 군사를 훈련시키고 나라를 혁신하느라 눈코 뜰 새가 없었다. 왕비인 아리수와 잠자리조차 자주 할 수 없었다. 그런데도 아리수는 다시 아이를 낳았다. 이번에는 딸이었다.

"폐하, 왜 안 주무세요?"

아리수가 잠에서 깨어나 담덕에게 물었다.

"전쟁터에서는 한 번도 해가 뜰 때까지 잔 적이 없소."

담덕이 머리 위의 천자락을 걷으면서 말했다.

"지금은 집에 돌아와 계신 거잖아요?"

"옳은 말이오. 그러나 어전에 살펴야 할 서류가 산더미 같소."

"폐하께서는 쉬지도 않으세요?"

"지난 밤 그대와 푹 쉬었소."

담덕이 몸을 일으키려 하자 아리수가 그의 머리를 감싸 안았다.

"폐하를 놓아드리지 않겠어요."

담덕은 아리수의 따뜻한 가슴에 얼굴을 묻었다. 거친 사내들과 피냄새가 물씬 풍기는 전쟁터를 누빈 그는 쉬고 싶었다. 그러나 전쟁터에서 돌아온 그에게는 처리해야 할 일이 산적해 있었다.

담덕은 왕비 아리수와 아침을 먹자 오랜만에 용포를 입고 어전으로 나갔다. 그는 어탁 위에 산처럼 쌓인 서류들을 일일이 살피기 시작했다.

　"…삼가 개모성(蓋牟城)의 태수 고달이 아뢰옵니다."

담덕이 어탁에서 가장 먼저 잡은 것은 개모성의 성주 고달이 올린 상서(上書)였다.

　"선비족(鮮卑族)의 한 부족인 탁발부 대왕 십익건(什翼健)의 적손(嫡孫)인 탁발규는 군사를 모아 전진(前秦)과 싸웠으나 패하고 성락(盛樂: 내몽고 카라코룸)으로 물러났습니다. 그러나 탁발규는 주위의 여러 부족을 차례차례 정복하고 중원으로 진출하여 평성(平城 : 산서성)에 도읍을 정한 뒤 국호를 위(魏)라 칭하였습니다. 탁발규는 스스로 황제라고 칭하고 군세를 넓히면서 고구려를 침략할 준비를 하고 있습니다."

담덕은 무겁게 한숨을 내쉬었다. 탁발규가 만주와 내몽고 일대에 흩어져 있는 선비족들을 통일하여 나라를 세운 뒤에 고구려를 침략할 준비를 하고 있다면 대책을 세우지 않을 수 없었다.

"…삼가 요동성 자사 고양진이 아뢰옵니다. 후연은 원래 전연(前燕) 유제(幽帝: 모용위)의 숙부인 모용수(慕容垂)가 부흥시킨 선비족의 나라입니다. 모용수는 문무에 출중하여 스스로 연왕이라고 칭하고 중산(中山: 하북성 정현)에 도읍을 정하였습니다. 지금 모용성이 제위에 있으나 서쪽에는 북위, 동쪽에는 고구려가 있는 실정입니다. 후연의 왕 모용성은 북위에 대적하기는 어려우니 필연적으로 고구려를 공략할 것으로 보입니다. 이에 대해 대책을 세우심이 옳은 줄로 아옵니다."

고양진의 보고서는 후연과 전쟁을 하지 않을 수 없다는 내용이었다.
'전쟁이 그치지를 않겠구나.'
담덕은 무겁게 한숨을 내쉬었다.
"폐하, 강령전에 백관들이 들어와 있습니다."
환관 최리가 아뢰었다. 담덕은 두루마리를 덮고 어탁에서 일어났다. 강령전에 백관들이 모인 것은 조회를 하기 위해서다.
"왕비는 어디 계시는가?"

담덕은 정전에서 나와 최리에게 물었다. 최리가 고개를 돌리자 수선궁 쪽에서 아리수가 시녀들을 거느리고 오고 있었다.

"태후마마께 다녀오는 길이오?"

담덕은 아침에 인사를 올리지 않았다는 사실을 깨달았다. 태후 하약란은 갑자기 병이 들어 앓고 있었다.

"예, 폐하."

아리수가 고개를 살짝 숙였다.

"조회가 끝난 뒤에 뵈어야 하겠소."

담덕은 아리수와 함께 나란히 걸어서 강령전으로 향했다. 강령전에는 백관들이 도열해 있다가 일제히 무릎을 꿇었다.

"태왕폐하께서 납시오."

의전관이 소리를 지르자 백관들이 일제히 머리를 조아렸다. 담덕과 아리수는 용상에 나란히 앉았다.

"폐하께서 친히 대군을 이끌고 신라까지 행군하시어 왜군을 물리치셨습니다. 또한 가야의 여러 나라를 복속시키시니 만백성이 기뻐하지 않는 이가 없습니다. 폐하께서 개선하심을 백관들과 함께 하례드립니다."

국상인 대대로 소무신이 아뢰었다.

"하례드리옵니다."

백관들이 일제히 머리를 조아려 아뢰었다.

"고맙소. 임금이 자리를 비운 사이 국정을 잘 돌본 국상과 백관들 모두 수고들 하였소. 내가 개선한 것은 우리 군사들이 용맹했고, 백성들이 이를 뒷받침해준 덕분이오. 마땅히 경축하는 큰 잔치를 베풀어야 하겠으나 태후께서 환후 중이라 축하연은 나중에 열도록 할 것이오."

"망극하옵니다."

"나를 따라 신라와 가야까지 다녀온 군사들에게 상을 내리지 않을 수 없소. 국상께서는 군사 한 사람이라도 빠트리지 말고 골고루 포상하시오. 누구 하나 포상에 빠져서는 안 되오."

"삼가 명을 받들겠사옵니다."

"또한 내가 출정을 한 뒤에 조정에서 국사를 본 사람들 역시 포상을 해야 마땅하오."

"폐하의 큰 뜻이 두루 미치도록 포상하겠사옵니다."

"과인이 없을 때 신성(新城)과 목저성이 사사로이 군사를 움직여 싸웠다고 들었소. 이는 조정의 영이 없이 군사를 움직인 대죄에 해당하오. 불만이 있으면 조정에 보고하여 해결해야 하는데 군사를 동원하여 싸웠으니 신성과 목저성의 성주를 잡아다가 국문하도록 하시오."

담덕의 영은 서릿발이 내릴 것처럼 싸늘했다. 신성과 목저성은 각기 다른 부족으로 오랫동안 이웃해 있으면서 반목을 계속해왔다. 소수림왕 이후 부족을 해체하고 강력한 중앙 집정 통치를 해왔으나 지방의 성들은 일대의 부족들이 여전히 성세를 누리고 있었다.

신성과 목저성은 양을 치는 초원의 관할권 문제로 충돌을 일으켜 싸우다가 1천여 명이 죽는 바람에 문제가 되었던 것이다.

"예."

소무신의 얼굴빛이 흐려지면서 대답했다.

"병부 대형은 들으시오. 개모성과 요동성에서 올라온 상서를 보건대 대륙에 큰 전쟁이 일어날 것이오. 북위는 후연과 대치하고 있어서 고구려를 공격할 염려가 없으나 후연은 반드시 고구려를 공격하게 될 것이오. 이 점을 유의하여 군사를 조련하고 병기를 만드는 데 주력하시오."

"예."

병부 대형이 대답했다.

"호부는 군량미 비축에 유의해야 할 것이오."

"명심하겠사옵니다."

호부 대형이 대답했다.

"폐하, 요하 일대에서 황충(蝗蟲 : 메뚜기)이 발생했다고 하옵니다."

천문을 관장하는 태사 장여필이 아뢰었다. 장여필의 말에 백관들의 얼굴이 일제히 흙빛이 되었다. 황충은 벼농사를 짓는 지역이나 초원지대에 서식하는데, 분산되어 서식할 때에는 큰 문제가 없으나 갑자기 번식이 왕성해져 임계(臨界) 숫자를 넘어버리면 무리를 지어 날아다녔다. 이랑(畝)마다 130마리가 넘어서면 인간에게 무시무시한 해악을 끼친다. 황충은 쉬지 않고 몇백 리를 날 수 있는데다 고공으로 날아서 대처하기가 어려웠다. 황충이 하늘을 새카맣게 뒤덮고 날아와 눈 깜짝할 사이에 들판의 곡식을 송두리째 먹어 치우기 때문에 황충이 발생하면 1년 농사를 완전히 망치게 되는 것이다.

황충의 발생은 나라에서도 큰 걱정이 아닐 수 없다.

"허면 황충이 우리 고구려까지 날아오지 않겠소?"

담덕이 긴장하여 장여필의 깊고 우묵한 눈을 쳐다보았다.

"그러하옵니다."

"황충의 재해를 막도록 각 성에 파발을 보내고 각 부(部)는 이에 대한 대비책을 수립하도록 하시오."

담덕은 황충이 온다는 사실이 전쟁보다 더욱 무섭다는 생각이 들었다.

2

太후 하약란의 얼굴빛이 파리했다. 그런데도 담덕이 아리수와 함께 아들 거련과 딸 수련을 데리고 들어오자 시녀들의 부축을 받아 침상에 반쯤 일어나 앉아서 환한 미소로 맞이했다. 태후의 침전에는 한약 냄새가 희미하게 풍기고 있었다.

"태왕은 어서 오시오."

하약란이 잔잔한 미소를 지으면서 말했다.

"태후마마, 밤에 뵈오려고 했으나 이미 침소에 드신지라 뵈올 수가 없었습니다."

담덕이 공손히 절을 했다.

"태왕이 개선하는 것을 기다렸는데 기운이 쇠하여 잠이 든 모양이오. 백제를 복속시키고 신라와 가야까지 복속을 시켰으니 이제는 대륙이 남았구려. 어디 태왕의 손을 좀 잡아봅시다."

하약란이 담덕에게 가냘픈 손을 내밀었다. 담덕은 하약란의 메마른 손을 잡자 가슴이 뭉클해왔다.

"태후마마의 명을 잊지 않고 있습니다. 반드시 대륙을 정벌하여 고구려의 기상을 떨치겠습니다."

"고구려인들은 오래 전부터 천손을 기다려왔소. 천손이 대륙을 정복하기를 기다려온 것이오."

"소자가 10년 안에 대륙을 정벌하여 태후마마께 바치겠나이다."

"호호호! 태왕의 말만 들어도 기쁘구려. 그래 언제 대륙으로 출정할 예정이오?"

하약란은 병중에 있으면서도 담덕에게 대륙을 정벌하는 시기를 묻고 있었다. 담덕은 하약란의 야망에 소름이 끼치는 듯한 기분이 들었다.

"태사에 의하면 중국에 황충의 재해(災害)가 일어나고 있다고 하옵니다."

"황충이라고 하였소?"

하약란의 얼굴도 사색으로 변했다.

"그러하옵니다. 대륙 출정은 황충이 어떻게 될지 지켜본 다음에 해야 할 줄 아옵니다."

"황충이 일어나면 한 해 농사를 완전히 망치게 되오. 농민들이 수확을 할 수 없어서 굶주리게 되고 굶주린 농민들이 화적이 되어 돌아다니기 때문에 나라가 어지러워질 것이오."

"조정 백관들에게 황충의 재해를 줄일 수 있는 방법을 강구하라고 하였습니다."

"잘 하였소. 전쟁보다도 황충이 더 무서운 존재니 만반의 대책을 세워야 할 것이오."

하약란이 어두운 얼굴로 말했다.

"황충은 대신들과 함께 대책을 세울 것입니다. 마마의 환후는 어떠하시옵니까?"

담덕의 질문에 하약란이 비애가 가득한 눈으로 허공을 더듬었다. 내가 어느 사이에 죽음을 걱정할 나이가 되었는가. 고향 하가촌에서 천손을 기다리며 살아온 나날들이 주마등처럼 뇌리를 스쳐오고 민족의 영산이라는 장백산에서 용암이 폭발하여 고국양왕과 동굴에서 사랑을 나누었던 일도 떠올랐다. 고구려의 환도성에 들어와서는 사방에 적이 있어서 불안과 초조 속에 살면서 오로지 아들 담덕을 태왕으로 만들기 위해 모든 노력을 기울였다. 아들은 마침내 한반도의 모든 땅을 정복했다. 백제, 신라, 가야가 속국이 되어 이제는 대륙으로 진출해야 했다. 동으로 서로, 북으로 일대영웅의 기개를 펼쳐야 하는데 그 영광의 순간을 볼 수 없는 것이다.

'담덕은 왕 중의 왕이 될 것이다.'

하약란은 다시 담덕에게로 시선을 향했다.

"내 몸은 크게 문제가 없습니다. 태왕께서는 황충을 막을 준비를 철저하게 하고 대륙 정벌을 기어이 이루세요."

"예."

"우리가 대륙을 정벌해야 하는 것은 단순하게 땅을 넓히기 위해서가 아닙니다. 나라가 강해야 외국의 침략을 받지 않는 것입니다. 나라가 강하고 백성들이 평화롭게 살기 위해서 대륙을 정벌하는 것입니다."

하약란은 병이 깊은 상태에서도 담덕에게 대륙 정벌을 지시하고 있었다.

"명심하겠습니다."

담덕이 머리를 조아렸다.

"태왕은 일을 보세요. 국왕이라고 해서 놀아서는 안 됩니다."

"예."

담덕이 고개를 숙이고 물러나왔다. 하약란은 이제 며느리인 아리수
와 손주들인 아들 거련과 수련에게 고구려의 유구한 역사에 대해서 설
명을 해줄 것이다. 담덕은 다시 천추전으로 돌아왔다. 어탁에 가득 쌓
여 있는 상서들을 보는데 철기군단의 장군들이 들어왔다.

"폐하, 태사 장여필의 말에 의하면 황충이 온다고 합니다. 도성 사람
들이 황충 때문에 불안해하고 있습니다."

황룡군 대장군 을밀이 아뢰었다.

"대신들에게 대책을 마련하라고 일렀소."

담덕은 서류에서 눈을 떼지 않고 말했다.

"대륙 정벌은 늦추어야 하지 않습니까? 그러면 군대를 해산해야 하는
것입니까?"

"군대가 하는 일이 전쟁뿐은 아니지 않소?"

"황충이 오는데 군대를 유지하고 있을 수는 없지 않습니까? 군인들도
고향에 보내 황충을 막으라고 해야 합니다."

"군인들을 고향에 보내 황충을 막게 한다는 말이오?"

"황충을 막는 데 손이 부족할 것이기 때문에 고향에 돌려보내자는
논의가 조정에 이루어지고 있습니다. 저희들도 조정의 의논에 동의하고
있습니다."

"군대를 해산해서는 안 되오."

"하오나 황충을 막는 일이 워낙 다급한지라…."

"물론 황충을 막는 것은 중요하오. 그러나 군대를 해산하면 다시 소집하는 것이 쉽지 않소. 철기군단이 황충을 퇴치하는 방법을 연구해 보시오."

담덕이 을밀을 보면서 낮게 지시했다. 몽유앵이 환도성으로 찾아온 것은 담덕이 황충의 방어 문제로 대책을 세우느라 분주할 때였다.

"호호호. 폐하의 둘째 부인이 왔어요."

담덕이 강령전에서 늦게까지 대신들과 회의를 한 뒤 수선궁으로 돌아오자 아리수가 웃음을 깨물며 말했다.

"둘째 부인이라니 무슨 말이오? 내가 언제 둘째 부인을 얻었소?"

담덕은 아리수의 말을 이해할 수 없었다.

"흑석골의 몽유앵을 잊었어요? 그럼 돌려보내야 하겠네요?"

"흑석골의 몽유앵?"

담덕은 그때서야 몽유앵의 들꽃처럼 청초한 얼굴을 뇌리에 떠올렸다.

"영추전에서 폐하를 기다리고 있어요."

아리수가 새침한 표정으로 말했다.

"아리수, 고맙소."

담덕은 아리수를 품에 안고 낮게 속삭였다. 아리수는 고구려의 왕비로서 지혜나 품성에 손색이 없었다.

"신부가 기다리고 있으니까 어서 가보세요."

아리수가 담덕의 품속에서 빠져 나오며 말했다. 담덕은 빠르게 수선궁을 나와 영추전으로 갔다. 영추전에는 성숙한 여인의 체취가 물씬 풍기는 몽유앵이 다소곳이 앉아 있었다.

"폐하께 문후 드리옵니다."

담덕이 영추전의 내당으로 들어가자 몽유앵이 황급히 허리를 숙여 예를 올렸다.

"일어나라. 먼 길을 왔을 터인데 시장하지 않느냐?"

"왕비마마께서 수라를 내려주셨사옵니다."

몽유앵이 허리를 펴고 일어나 담덕을 쳐다보았다. 몽유앵의 맑고 아름다운 눈을 보자 담덕은 가슴이 찌르르 울리는 듯한 기분이 들었다. 콧날이 오똑하고 입술은 앵두처럼 붉다. 반듯한 이마와 희고 뽀얀 살결, 봉긋한 가슴께와 잘록한 허리가 담덕의 숨을 차오르게 했다.

몽유앵은 초원의 들꽃처럼 청초하고 싱그러웠다.

담덕은 그날 밤 몽우앵을 품속에 안으면서 깊은 감동을 느꼈다.

태사 장여필이 보고한 대로 중국 황하 유역에서 발생한 황충이 하늘을 새카맣게 뒤덮고 발해 국경으로 날아온 것은 불과 한 달도 걸리지 않아서의 일이었다. 후연과의 국경에 위치한 각 성의 성주들이 다급하게 파발을 보내 황충의 습격을 보고했다. 담덕은 4군을 황충 퇴치에 투입했다. 황충을 퇴치하는 데는 마땅한 방법이 없었다. 농민들은 황충이 날아오는 길목에서 잎사귀가 무성한 나뭇가지를 흔드는 것이 고작이었다. 담덕은 현무군을 이끌고 황충이 오고 있는 국경으로 달려갔다. 개모성 일대에 이르자 과연 황충이 새카맣게 하늘을 뒤덮으면서 날아와 곡식을 습격하고 있는 것이 보였다.

'대체 황충을 어떻게 퇴치해야 한다는 말인가?'

담덕은 풀 한 포기 남지 않은 들판을 보면서 암담했다. 황충은 찬바람이 불고 눈이 내리기 시작하는 10월이 되어야 사라진다. 그러나 그 안에 곡식을 모두 먹어 치우기 때문에 막대한 피해를 보게 되는 것이다.

"우·우·우···."

농민들은 황충이 날아오는 하늘을 향해 옷을 벗어 흔들었다. 그러나 사람이 흔들고 있는 옷을 무서워할 황충이 아니었다. 그때 누군가 횃불 하나를 만들어 흔드는 것이 보였다.

'그렇다. 곤충은 불을 향해 달려들지만 타 죽는 걸 두려워하지 않는다.'

담덕은 군사들에게 지시하여 들판 옆에 불을 놓게 했다. 그러자 군사들이 여기저기서 짚단이며 마른 나뭇가지를 가져다가 불을 놓고 그 위에 장작을 올려놓았다. 짚단과 마른 나뭇가지들이 맹렬하게 타들어가면서 불꽃이 치솟았다. 황충은 부나방처럼 불을 찾아 뛰어들었다.

"군사들을 동원하여 초원을 태워라!"

담덕은 황충을 막기 위해 초원을 태우라는 지시를 내렸다. 철기군단 4만이 투입되어 초원 곳곳에 불을 지르고 북을 치기 시작했다. 인간과 자연과의 처절한 투쟁이 시작되었다. 그러나 군사들이 불을 질러 황충을 막는 것은 한계가 있었다. 황충은 열흘이 못되어 들판의 곡식을 모조리 먹어치워 폐허를 만들고 사라졌다.

'아아, 참으로 무시무시한 놈들이다. 전쟁이 휩쓸고 간 것보다 더 참혹하구나.'

담덕은 황충이 휩쓸고 간 들판을 바라보자 암담했다. 백성들은 통곡을 하고 울고 있었다. 개모성 일대의 초원만이 아니었다. 개모성에서 환도성으로 돌아오는 들판이 온통 황충으로 인해 가을 곡식이 남아 있지 않았다. 백성들은 망연자실한 표정으로 들판을 바라보고 있었다.

"황충이 휩쓸고 갔다고 해서 백성들을 굶주리게 해서는 안 된다. 황궁에서도 하루 두 끼만 식사를 할 것이니 고구려의 모든 귀족들은 식량을 백성과 나누도록 하라.”

담덕은 백성들을 위로하면서 환도성으로 돌아왔다. 그러나 그가 돌아왔을 때 태후 하약란은 운명해 있었다.

‘어머니께서 기어이 돌아가셨구나.’

담덕은 하약란의 빈전이 차려진 수선궁에 들어가 절을 했다. 하약란은 기구한 일생을 산 여자였다. 그녀는 하가촌에서 수많은 고서를 섭렵하고 대륙을 정벌할 영웅의 아내가 되려는 야심을 품었었다. 그녀는 소수림왕의 아내가 되고 싶어 했으나 하늘은 그를 그의 아우 고국양왕과 짝을 지어주었다.

소수림왕은 성군이었다. 그는 부친 고국원왕 때 연의 침략을 받아 기울어가는 고구려를 다시 일으켜 세웠다. 물론 그 이면에는 하약란의 공로도 적지 않았다. 부족 연맹 국가인 고구려를 과감하게 중앙 집권 정치 체제로 바꾸고, 율법을 시행하게 하는가 하면 태학을 설치했다. 그러고는 아들 담덕을 대륙을 정벌할 영웅으로 키우기 시작했던 것이다.

담덕은 태후 하약란의 장례를 성대하게 치를 수가 없었다. 황충으로 나라 안이 어수선한 상태였기 때문이다.

“황충으로 인한 각 성의 피해를 보고하시오.”

담덕은 강령전에서 대륙을 휩쓴 황충에 대한 보고를 받았다.

“폐하, 장백산 북쪽의 들판에 있는 곡식들은 모두 황충의 습격을 받았으나 압록강 남쪽은 전혀 습격을 받지 않았습니다.”

국상 소무신이 보고했다.

“북쪽의 농가에는 백성들이 굶주리지 않도록 구휼미를 방출하도록 하고, 남쪽의 농가에는 나라에서 보증을 하고 곡식을 빌리도록 하시오. 그들이 먹을 만치만 남기고 모든 곡식을 나라에서 빌리게 하시오. 이 곡식으로 북쪽의 농민들을 구하고 내년에 농사가 잘 되면 갚도록 하시오."

담덕은 남쪽의 곡식들로 북쪽의 농민들을 구하도록 했다.

"도성에서는 하루에 두 끼 이상을 먹지 말도록 하시오, 특히 부유한 귀족들이나 관리들 역시 마찬가지요. 황궁에서도 하루에 두 끼를 먹지 않도록 하시오."

담덕은 양곡을 절약하게 했다. 고구려를 침략한 자연의 재해는 이렇게 해서 간신히 견딜 수가 있었다.

황충이 대륙을 습격하고 있을 때 후연에서는 반란이 일어나 모용성이 살해되고 모용희가 왕으로 즉위했다. 모용희는 후연의 왕이 되자 부족을 이끌고 거란과의 전쟁에 나섰다.

'거란은 배후에 있다. 배후를 안정시키고 남진을 하든지 동진을 하든지 해야 한다.'

후연의 왕 모용희는 대군을 이끌고 거란을 향해 초원으로 달려갔다. 거란은 각 부족들이 흩어져 있어서 국가를 이루지 못하였다. 거란에서 강대한 부족을 이끌고 있는 야율호기(耶律豪忌)는 기마군단을 이끌고 모용희와 늪지대인 평원에서 대치했다.

"후연군이 얼마나 되는가?"

"대략 10만은 됩니다."

"선봉은 얼마인가?

"2만입니다."

"우리도 2만이다. 그럼 선봉을 치고 빠지는 작전으로 나가자."

야율호기는 부족의 장수들에게 명령을 내렸다.

후연의 선봉군과 야율호기의 일라부족 2만 기병은 대초원에서 대치했다.

"일라부족은 우리 선봉군을 치고 빠지려는 작전으로 나올 것이다. 선봉 2만의 일라부족에게 싸우게 하고 2만 군사를 배후로 보내 협격하게 하라."

모용희가 적진을 노려보면서 차갑게 영을 내렸다. 오랜 시간을 절치부심한 뒤에 후연의 왕위에 올랐으나 탁발규가 북위를 안정시키고 막대한 세력을 뻗치자 대륙으로 방향을 바꾼 것이다. 그러나 대륙에는 거란과 고구려가 있었다. 이들을 정벌하고 북위와 일전을 거루어야 했다.

"돌격하라!"

일라부족 야율호기가 먼저 공격 명령을 내렸다.

"와!"

거란군도 일제히 함성을 지르면서 후연군을 향해 달려갔다.

"공격하라!"

후연군도 일제히 거란군을 향해 달려갔다. 초원은 순식간에 처절한 전투에 휘말렸다. 일라부족은 수백 년 동안 초원을 유랑하면서 유목을 해온 민족이었다. 유목민들은 언제나 싸움에 휘말렸기 때문에 초원의 이리들처럼 사나웠다. 후연의 선봉군은 일라부족에게 밀리기 시작했다. 그때 일라부족의 뒤에서 2만의 대군이 노도처럼 밀려왔다.

야율호기는 앞뒤에서 적을 맞이하자 당황했다. 황급히 부족을 이끌며 퇴각하려고 하는데 화살 한 대가 날아와 얼굴에 박혔다.

"아아악!"

야율호기가 처절한 비명을 지르면서 말 위에서 굴러 떨어졌다. 모용희는 질풍처럼 말을 달려서 야율호기의 목을 베었다.

"적장은 죽었다! 얄라부족을 도륙하라!"

모용희는 야율호기의 수급을 창에 꿰어 들고 맹수처럼 소리질렀다.

"와!"

후연군이 거대한 함성을 지르면서 일라부족을 닥치는 대로 베어 죽이기 시작했다. 일라부족은 참패를 당하여 대부분이 죽거나 초원으로 달아났다.

모용희는 거란 8부족을 차례차례 휩쓸었다. 모용희의 거란 대장정은 자그마치 1년에 걸쳐 일어났다.

'후연과 이제 숙명의 대결을 벌일 때가 왔구나.'

담덕은 후연의 모용희가 군사를 휘몰아 거란의 대초원을 정벌하고 있다는 보고를 받자 그들과 필연적으로 전쟁을 할 날이 가까워져 오고 있다고 생각했다.

고구려는 황충의 습격으로 1년여 동안이나 백성들이 굶주리고 군대가 내핍 생활을 해야 했다. 그러나 담덕이 황궁에서 솔선수범을 했기 때문에 대신들이 따르고 성주들이 백성들을 잘 이끌어 식량을 구할 수 없는 혹독한 굶주림 속에서도 슬기롭게 극복할 수 있었다.

"중국에는 북위가 일어났고, 초원에는 후연이 기승을 불리고 있다. 후연이 거란을 몰아치는 바람에 갈 곳이 없어진 거란은 고구려를 노리고 쳐들어 올 것이다."

담덕은 조정에 영을 내려 군사들에게 강도 높은 훈련을 시키게 했다. 고구려는 다시 전쟁의 소용돌이에 휘말리게 되었다.

고구려는 여러 부족들이 혼재했다. 고구려 개국 당시에는 부족들이 연합하여 부족연맹 국가를 이루었고, 그 전통이 대대로 이어지고 있었다. 고구려의 강토는 고국원왕 시대에 연나라의 침략으로 상당히 줄어들었으나 소수림왕과 고국양왕이 즉위하면서 다시 영토 회복에 나서서 많은 영토를 되찾을 수 있었다. 태왕 담덕이 통치를 할 때는 요서 지방까지 영토가 확장되어 있었다.

고구려 서북쪽 국경인 농안 지역.

부여국의 근거지인 부여성은 요하의 동쪽에 위치하면서 거란을 오가는 중요한 요새였다. 부여성 일대의 농민들은 겨울이 지나고 봄이 오자 농사를 짓기 시작했다. 요하 일대의 광대한 평원은 기름진 옥토였고, 이 옥토를 중심으로 일찍부터 농경문화가 발달하여 고구려의 어느 지방보다 농민들이 많았다. 1년 전 부여성 일대에도 황충의 대대적인 습격을 받아 수확을 준비하고 있던 농토는 완전히 폐허가 되어버렸다. 그러나 1년이 지나자 농민들은 다시 심기일전하여 농사를 짓고 있었다. 만물이 약동하는 봄인 것이다.

'후연의 모용희가 거란을 대파하고 초원을 휩쓸고 있다. 모용희는 당분간 우리를 공격하지 못하겠지만 거란의 비려(稗麗 : 거란)가 후연에 쫓겨 우리를 침략할 수도 있다.'

부여성의 성주 장정(張禎)은 성루에 올라서서 탐스러운 수염을 쓰다듬으며 초원을 응시하고 있었다. 비려는 거란의 8부족 중 하나로 여러 부족들이 후연의 모용희에게 패하여 몰려오면서 갑자기 강대해졌다. 그러나 8부족 난민들을 수용할 수 있는 읍락이나 근거지가 없었다. 그들은 초원에서 야영을 하며 서라목륜하(西喇木倫河 : 시라무렌강) 유역까지 진출하고 있었다.

서라목륜하의 비려족이 있는 초원에서 부여성까지는 불과 7백 리도 되지 않는다. 부여성의 성주 장정은 비려족이 침공할 것이라는 사실에 고구려의 도읍 환도성으로 파발을 띄워 보고했다.

'과연 그분이 왕 중의 왕인 태왕인가?'

태왕 담덕은 남벌을 성공적으로 이끌어 고구려의 많은 성주들의 추앙을 받고 있었다. 성주와 백성들은 담덕을 왕 중의 왕 태왕이라고 부르고 있었다.

'정치는 무난하게 하고 있는 것 같은데…'

황충의 습격을 받았을 때 담덕은 메뚜기들의 습격이 없었던 남쪽 지방의 양곡을 가져다가 북쪽 지방 백성들에게 나누어주었다. 양곡이 천리나 떨어진 부여성까지 왔을 때, 장정은 마치 하늘이 보내준 선물이라는 생각이 들었다. 정치는 잘 하고 있다. 그러나 비려가 쳐들어올 때 부여성만으로는 막을 수가 없어서 태왕 담덕에게 구원을 청했다.

…군량을 비축하고 군사들을 훈련시키라…

태왕 담덕은 구원군을 보내는 대신 50명의 기병을 보내 전쟁 준비를 하라는 황명을 내려보냈다.

'이게 무엇인가? 부여성 단독으로 비려를 막으라는 말이 아닌가?'

부여성의 성주 장정은 실망했다. 태왕 담덕이 보낸 50명의 기병들은 성에 머물지 않고 곧바로 초원으로 떠나갔다. 장정은 그들이 정보 수집을 하러 다니고 있다는 것을 눈치 챘다.

'태왕께서는 무엇인가 원대한 전략을 세우고 계신 것이다.'

장정은 50명의 기병들이 초원의 목부처럼 변장을 하고 돌아다니는 것을 보고 미증유의 큰일이 벌어질 것이라는 사실을 예감했다.

기병들은 보름에 한 번식 성에 돌아와 회의를 하며 화공을 불러 무엇인가 설명을 하면서 그림을 그리기까지 했다. 그러고는 어디론가 떠났다가 한 달이나 있다 돌아와 다시 화공에게 그림을 그리게 했다.

기병들은 다시 떠났다. 그들은 떠나기 전에 장정에게 부여성의 군사, 인구, 군량까지 상세하게 물었다.

'대체 무엇들을 하고 있는 거야?'

계절은 봄에서 여름으로 바뀌고 장마가 지고 있는데도 태왕 담덕에게서는 구원병이 오지 않고 있었다.

…폐하, 거란의 비려는 9월이 되면 양곡을 약탈하기 위해 군사를 휘몰아 부여성을 침공해올 것입니다. 부여성에는 약 1만의 군사와 4만의 부루인들이 있을 뿐입니다. 폐하에서 구원병을 보내주지 않으면 사흘을 버티기 어려울 것입니다. 통촉하시옵소서…

장정은 다시 태왕 담덕에게 서찰을 보냈다.

…그대는 변방을 지키는 장수로서 어찌 그와 같이 나약한가. 죽음을 각오하고 성을 방어할 준비를 해야 하지 않는가. 군사들의 훈련에 게을리하면 그 책임을 물을 것이다…

태왕 담덕으로부터 서찰을 받은 장정은 발밑이 한없이 꺼지는 듯한 기분이었다. 한 달만 있으면 비려족이 쳐들어올 텐데 태왕 담덕의 지시는 너무나 비현실적인 것 같은 기분이 들었다.

부여성 일대에 장마가 지기 시작했다. 장마가 끝이 나면 가을이 올 것이고 들판에는 누렇게 곡식이 익을 것이다. 그렇게 되면 비려족이 쳐들어오지 않겠는가. 장정은 세차게 쏟아지는 장맛비를 보면서 우울했다.

"문을 열라! 황궁에서 왔다."

사라진 기병들이 부여성 성문 앞에 나타난 것은 장마가 한창일 때였다. 장정이 성문을 열고 기병들을 들어오게 했는데 봄철 내내 첩보활동을 하던 바로 그 자들이었다.

"어명이오. 성주 장정은 성내에 비상을 선포하고 전 군사를 소집하시오."

기병의 우두머리가 부절을 내보이면서 영을 내렸다.

"이 빗속에 군사를 소집한다는 말이오?"

장정이 놀라서 물었다.

"폐하께서 5만 대군을 이끌고 빗속을 달려왔는데 군사를 소집하는 것이 무엇이 어렵다는 말이오."

기병 장수가 장정을 노려보면서 사납게 으르렁거렸다.

"폐하께서 부여에 오셨다는 말이오?"

"그렇소. 속히 군사를 소집하시오."

장정은 부장들에게 영을 내려 군사를 소집하게 했다. 부여성은 갑작스러운 군사의 소집으로 어수선해졌다. 그러나 빗속에서도 군사들을 소집하는 전령이 질풍처럼 말을 달리고 태왕 담덕이 요하에 와 있다는 소문이 퍼지면서 한 나절이 되지 않아 1만의 군사가 소집되었다.

"폐하께서는 5천 명을 남겨 성을 방어하게 하고, 5천 명은 폐하를 따라 종군하라는 영을 내리셨소."

기병 장수가 다시 장정에게 영을 내렸다. 장정은 5천의 군사를 거느리고 기병들을 따라 요하의 상류로 달리기 시작했다. 마치 귀신에 홀린 듯한 기분이었다. 그러나 그들이 50리도 달리지 않아 푸안의 대초원에 이르렀을 때 군영이 가득 세워져 있는 것을 보고 장정은 가슴이 터질 것 같았다.

'부여성 50리 밖에 이렇게 대군영을 세웠는데도 나는 감쪽같이 몰랐다는 말인가?'

장정은 경악했다. 대군영은 빗속에서 조용했다. 그러나 기병들의 안내를 받아 담덕이 군사를 지휘하는 본영에 이르자 군기가 삼엄하고 군사들의 눈이 맹수처럼 번쩍이는 것을 알 수 있었다.

"폐하, 부여성의 성주, 신 장정이 문후드리옵니다."

장정은 본영으로 들어가자 작전을 숙의하고 있는 담덕에게 무릎을 꿇었다. 담덕의 왼쪽에 철기군단의 대장군들이 도열해 있고, 오른쪽에는 문신들이 도열해 있었다. 담덕의 뒤에는 부여성에 와서 첩보활동을 하던 기병들이 그린 거대한 지도가 걸려 있었다. 거란족의 대부대가 위치한 지형과 읍락들, 강과 산, 평원이 상세하게 표시되어 있는 지도였다.

"일어나시오. 변방에서 거란족을 지키느라고 고생이 많았소."

태왕 담덕이 손을 뻗어 일어나라는 지시를 했다.

"황공하옵니다. 폐하께서 어찌 이런 불편한 군영에… 신이 부여성으로 모시겠사옵니다."

장정이 몸을 떨면서 말했다.

"핫핫핫! 나는 대고구려의 태왕이기에 앞서 정벌군을 총지휘하는 원수의 자격으로 군막에 있는 것이오. 군사를 지휘하는 원수가 군막에 있어야지 어찌 성에서 거처할 수가 있소?"

"허나 지엄하신 폐하께서…."

"그 말은 그만하시오. 그대는 부여성에서 얼마나 있었소?"

"아뢰옵기 송구하오나 10년이나 있었습니다."

"그러면 이 지도의 지형들을 알아볼 수 있겠소?"

"예, 신들이 익히 아는 곳들입니다."

"비려족은 군사 2만과 족인들 3만까지 약 5만이 여기서 50리 떨어진 초원에 있소. 비가 오기 때문에 그들은 우리가 코앞에까지 왔는데도 모르고 있소. 내일 날이 밝는 즉시 기습 공격을 가할 것인즉 그대가 향도

하시오."

"삼가 영을 받들겠사옵니다."

장정이 머리를 깊숙이 조아렸다.

"우기에는 전염병이 많이 창궐한다. 병사들에게 반드시 물을 끓여서 먹도록 하고 피로하게 하지 말라."

담덕이 대장군들에게 영을 내렸다.

"예!"

대장군들이 일제히 군례를 바쳤다.

장정은 그날 밤 잠을 이루지 못했다. 태왕 담덕이 직접 군사들을 이끌고 출전을 하는 것도 드문 일이었지만 장마철에 군사를 움직이는 것은 하책에 속한다. 장마철에는 군량이나 병기를 실은 수레의 이동이 용이하지 않고 길이 질척거려 말이 달리지 못하기 때문이다. 그러나 태왕 담덕은 상식을 깨트리고 있다. 빗속에서 천리가 넘는 부여성까지 행군해온 것도 그렇고, 전격적인 작전을 벌이고 있는 것도 누구도 예측하지 못한 전략이었다.

"군사들에게 배불리 밥을 지어 먹여라. 비 때문에 연기가 거란군 진영까지 보이지 않는다."

태왕 담덕은 날이 밝자 군사들과 똑같이 주먹밥을 타서 먹었다. 장정도 대장군들과 함께 태왕 담덕의 뒤를 따라 주먹밥을 배식 받았다. 장정은 이러한 광경이 낯설기 짝이 없었으나 대장군들은 익숙한 듯이 호탕하게 웃기까지 하면서 군사들과 어울려 주먹밥을 먹고 있었다.

마침내 아침 식사가 끝이 나자 부대가 전열을 가다듬었다. 고구려 철기군단은 각각의 깃발을 앞세우고 질서정연하게 도열했다.

"황룡군은 우익으로 출정하라!"

태왕 담덕이 빗속에서 군령을 내리기 시작했다.

"예!"

황룡군 대장군 을밀이 명령을 받아 군사를 이끌고 출정했다.

"녹룡군은 좌익으로 출정하라!"

영락 대제 담덕이 다시 출정 명령을 내렸다.

"예!"

녹룡군 대장군 술율이 군사들과 함께 진채를 출발했다. 고구려 철기 군단은 각 군이 1만 경이었다. 장정은 1만의 대군이 질서정연하게 빗속으로 행군해 가는 것을 바라보았다.

적룡군과 흑룡군은 중군이었다. 현무군이 중앙에 서고 적룡군과 흑룡군이 좌우에서 호의를 하는 형상으로 비려족이 진을 치고 있는 초원을 향해 달리기 시작했다. 50리의 행군은 한나절이 채 걸리지 않았다. 태왕 담덕은 각 군의 장수들과 함께 풀숲이 우거진 구릉에서 비려족이 진을 치고 있는 파오를 살폈다. 파오는 고구려군의 내습을 상상도 하지 못하는지 빗속에서 조용하게 엎드려 있었다.

"듣거라! 전투의 승리는 장수들이 얼마나 군사들을 잘 지휘하는지에 달려 있다. 적은 우리가 여기까지 왔는데도 전혀 눈치 채지 못하고 있다. 적을 늑대처럼 사납게 공격하라! 적이 전열을 가다듬지 못하도록 닥치는 대로 베어 죽여라! 창으로 찌르고 도끼로 머리를 내리쳐라! 알겠나?"

담덕은 수많은 군사들 앞에서 말을 타고 독려했다.

"와아아!"

군사들이 일제히 창을 흔들면서 함성을 질렀다.

"돌격하라!"

"와!"

적룡군과 흑룡군이 일제히 비려족의 파오를 향해 내달리기 시작했다. 장정도 장창을 휘두르면서 비려족을 향해 내달리기 시작했다.

비려족은 방비를 갖추지 않고 있다가 고구려 철기군단의 기습을 받자 당황했다. 그러나 그들은 초원을 이동하는 유목민족이었다. 언제든지 습격을 받을 가능성이 있었기 때문에 활과 창을 항상 소지하고 있었다.

"비려족을 죽여라!"

담덕은 철기군단을 지휘하면서 비려족을 맹렬하게 공격했다. 피가 튀고 비명소리가 난무하는 처절한 혈전이 벌어졌다. 2만에 이르는 비려족 군사들은 뿔뿔이 흩어져 달아나기 시작했다. 그러나 그들이 달아나는 곳에는 황룡군과 녹룡군이 대기하고 있었다. 퇴각을 하던 비려족은 길을 막고 있는 녹룡군과 황룡군에게 전멸을 당했다. 전투는 한나절만에 끝이 났다.

"만세!"

고구려 철기군단의 군사들은 장창을 휘두르면서 만세를 불렀다.

태왕 담덕은 재빨리 대오를 정리하고 포로들과 전리품을 노획했다.

비려족에 대한 정벌은 여러 달 동안 계속되었다. 태왕 담덕은 초원을 누비면서 비려족과 거란인들을 토벌하여 막강한 위세를 과시하고 부여성으로 개선했다.

"초원의 선비족을 모조리 토벌한 것은 아니다. 그들은 초원에서 부족들을 이끌고 유랑하고 있다. 그러므로 그들이 언젠가는 부여성을 공격하여 복수를 하려고 할지 모른다. 부여성은 이웃의 성들과 연합하는 작전을 세워라!"

태왕 담덕은 부여성에서 좌우로 떨어져 있는 성들을 증축하고 어느 성이든지 공격을 받으면 구원하는 전략을 세우고 개선했다.

제 **6** 장

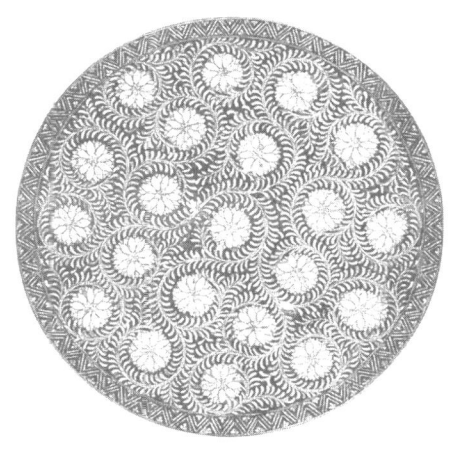

드디어 대륙 정벌에
나서다

탁발규는 바람에 **나**부끼는 초원을 물끄러미 바라보았다. 선비족의 하나인 탁발부를 이끌고 대륙과 초원을 누빈 지 수십 년, 마침내 중국 북동지방 대흥안령(大興安嶺) 산맥 북부의 작은 부족을 중국을 지배하는 대부족으로 이끌게 되었다. 탁발규는 그동안 끊임없이 남진을 하려고 했었다. 광활한 초원에서 양을 치면서 살아가는 것은 고통스러운 일이었다. 그러나 부족들은 그의 원대한 야망을 이해하지 못하고 부족 통합을 반대했다.

'우리가 통합을 하지 않으면 큰 나라들의 지배를 받는다.'

탁발규는 부족을 통일하기 위해 절치부심했다. 30년 전 그의 나이 약관이었을 때 탁발부 용사 1천 명을 이끌고 대륙의 영산이라는 장백산까지 달려가서 지혜로운 여자라는 하약란을 아내로 맞이하려고 했던 것은 부족 통합에 대한 지혜가 필요했기 때문이었다. 그러나 하약란을

아내로 맞이하는 것은 실패로 끝이 났다. 하약란을 차지하기 위해 후연의 모용희뿐만 아니라 백제의 아신왕, 고구려의 소수림왕까지 들이닥쳐 영웅들의 각축이 벌어진 것이다.

탁발규는 그때 하약란을 탈취하지 못한 것이 후회스러웠다. 하약란은 소수림왕의 동생 이련의 부인이 되었다. 그러나 그녀가 고구려 황실에 들어가면서 고구려는 눈부시게 부흥을 하여 대륙을 압박하고 있었다. 고구려인들이 왕 중의 왕이라고 부르는 태왕 담덕은 철기군단을 양성하여 남벌을 마치고 대륙과 초원을 정벌하려 하고 있었다.

'태왕 담덕, 나는 그와 자웅을 겨루게 될 것이다.'

탁발규는 초원을 노려보면서 낮게 뇌까렸다. 조만간 태왕 담덕과 대륙에서 만나게 될 것이다. 탁발규는 그 생각을 할수록 가슴이 타들어갔다. 부족을 통합하는 데도 막대한 시간이 걸렸을 뿐 아니라 아들을 후사로 세우기 위해 비정한 일도 주저하지 않았다.

'입자살모(立子殺母)의 규정을 따르지 않을 수 없다.'

탁발규는 아들의 장래를 생각하자 비장한 결단을 내리지 않을 수 없었다.

"나의 후사는 장자 탁발소(拓跋紹)다. 그러나 외척의 발호가 있을 것이 염려되니 한무제의 예에 따라 유귀인(劉貴人)를 사사하라."

아들을 황제가 되게 하기 위해 유귀인은 비통한 죽음을 맞았다.

황태자에게는 모후였지만 그에게는 사랑하는 여인이었다. 그러나 탁발규는 대업을 위해 과감하게 자신의 부인을 죽였다.

'이제는 후연의 모용희를 칠 차례다. 모용희를 치지 않으면 고구려와 전쟁을 치를 수 없다.'

탁발규는 30만 대군을 일으켜 후연을 향해 진군했다.

모용희는 탁발규가 30만 대군을 일으켜 침략을 해오자 전군을 동원한 뒤 모용천을 군사에 임명했다. 대륙은 또다시 엄청난 전쟁의 바람에 휘말렸다.

"폐하, 북위와 맞서는 것은 위험합니다. 북위에 사신을 보내 조공을 보내는 것이 어떠합니까?"

국상의 지위에 있는 모용천이 아뢰었다.

"북위가 후연을 침략하는데 우리가 고개를 숙이고 항복을 한다는 말인가?"

모용희는 눈을 부릅뜨고 모용천을 쏘아보았다.

"북위는 욱일승천하고 있습니다. 헛되이 전쟁에 휘말려 들었다가 패할 수도 있습니다. 성군은 예로부터 전쟁을 피해 왔습니다."

"침략자를 앞에 두고 무슨 망발인가? 그대는 늙어서 전쟁을 하는 것이 두려운가?"

모용희는 모용천이 항복할 것을 주장하자 대노했다. 모용희의 눈빛이 달라지면서 오랫동안 뒤에서 시중들어온 모용천을 고까운 눈으로 쏘아보았다. 모용희가 모용천을 미워하게 된 것은 모용천이 애지중지하는 애첩 유소란 때문이었다. 모용희는 어느날 모용천이 하늘의 선녀처럼 아름다운 첩을 두었다는 말을 듣고 그의 집을 찾아갔다. 과연 모용천의 젊은 애첩은 눈이 부시게 아름다웠다. 모용희는 술 기운을 빌려 모용천에게 애첩을 달라고 요구했다.

"군신간에 엄연히 예절이 있는데 어찌 신하의 첩을 거느리려고 하십니까? 이는 천부당만부당하신 말씀이옵니다."

모용천은 모용희의 청을 일언지하에 거절했다. 모용희는 모용천으로부터 거절을 당하자 얼굴이 붉게 달아올랐다. 모용천은 모용희가 애첩 유소란에게 눈독을 들이는 것을 알고는 눈물을 머금고 그녀의 목을 베었다.

"군주가 계집 하나로 실정을 할까봐 두렵다."

모용천은 애첩의 목까지 베어서 모용희가 방탕해지는 것을 막으려고 했으나 그는 오히려 모용천을 원망했다.

"나에게 주기 싫어서 죄 없는 첩을 죽였으니 모용천은 잔인한 늙은이다."

모용희는 그때부터 모용천을 탐탁하게 여기지 않았다.

"국상은 북위와 가깝습니다. 지난번에 사신으로 갔을 때도 탁발규에게 후한 대접을 받았다고 합니다."

후연의 간신 모용민이 이간질을 했다.

"국상을 파직한다."

모용희는 오랫동안 자신을 섬겨 온 모용천을 국상의 자리에서 파직했다.

"모용천은 오랫동안 폐하를 보필해 왔습니다. 그를 파직하시는 것은 옳지 않습니다."

모용천이 충신이라는 것을 알고 있는 대신들이 일제히 상소문을 올렸다.

"누가 이따위 상소문을 올리는가? 이 자도 모용천과 다름없는 작자이다."

모용희는 대노하여 모용천을 구제하려는 대신들을 파직했다. 그러는 동안 북위의 대군은 후연을 향해 노도처럼 몰려오고 후연도 군대를 소집하여 일전을 치를 준비를 갖추었다. 북위군과 후연군은 하북 평야에서 대치했다.

'오늘 북위를 중원에서 완전히 몰아낼 것이다.'

모용희는 영루에서 수십 리에 뻗쳐 있는 북위 진영을 바라보면서 결의를 다졌다.

"북위는 군사가 사납습니다. 공격을 하는 것보다 진용을 잘 갖추고 막는 것이 좋겠습니다."

모용희가 장수들과 한창 전략을 논의하고 있을 때 모용천이 참견을 했다.

"파직을 당한 그대가 전략을 논의하는데 감히 참견하는가! 물러가라."

모용희는 모용천을 대군영에서 추방했다.

"북위군을 공격하면 패할 것이고 수비하면 승리할 것이다."

모용천은 대군영에서 추방을 당하자 한탄했다.

"나리께서는 대왕에게 파직을 당했는데 어찌 도우려고 하십니까?"

모용천의 부장이 물었다.

"평생 이 나라를 위해 헌신했는데 대왕에게 버림을 받았으니 내가 죽을 곳이 어디인지 모르겠다."

모용천이 비통한 목소리로 탄식했다. 모용천이 모용희에게 배척을 당하자 오랫동안 그를 따르던 장수들도 맥을 놓았다. 마지못해 후연의 왕 모용희의 영을 따르기는 했으나 스스로 전략을 세워 군사를 지휘하려고 하지 않았다.

"차라리 전쟁터에서 물러나 고향으로 돌아가소서."

"고향으로 돌아간다고 내 마음이 편하겠는가?"

"하오면 속절없이 여기서 죽을 작정이십니까?"

"모두가 하늘의 뜻이다."

모용천은 깊게 한숨을 내쉬었다.

마침내 천지를 울리는 우레 소리와 함께 북소리가 요란하게 울리고 북위군에서 화살이 빗발치듯이 날아오기 시작했다. 후연군도 일제히 화살로 맞대응을 했다.

'결국 화살만 낭비하고 있군.'

모용희는 반란을 일으켜 고용성을 죽이고 후연의 왕이 된 뒤부터 총기를 잃고 있었다. 북위와의 대전은 나라의 흥망을 좌우할 수 있는 중대한 전쟁이었다. 북위에게 패하면 고구려의 침공을 받게 된다. 고구려의 침공을 받으면 후연은 존재할 수가 없게 되는 것이다.

"전군은 후연군을 향해 돌격하라!"

북위군은 화살 공격이 끝나자 대군을 투입하여 후연을 공격하기 시작했다. 후연도 일제히 선봉군을 투입하여 북위군을 공격했다. 하북 평야는 양군의 처절한 전투로 피비린내가 물씬 풍겼다. 양군 군사가 모두 50만이나 되었다. 그러나 직접 전투에 투입된 군사는 북위군이 5만, 후연군이 3만이었다.

후연군은 3만을 투입했는데도 초전에서 승세를 잡고 있었다. 북위군

5만이 점점 밀리면서 시체가 산처럼 쌓이기 시작했다.

"북위군이 밀리고 있다. 5만 군사를 더 투입해라!"

모용희는 대군을 다시 투입했다. 후연군의 5만이 투입되자 북위군은 황급히 퇴각하기 시작했다.

"돌격하라! 북위군을 중원에서 몰아내라!"

모용희는 적접 전고를 치면서 군사들을 독려했다.

"폐하, 초전이니 너무 깊숙이 추격해서는 안 됩니다."

그때 모용천이 황급히 달려와 모용희를 가로막았다.

"닥쳐라! 네가 뭘 안다고 나서느냐?"

모용희는 모용천에게 벽력처럼 고함을 지르고 자신이 손수 군사를 휘몰아 북위군을 향해 달려갔다. 후연군이 일제히 모용희를 따라 공격해 갔다. 그러나 그들이 미처 10리도 진격하지 못했을 때 양쪽 언덕에서 구름 같은 흙먼지가 일어나면서 북위군 10만이 공격을 해왔다.

'매복이구나.'

모용희는 천지를 울리는 함성과 함께 파도처럼 몰아쳐오는 북위군을 보고 등골이 오싹했다.

"퇴각하라! 전군은 퇴각하라!"

모용희는 군사들에게 황급히 고함을 지르면서 말고삐를 돌렸다. 그러나 사방에서 북위군이 함성을 지르며 공격을 해오자 당황했다. 북위군은 후연의 왕인 모용희를 향해 질풍처럼 달려와 후연의 군사들을 처절하게 도륙하고 있었다. 모용희는 칼을 휘두르면서 필사적으로 포위망을 뚫기 시작했다. 그러나 북위군은 모용희를 겹겹이 에워쌌다.

"폐하!"

그때 모용천이 일단의 군사를 이끌고 달려와 모용희를 구원했다. 모용희는 그 틈을 이용해 간신히 포위망을 빠져나왔으나 8만 더군이 몰살당하고 말았다.

후연군은 1차전에서 대패하여 30리를 물러나 진채를 세웠다. 모용희는 모용천에게 가까스로 구원을 받아 목숨을 건졌으나 분하기 짝이 없었다. 모용희가 공격 명령을 내린 3만 군사와 5만의 투입군이 북위군에게 포위되어 몰살을 당했지만 그것보다 더욱 분한 것은 모용천에게 구원을 받았다는 사실이었다.

"대오를 정리하라! 북위의 공격에 대비하라!"

모용희는 애써 모용천에게 구원받은 일을 내색하지 않고 군사들을 정비했다. 후연군은 장수들의 진두지휘 아래 대오를 정리했다.

"폐하, 모용천이 위기에서 우리 후연군을 구원했습니다. 모용천을 국상에 복직시키소서."

대신들이 모용천을 복직시킬 것을 요구했다.

"국상에는 모용곤이 임명되어 있다. 그가 실책을 한 일도 없는데 어찌 교체하는가?"

　모용희는 모용천을 국상에 복직시키고 싶지 않았다.

　"군사들이 모용천을 따르고 있습니다. 우리 후연에서 모용천처럼 병법을 잘 알고 있는 사람은 없습니다."

　"후연에 어찌 사람이 없다고 하는가?"

　"폐하, 군주는 인재를 아껴야 하옵니다."

　"모용천을 불러 오라."

　후연의 왕 모용희는 대신들이 간곡하게 아뢰자 마지못해 모용천을 대군영으로 불렀다. 모용천이 대군영으로 달려와 부복했다.

　"그대를 원수에 임명한다."

　"황공하옵니다. 신을 원수에 임명하시려면 군령검도 함께 내리소서."

　"군령검을 달라고?"

　"원수에게 군령검이 없으면 무엇으로 군령을 세울 수 있겠습니까?"

　"좋다."

　모용희는 내키지 않았으나 모용천에게 군령검을 하사했다. 모용천은 원수에 임명되자 후연군을 대대적으로 재편성했다. 그는 진채 전면에 노약병들을 배치시킨 다음 깃발을 삼엄하게 세워놓고 군사들에게 말을 달려 흙먼지를 자욱하게 일어나게 했다. 밤이 되자 모용천은 후연군의 주력을 진채에서 빼내 이동시켰다.

　"원수는 무엇을 하는가?"

　모용희는 주력부대가 진채에서 빠져나가자 대경실색하여 모용천에게 물었다.

　"적을 끌어들이는 계책을 세우고 있습니다."

"우리는 북위군보다 숫자가 적다. 주력군을 진채에서 빼내면 순식간에 무너진다. 원수는 나를 북위군에게 넘겨주려고 하는가?"

후연의 왕 모용희가 펄쩍 뛰었다.

"폐하, 적을 끌어들여 기습하지 않으면 후연군은 대패하게 될 것입니다."

모용천이 눈을 부릅뜨며 외쳤다.

"좋다. 이 전략이 실패하면 군사의 목을 벨 것이다."

모용희가 화를 벌컥 내면서 소리를 질렀다. 모용천은 모용희가 자신을 믿지 못하는 것을 알자 맥이 빠졌다. 그러나 전쟁에 이기려면 모용희의 전략을 따를 수가 없었다. 이튿날 아침이 되자 모용천은 진채에 남아 있는 노약병들에게 꽹과리를 치고 북을 치게 했다. 아울러 말을 타고 돌아다니면서 흙먼지를 일으켰다.

북위군은 아침이 되자 전날의 승세를 이어가기 위해 1만의 군사를 투입하여 후연군의 대진을 살폈다.

"후연군은 어제의 전투에서 8만을 잃었다. 20만 군사들 중에 저들은 12만밖에 남지 않았다."

탁발규가 아들 탁발소에게 말했다.

"저희는 30만 군사가 있사온데 이를 공격하는 것이 어떠하옵니까?"

탁발소가 한껏 고무되어 탁발규에게 물었다.

"당연히 공격을 해야 할 것이다. 누가 선봉에 나서겠는가?"

탁발규가 장수들을 돌아보면서 물었다.

"신이 선봉에 서겠사옵니다."

탁발혼 대신 새로 국상에 임명된 탁발경의 아들 탁발민이 외쳤다. 탁발경은 오랫동안 탁발규를 보좌해 왔기 때문에 대원수로 임명되어 있었다.

"믿음직스럽다. 5만 군사를 줄 테니 출정하라!"

탁발규가 탁발민에게 군령을 내렸다. 탁발민은 5만 군사를 이끌고 북위군의 선봉에 나섰다.

둥둥둥둥.

대군영에서 북소리가 둔중하게 울렸다. 탁발민은 북소리가 울리자마자 군사를 휘몰아 후연군 진영을 향해 노도처럼 달려갔다.

"후연군은 오합지졸이다. 중원에서 후연군을 몰아내고 북위의 나라를 세우자!"

탁발민은 군사를 휘몰아 후연군의 진채를 몰아쳤다. 후연군은 처음에는 화살을 쏘면서 세차게 저항했으나 노약병을 세웠기 때문에 이내 와르르 무너져 달아나기에 바빴다.

"후연군이 달아나고 있다. 추격하라!"

탁발민은 북위군을 휘몰아 후연군의 진채 깊숙이 쳐들어갔다. 그러나 후연군의 진채는 깃발단 무수히 남기고 텅텅 비어 있었다.

'속았다!'

탁발민은 대경실색했으나 이미 때는 늦었다. 후연군이 갑자기 사방에서 불화살을 쏘면서 맹렬하게 돌진해 왔다. 북위군은 우왕좌왕하다가 몰살을 당했다. 그러나 탁발민의 패배는 북위군 전체를 혼돈 속으로 몰아넣었다. 후연군의 1만 결사대가 탁발민의 북위군을 바짝 뒤쫓아 북위군 진영까지 쇄도하자 북위군은 당황하여 뿔뿔이 흩어졌다.

"퇴각하라!"

탁발민은 북위군을 50리나 후퇴시켰다. 후연군은 맹렬하게 북위군을 추격하여 10만이나 몰살시켰다.

"핫핫핫! 북위군이 도망치고 있다. 북위군을 추격하여 몰살시켜라!"

후연의 모용희는 장수들에게 명령을 내렸다. 북위군의 대원수 탁발경은 후퇴를 거듭하다가 양하곡에 이르자 군사들을 매복시키고 다시 10리를 후퇴했다. 후연군이 양하곡으로 들어오면 몰살시킬 작정이었다.

"추격을 멈춰라!"

후연군의 대원수 모용천은 50리를 추격하여 양하곡에 이르자 군사들을 멈추게 했다.

"원수는 어찌하여 추격을 멈추게 하는가?"

모용희가 달려와 모용천을 추궁했다.

"폐하, 이미 밤이 되어 더 이상 추격을 할 수 없습니다."

"북위군이 패하여 달아나고 있을 때 몰아쳐서 승세를 굳혀야 하는데 추격을 중지하여 승세를 잃는가? 진정 병법을 모르는 자로다."

모용희는 모용천의 원수직을 해제했다. 모용천이 원수직을 해제당할 때 북위에서도 장수들의 책임을 추궁하고 있었다.

"선봉군 장수를 참수하라."

북위의 탁발규는 대노하여 탁발경의 아들 탁발민을 참수해버렸다.

'대왕이 어찌하여 장수들을 아끼지 않는가?'

북위군의 대원수 탁발경은 아들이 군령에 의해 참수되자 비통했다. 북위군과 후연군은 다시 하북평야에서 대치했다. 북위군 20만, 후연군 10만이었다. 양쪽이 막대한 손실을 입었으나 전투는 다시 시작되었다. 후연군의 원수가 교체되기는 했으나 후연군은 모용희의 진두 지휘를 받으면서 양하곡으로 갈려들어갔다. 양하곡은 길이가 10리에 이르는 협곡이었다. 후연군의 선봉 1만, 중군 5만이 양하곡의 중간에 이르자 갑자기 양쪽 계곡에서 화살이 빗발치듯이 날아왔다.

"매복이다!"

후연군은 우왕좌왕하면서 다투어 계곡을 빠져나가려고 했다. 그러나 북위군이 양하곡에 짚더미를 던져 놓고 불화살을 쏘아대자 좁은 협곡 안에서 후연군은 불에 타거나 연기에 질식하여 죽었다. 가까스로 계곡을 빠져 나오면 북위군이 기다리고 있다가 도륙했다.

후연군은 대패하여 10만 군사 대부분을 잃었다.

북위와 후연의 전쟁은 1년 동안이나 계속되었다. 북위는 후연군을 중원에서 내쫓고 하북 일대를 완전히 장악하여 중원의 패자가 되었다. 후연은 북위에 의해 요서 지방으로 밀려나게 되면서 고구려와 필연적으로 전쟁을 벌이지 않으면 안 되었다.

'북위는 강하다. 북위와 싸우는 것보다 요서로 진출해야 한다.'

모용희는 북위와의 대전에서 패한 뒤 1천 리를 퇴각하여 초원에서 군사를 양성하기 시작했다.

중원에서 후연군을 몰아낸 북위군은 하북 일대를 완전히 평정하고 세력을 점점 확장해 나갔다. 북위는 남쪽에 동진과 국경을 접하고 있었다. 동진은 백제와 동맹을 맺고 북위군에 대처했다.

북위에서도 자중지란이 일어났다. 나라가 커지면서 권력쟁탈전이 벌어졌다. 북위의 탁발규는 부족을 통일하여 강대한 제국을 건설했는데도 부족들 간의 끊임없는 권력쟁탈에 휘말렸다. 때로는 권력쟁탈의 칼끝이 탁발규를 향해 올 때도 있었다.

'권력 쟁탈의 문제는 항상 외척에 있다.'

탁발규는 평성에 도읍을 정한 뒤 나라를 안정시키는 일에 역점을 두었다. 외척들이 차례차례 제거되고 공신들이 무자비하게 숙청되었다. 그러자 공신들이 죽음을 당하지 않기 위해 전전긍긍하는 사태가 벌어졌다.

'부황은 공신들을 함부로 죽이고 있다. 이렇게 하면 신하들이 어떻게 부황을 믿고 따르겠는가?'

황태자 탁발소는 탁발규에게 불만을 갖게 되었다. 그를 황태자로 세우면서 어머니를 사사한 탁발규가 야속했는데 대신들까지 가차없이 숙청하기 시작하자 불만이 점점 높아졌다. 도무제 탁발규는 한족 출신을 등용하여 제국으로서 북위의 체제를 다져나갔다. 그는 북쪽 부족들을 모두 해체하여 봉건 국가 체제를 지향했으나 부족들의 반발이 적지 않았다.

"부황은 온전한 정신이 아니다. 모후를 살해하고, 북위를 창업하는 데 절대적인 공을 세운 탁발혼을 유배를 보내서 죽게 만들었다."

탁발소는 탁발규가 광포해져 공신들을 마구 죽이자 반란을 일으켜 부황인 탁발규를 죽이고 명원제로 등극했다. 광대한 초원에서 태어난 탁발규는 대륙을 호령할 정도의 일대영웅이었다. 그러나 그는 말년에 유현의 반란에 시달리고 외척과 공신들을 의심하기 시작하여 닥치는 대로 학살을 하다가 결국 아들에게 죽임을 당한 것이다. 대영웅의 허망한 죽음이었다. 탁발소는 탁발규가 병으로 죽었다고 발표를 한 뒤에 성대하게 장사를 지냈다.

북위의 도읍 평성은 창업을 한 도무제 탁발규의 죽음과 새로운 황제로 등극한 탁발소가 조정을 대대적으로 개편하면서 어수선해졌다.

북위가 내란에 휘말려 있는 동안 모용희는 군사를 다시 양성하여 거란을 공격하기 시작했다. 거란은 이미 고구려에 토벌되어 소수 부족들이 수천에서 1만 명 이내의 군대를 거느리고 초원을 유랑하고 있었다. 그들은 후연의 모용희에게 토벌되어 후연의 전위부대가 되었다.

"후연의 모용희가 군사를 이끌고 오고 있습니다."

후연의 동정은 즉각 환도성에 있는 담덕에게 보고되었다.

'후연은 북위에 패한 군대다. 뛰어난 전략가인 모용천이 죽었으니 후연을 유인하여 붕괴시켜야 한다.'

담덕은 철기군단을 이끌고 요동성을 향해 달려갔다.

"후연군은 어디에 있는가?"

담덕은 요동성 성주이자 유주 자사인 고양진에게 물었다.

"요동성 2백 리밖에 있습니다."

고양진이 담덕의 앞에 엎드려 대답했다. 담덕은 지도를 펼쳐놓고 후연군의 이동경로를 살핀 뒤에 전략회의를 열었다. 철기군단의 대장군들을 비롯하여 유주자사 고양진, 담덕의 호위장으로 있다가 북부여 지역에 있는 청목성의 성주 겸 수사로 있는 모두루, 병기창의 소형으로 있다가 동부여 지역의 책성에 있는 곽충까지 달려와 있었다. 후연을 멸망시키는 것은 어려운 일이 아니라고 생각했다. 그러나 후연을 멸망시키면 곧바로 북위와 싸워야 했다.

"우리는 후연을 괴멸시키고 중원으로 진출해야 한다. 그러나 후연을 완전히 괴멸시킬 필요는 없다. 우리가 북위를 정복하기 전에는 후연이라는 완충지대가 필요하다. 후연을 패퇴시킨 뒤에 대륙 장정을 벌일 것이다."

담덕은 장수들을 모아놓고 지구전을 전개하기로 결정했다. 후연을 패퇴시키고 동부여와 숙신을 정벌한 뒤에 서정(西征)을 벌여도 늦지 않다.

"신들도 후연을 패퇴시킨 뒤에 동부여를 정벌해야 한다고 생각하옵니다."

황룡군 대장군 을밀이 아뢰었다.

"황룡군 대장군 을밀은 군사 1만을 이끌고 후연군을 공격하여 목저성으로 유인하라! 우리가 목저성에서 기다릴 것이다!"

"예!"

을밀은 철기군단 황룡군 1만을 이끌고 초원으로 달려갔다.

모용희는 거란의 초원을 휩쓸면서 군사들을 편입시켰다. 북위와의 다전에서 패하여 군사가 불과 3만밖에 되지 않았던 후연은 초원을 휩쓸면서 점점 군사가 불어나 순식간에 30만이 되었다. 물론 이들은 대부분 거란인들이었고 후연군에 의해 억지로 흡수·합병된 병사들이었다.

"고구려군이다!"

모용희의 후연군이 초원을 휩쓸고 있을 때 붉은 깃발을 휘날리는 일단의 군사가 보였다. 고구려군은 목저성 앞의 초원에 대진을 펼치고 있었다.

"적들의 군사가 얼마나 되느냐?"

"1만 명 남짓 됩니다."

"그렇다면 조족지혈이다. 고구려군을 단숨에 쓸어버려라!"

모용희가 후연군에게 명령을 내렸다. 후연군은 일제히 함성을 지르면서 고구려군을 향해 달려갔다. 고구려 황룡군은 철기군단이었다. 후연군이 질풍처럼 말을 달려오자 함성을 지르면서 맞서 싸우는 척하다가 거짓으로 패퇴하여 달아나기 시작했다. 후연군은 고구려군을 맹렬하게 추격하다가 밤이 되자 멈추었다.

"와!"

이튿날, 날이 밝기도 전에 고구려의 황룡군이 노도와 같은 함성을 지르면서 후연군을 공격해왔다. 후연의 군사들은 일제히 진문을 열고 나가 고구려군과 맞서 싸웠다. 고구려 철기군단은 용맹했다. 진문을 열고 나간 후연군 선봉 5천 명은 순식간에 패색이 짙어졌다는 것을 깨달았다. 모용희는 2만의 대군을 투입하여 간신히 호각세를 이루었다.

"적은 1만밖에 되지 않는다!"

모용희는 다시 3만 군사를 투입했다. 그러자 고구려군은 썰물처럼 밀려나 달아났다.

후연군은 고단한 행군을 하기 시작했다. 고구려군은 이틀이 멀다 하고 후연군을 공격하고, 후연군은 그들을 추격하여 하루에 50리에서 1백 리를 달렸다. 병법에 장수가 50리를 달리면 군사의 절반이 떨어져 나가고 장수가 1백 리를 달리면 군사가 10분의 1밖에 따르지 못한다고 되어 있다.

고구려군은 계속 치고 빠지는 전략으로 후연군을 유인했다.

날씨는 점점 추워지기 시작했다. 살을 에일 듯한 추위가 계속되자 진중에서 불만이 일어나기 시작했다. 후연군에 편입된 거란군들은 기회만 오면 달아나기 시작했다.

'아아, 참으로 지독한 놈들이다.'

모용희는 고구려군이 공격과 퇴각을 반복하자 진저리를 쳤다.

"폐하, 더 이상 고구려군을 추격해서는 안 됩니다."

황태자 모용보(慕容寶)가 추격을 반대했다.

"고구려군이 도망을 가고 있는데 추격을 하지 말라는 말이냐?"

모용희가 화를 벌컥 냈다.

"날씨가 추워지고 있습니다. 더 이상 추격을 하면 군사들이 모두 얼어 죽습니다."

한인 출신의 중위장군 풍발(馮跋)도 반대했다.

"너는 어찌 생각을 하느냐?"

모용희가 황태자 모용보의 아들 모용운(慕容雲 : 고운)에게 물었다. 모용운은 원래 고구려 출신으로 전연(前燕)이 침략을 했을 때 강제로 전연으로 끌려갔던 고양씨의 후손이었다. 무예가 출중하여 모용보가 태자로 있을 때 동궁(東宮)의 무예급사(武藝給事)로 지내다가 그의 양자가 되어 모용씨라는 성을 받았다.

"신 또한 그리 생각하옵니다."

모용운이 고개를 숙이고 대답했다.

"어리석다. 전쟁에 패하면 살아남을 수가 없다."

모용희는 혀를 차고 군대를 강제로 행군하게 했다. 그러나 그의 강행군은 많은 군사들의 희생을 가져왔다. 추위와 굶주림으로 많은 군사들이 죽어 나뒹굴었다. 군사들과 말의 죽은 시체가 길바닥에 어지럽게 깔리고 사기는 땅에 떨어졌다. 그들은 장장 3천 리를 행군하여 고구려의 목저성에 이르렀다.

"고구려의 성이다! 저 성을 빼앗아 추위에서 벗어나자!"

모용희는 군사들을 휘몰아 고구려의 목저성을 공격하기 시작했다. 그러나 고구려의 성들은 축성술이 발달해 있었기 때문에 모용희의 군사들이 치열하게 공격을 해도 함락할 수 없었다.

"후연군은 우리 황룡군에게 유인되어 3천 리를 행군했다. 군대는 지치고 사기는 떨어져 있다. 이제야말로 후연을 초토화시킬 때다. 전군은 후연을 공격하라!"

담덕은 고구려군에 군령을 내렸다.

"전군 속보로 돌격!"

고구려의 철기군단은 사방에서 후연군을 에워싸고 노도처럼 공격을 감행했다. 모용희의 후연군은 삽시간에 고구려군에 대패했다.

후연군은 무수한 시체를 남기고 목저성에서 퇴각하여 용성으로 돌아가기 시작했다. 패퇴의 길은 더욱 비참했다. 고구려의 철기군단은 쉬지 않고 추격을 계속하여 후연군을 몰살시켰다. 후연의 범양태수(范陽太守 : 북경 서남쪽 탁 방면), 어양태수(漁陽太守 : 북경 동북쪽 방면), 연군태수(燕郡太守 : 북경 동쪽 계 방면), 상곡태수(上谷太守 : 북경 서북쪽 방면), 대군내사(代郡內史 : 북경 서쪽 방면), 광령태수(廣寧太守 : 북경 서북쪽 방면), 북평태수(北平太守 : 북경 동쪽 방면), 요서태수(遼西太守 : 난하 서쪽 방면), 창려태수(昌黎太守 : 대릉하 중류 방면), 낙랑태수(樂浪太守 : 대릉하 하류 방면), 대방태수(帶方太守 : 대릉하 하류 방면)를 귀복시켜 고구려의 영토로 편입시키고 후연을 완전히 고립시켰다.

"고구려군이 후연의 옥토를 모두 짓밟았다. 이제는 더 이상 버틸 수가 없다."

중위장군(中衛將軍) 풍발과 선위장군 도인(桃仁)이 모의를 하여 모용희를 죽이고 모용운을 연왕으로 옹립했다. 모용운은 후연의 천왕(天王)에 즉위하자 자신의 성씨를 고씨(高氏)로 복성(復姓)한 뒤에 개원을 하고 극호를 대연(大燕 : 북연)이라 칭했다.

…삼가 신(臣) 고운이 왕 중의 왕 영락대제 탑전에 돈수백배하고 아뢰옵니다. 신은 고구려의 후인으로 전연 때에 일가가 용성으로 납치되었다가 우연히 연의 태자 모용보의 양자가 되어 이제 연의 보위에 올라 극호를 바꾸고 개원하게 되었습니다. 전왕 모용희는 학정이 심하여 신하들에 의해 주살되었으니 태왕께서는 동족의 은택을 베풀어 군사를 거두소서. 하늘에 해가 있고 밤에 달이 뜨는 한 신 고운은 태왕을 섬길 것을 천지신명께 맹세합니다….

고운은 시어사(侍御史) 이발(李拔)을 시켜 담덕에게 항복을 청했다.
"연나라의 새로운 임금은 우리 고구려의 후인이니 마땅히 은택을 베풀어 주어야 한다."
태왕 담덕은 고운의 사신이 보낸 서찰을 받자 군사를 거두고 회군했다. 그러나 유주에 자사 고양진을 두어 다스리게 했다. 그러잖아도 후연을 패퇴시키되 멸망시킬 의사가 없었던 담덕은 고운의 투항을 받아들여 북연을 속국으로 만들고 개선했다.

제 **7** 장

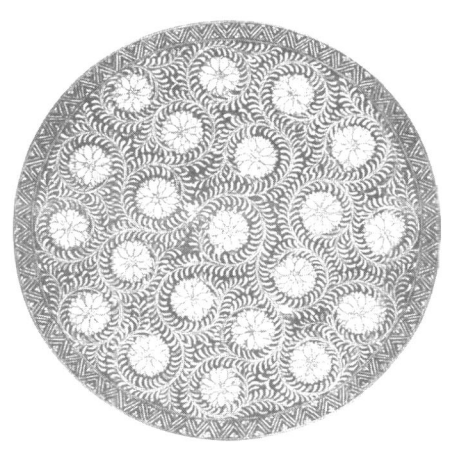

동부여 정벌 작전

청천 하늘에는 무수한 깃발이 나부끼고 군사들의 창은 하늘을 찌를 듯이 빽빽한 숲을 이루었다. 출정을 알리는 북소리가 장안의 주작대로를 휘돌아 성 밖까지 우레처럼 울렸다.

"왕 중의 왕 영락대제 만세!"

"만세!"

군단을 선도하는 기수단이 환도성을 나오자 연도에 늘어선 성민들이 일제히 함성을 질러댔다.

고구려의 도읍 환도성.

고구려 제2대 유리왕이 졸본에서 천도를 한 뒤에 어언 4백 년을 고구려의 도읍으로 있었기 때문에 성 안에는 고루거각이 즐비하고, 성 안과 밖의 가구 수만 10만 호에 이르는 대도(大都)였다.

환도성은 압록강 건너 대륙의 서쪽에 위치하고 있는데, 그 북쪽에는

장백산맥의 한 갈래인 노령산맥의 줄기가 길게 뻗어 있어 첩첩 연봉이
북풍을 막아주고 깊은 골짜기와 수많은 하천이 즐비해 수렵과 농경이
발달했다.

동쪽에는 우산(禹山), 북쪽에는 용산(龍山), 서쪽에 칠성산이 있어 3면
을 산들이 병풍처럼 들러싸고 남쪽에는 압록강이 흘러 그야말로 배산
임수의 천연적인 요새였다. 그러나 고국원왕 시절 고구려 군사가 연나라
의 침략을 받아 성을 버리고 패수로 달아나고, 연나라는 5만의 고구려
인들을 포로로 잡아 돌아가면서 환도성을 철저하게 파괴했다. 이때 태
후와 고국원왕의 왕비가 연나라에 끌려갔다. 고국원왕의 왕비는 연나라
에서 수모를 당하자 자결했다.

이후 연나라가 철수하자 고국원왕은 환도성을 대대적으로 증축하고
연나라에 복수하기 위해 군사를 양성했다. 그리고 소수림왕과 고국양
왕의 뒤를 이어 태왕 담덕이 즉위하면서 고구려는 마침내 대륙으로 웅
비할 태세를 갖춘 것이다.

무적을 자랑하는 고구려의 철기군단이었다. 황록적흑(黃祿赤黑)의 4군
이 8괘(卦)의 법에 따라 대오를 이루고 중군(中軍)인 현무군(玄武軍)이 삼
엄하게 깃발을 세우고 성문을 나오고 있었다. 군사들이 행군하는 군마
소리가 지축을 울렸다.

환도성 밖에 살고 있던 고구려 성민들은 수십 리 밖에서 하얗게 들
려와 탄성과 함성을 내뱉었다. 대륙에 명성을 떨치고 있는 철기군단, 중
중의 왕 태왕 광개토가 직접 출전하는 것을 보는 것은 결코 쉬운 일이

아니었다.

황룡군이 먼저 지나갔다. 황룡군을 상징하는 붉은 깃발이 숲처럼 나부꼈다.

"와!"

성민들의 함성이 천지를 울렸다.

황룡군에 이어 녹룡군이 위풍당당하게 행군해왔다. 녹룡군을 상징하는 녹색 깃발이 하늘을 빽빽하게 메우고 연도를 행군해갔다.

녹룡군에 이어 적룡군, 흑룡군이 핏빛의 깃발과 검은 깃발을 앞세우고 행군해왔다.

5만의 철기군단이 들고 있는 창검에서는 흉맹한 살기가 뿜어지고 군사들의 대오는 신장(神將)처럼 위풍당당했다. 군사들이 질서정연하게 행군하는 대오의 뒤로 홍진이 구름처럼 일어났다.

태왕 담덕 즉위 18년.

서력으로는 409년의 일이다. 태왕 광개토는 즉위한 지 18년이 되자 4월에 왕자 거련(巨連)을 태자로 세우고 나라의 동쪽에 독산성(禿山城)을 비롯하여 6개의 성을 축조하고 국내의 많은 백성들을 이주하게 했다. 7월에는 남쪽을 순행하여 백제를 위협했다.

"백제가 변경을 공략하지 못하게 했으나 이제는 오랜 숙원인 대륙을 정복할 것이다!"

태왕 담덕은 백제의 위협을 제거한 뒤 대륙 정벌의 대장정에 나선 것이다.

"태왕이시어 대륙을 정벌하소서!"

"정벌하소서!"

성민들은 환호하면서 담덕의 대륙 정벌을 축원했다.

담덕은 환도성에서 나오자 초원을 묵연히 바라보았다. 대륙 정벌은 어머니의 꿈을 이루는 것이다. 그의 생존 때는 영락대왕(永樂大王), 혹은 영락대제로 불렸다. 연호를 영락으로 사용하면서 역대 어느 임금도 이루지 못했던 대제국을 만들어 동진(東進)에 나서게 되어 가슴이 설레고 있었다. 동진이 완성되면 흑수와 요하를 정벌하고, 마침내 중원으로 천군만마를 휘몰아서 질풍처럼 달려갈 예정이었다. 그는 오늘을 위하여 오랫동안 절치부심해왔다. 호시탐탐 고구려를 뒤집어엎으려는 대백제와의 전쟁, 신라를 침략한 왜국의 토벌에도 많은 공을 들였다. 그러나 그가 가장 공을 들인 것은 철기군단의 양성이었다.

담덕은 철기군단의 양성을 마치고 군량을 비축하자 마침내 송화강 동쪽의 광활한 대륙, 옛 동부여(東夫餘) 땅을 정벌하는 대장정에 나선 것이다.

"왕 중의 왕 영락대제 만세!"

"태왕 영락대제 만세!"

성민들은 구름같이 몰려들어 담덕을 향해 환호했다. 황금 갑옷을 입고 황금 투구를 쓴 태왕, 왕이면서도 고구려의 군사들과 똑같이 전장에서 싸우고, 싸우면 반드시 승리를 거두는 영웅이었다.

"살(殺)!"

"살(殺)!"

철기군단은 관중들의 환호에 답하듯이 발을 구르며 짧은 구호를 외쳤다. 적을 반드시 죽인다는 필승의 각오를 용암처럼 토해내고 있는 철기군단이 피워 올리는 흙먼지가 청천하늘로 자욱하게 올라 퍼졌다.

천복성(天福城).

　고구려의 환도성에서 동쪽으로 1백 리가 떨어져 있는 천복성은 밤새
도록 광풍이 휘몰아치더니 새벽엔 빗줄기까지 무섭게 퍼부었다. 천복성
은 고구려의 동쪽 요새로 월리, 철리 등과 국경을 접하고 있어서 전쟁이
그치지 않았다. 그 천복성에 담덕은 5만의 대군을 이끌고 정복전쟁을
벌이기 위해 온 것이다. 절기는 여름이었으나 천복성은 벌써 여름을 훌
쩍 건너뛰고 가을이 시작되고 있었다. 광활한 초원은 누르스름한 빛을
띠고, 낮은 구릉과 산들은 울긋불긋 단풍이 물들기 시작하고 있었다.

　북쪽일수록 단풍이 화려하다. 산들의 그늘 쪽 나무들은 이미 타는
듯이 붉었고, 낙엽송들이 샛노랗게 물들어 있었다. 겨울을 재촉하기라
도 하듯이 샛노란 낙엽송과 단풍나무가 울창한 천복성에 빗줄기가 거
칠게 쏟아지고 있었다.

여기는 천복성의 황룡군 대군영.

약 1만의 군사를 거느린 황룡철기군 대장군 을밀은 지난밤 장수들과 마신 술에 대취하여 뒤늦게 깊은 잠에 떨어져 있었다. 밤새도록 광풍이 휘몰아쳐 잠자리가 어수선했다. 광대한 벌판을 달려오는 세찬 비바람소리, 군영의 천막이 바람에 펄럭이는 소리, 군사들이 타는 군마의 처량한 말울음 소리가 잦아들자 잠이 든 것이다.

"장군님!"

을밀은 새벽의 달콤한 잠 속에서, 무명의 혼돈 속에서 빗줄기 소리와 말울음 소리 사이로 아련하게 자신을 부르는 소리를 들었다. 비몽사몽 중이거나 가수(假睡)상태였다. 그 소리가 자신을 부르는 것 같기도 했고 옛날에 들었던 죽어가는 병사들의 신음소리 같기도 했다. 어쩐지 실체가 없는 것 같은, 꿈속에서 부르는 것 같은, 고원의 밀림에 서식하는 늑대의 울음소리 같은 기묘한 소리였다.

"장군님!"

목소리는 좀 더 뚜렷해졌다. 토막을 치는 것 같은 굵고 단호한 목소리다. 을밀은 그때서야 눈을 번쩍 떴다. 사방은 아직도 캄캄하고 허공을 달려오는 세찬 바람소리가 아우성을 치고 있었다.

"장군님!"

어둠 속에서 솟아오르듯이 목소리가 그를 재차 불렀다. 을밀이 눈을 뜨자 군막 안이 희끄무레하게 윤곽을 드러내고 있었다.

"누구냐?"

을밀은 침상에 누운 채 밖을 향해 물었다.

"호군 오살리입니다."

호군 오살리는 을밀의 전속 부장이다. 오살리는 속말말갈(粟末鞨鞨) 출신으로 그 지역에 유난히 많은 대성(大姓) 오가(烏哥)의 용사였다.

"오살리, 무슨 일인가?"

"대장군, 폐하께서 군령을 내리셨습니다."

"뭣이?"

을밀은 벌떡 일어나려다가 멈칫했다. 그의 침상에 홍개호 일대에 웅거하는 니하족의 족장 딸이 누워 있었다. 천복성은 니하 족이 다스리고 있다. 홍개호 일대에서 고기를 잡아서 생활하는 어족들이 많아 피부가 매끄러운 편이었다.

"어족이라고 멸시하지 말라. 부인으로 삼으면 큰 상을 내릴 것이다."

태왕 담덕의 지엄한 영이 떠올랐다. 담덕은 그를 따르는 장수들에게 점령한 부족의 귀족 여자들과 혼인을 하라고 강요하고 있었다. 속민들을 고구려화시키려는 그의 정책은 귀족주의를 표방하는 고구려의 기라성 같은 장수들로부터 격렬한 반발을 불러일으키고 있었다. 고구려는 전통적으로 강력한 귀족들끼리 혼례를 올려 부와 권력을 지속시키고 있었다. 그런데 고구려 철기군단의 장수들이 정복한 지역의 여자들과 혼인을 하면 권력의 영속성에 문제가 생기기 때문에 장수들이 반발하고 있는 것이다.

을밀은 부인과 장성한 자녀들이 있었다. 대장군이 되면 여자들 몇을 거느린다고 해도 흉이 되지 않는다. 그러나 아들의 부인보다 훨씬 젊은 니하족의 족장 딸을 부인으로 거느리는 것은 썩 달가운 일이 아니었다.

을밀이 일어난 탓인지 니하족의 족장 딸 쓰잔이 일어나서 주섬주섬 옷을 챙겨 입었다.

"들어오라."

을밀이 오살리에게 명령을 내렸다. 호군 오살리가 군막으로 들어와 군례를 바친 뒤에 붉은 봉서를 바쳤다.

　　…황룡군은 즉시 출정하여 미타림(彌陀林)으로 가라…

태왕 담덕의 수결이 찍힌 출정명령서다. 미타림은 우수리 강 하류 우역에 있는 원시림으로 담덕은 미타림에서 우루부(虞婁部 : 흑룡강 하류)와 일전을 벌이려는 것이다. 미타림 앞의 우수리 평야에서 우루부를 친 뒤에 계속 동진을 단행하여 우수리 강 너머 동쪽을 평정할 계획이 분명하다. 환도성에서는 자그마치 수천 리나 떨어져 있어서 정복을 한다고 해도 사실상 지배하기는 여의치 않을 것이다.

"호군!"

"예!"

호군 오살리가 노장군 을밀을 쳐다보았다. 소수림왕 때부터 수많은 전투에 참가하여 혁혁한 명성을 떨친 노장군 을밀은 풍채 좋은 흰 수염이 턱을 하얗게 덮고 있었다. 5만 철기군단의 선임 장군으로 범접하기 어려운 위엄이 서려 있었다.

"우리 황룡군은 미타림으로 출정한다. 즉시 출정 준비를 하라!"

을밀은 호군 오살리에게 군령을 내렸다. 오살리의 얼굴에는 백제와 싸울 때 생긴 굵은 칼자국이 그대로 있었다.

"복명(復命)!"

호군 오살리가 절도 있는 목소리로 군령을 받들고 물러갔다. 을밀은 다시 무겁게 신음을 삼켰다. 폭풍우 속의 출정이 몰고 올 어려움을 생각하자 가슴이 답답했다. 그의 병사들이 전쟁터에서 귀병(鬼兵)으로 단련되었다고 해도 빗속에서의 행군은 무리라고 생각했다. 그러나 천복성에 그대로 주둔한다면 군령에 의해 참수 당할 것이다. 빗속에서 물에 빠져 죽고 전염병으로 몰살 당해 죽는다고 해도 출정을 할 수밖에 없었다.

태왕 담덕은 채찍과 당근을 동시에 사용하는 절대적인 군주다.

"쓰잔, 너는 니하의 군막으로 돌아가라."

을밀은 오종종한 쓰잔의 얼굴을 살피면서 말했다. 족장의 딸이기는 했으나 미인이 아니었다. 니하족 특유의 거무티티한 얼굴에 눈이 작고 입술이 도톰했다. 니하족은 황룡군의 양곡을 운반하고 있었다.

"네."

쓰잔이 고개를 잔뜩 숙이고 뒷걸음으로 물러갔다.

을밀이 갑옷을 입고 군막 밖으로 나오자 비바람이 세차게 들이치는 가운데 군사들이 웅성거리면서 군막을 걷고 있었다.

"대장군, 폐하께서 어찌 이러한 폭우 속에서 군사들을 출정시키는 것입니까?"

황룡군의 철갑보병을 이끌고 있는 장군 고보에(高保제)가 불만스럽게 말했다.

"군사들을 강군으로 만들기 위한 것이다. 폭우 속의 이동도 훈련의 일환이다."

을밀은 담덕과 오랫동안 생활을 했기 때문에 그의 심중을 헤아릴 수 있었다. 담덕은 철기군단을 폭우 속에서 강행군시켜 더욱 강한 군대를 만들려는 것이다.

"폐하는 과연 타고난 전략가이십니다."

고부예가 비로소 수긍이 간다는 듯이 고개를 주억거렸다.

"폐하께서는 어디에 계시는가?"

"현무군도 출정준비를 하고 있습니다."

철갑기병을 이끌고 있는 장군 문성각(文星却)이 얼굴에 흘러내리는 빗물을 훔치면서 대답했다. 현무군이 출정을 하면 담덕도 출정을 한다. 현무군은 철기군단의 중군(中軍)으로 어림친군이다. 담덕은 현무군을 어림군 외곽으로, 좌검과 우검이 거느리는 각각 1백 명의 우사들을 내금위(內禁衛)로 거느리고 있다. 그들보다 먼저 미타림에 도착해야 한다. 을밀은 전신이 팽팽하게 긴장되는 것을 느꼈다.

"서둘러라!"

을밀은 현무군에 뒤져서는 안 된다고 생각하면서 장군들에게 명령을 내렸다.

황룡군이 완전히 출정준비를 마친 것은 날이 훤하게 밝았을 때였다. 창보병과 궁시병, 철기병들이 행군 대오를 갖추고 도열했다. 후미에는 별참병들과 니하족까지 수레를 끌고 출정할 준비를 갖추고 있었다.

"척후 백호 출정!"

을밀은 척후대를 먼저 출정하게 했다.

"척후 백호 출정!"

군령관이 길게 복창을 했다.

"출정!"

척후대를 이끄는 백호장 장취산(張翠山)이 빗속에서 군례를 바치고 떠나갔다. 장취산은 본진보다 20리를 앞서 달리면서 적의 매복을 찾아내고 적군의 동정을 염탐하게 될 것이다.

"공병 천호 출정!"

공병 천호는 목공과 철공, 석수와 같은 장인들로 이루어진 부대다. 그들은 끊어진 길을 복구하고 밀림을 헤치면서 길을 만들 것이다. 철공은 병기를 수리한다.

"공병 천호 출정!"

군령관이 군령을 복창했다. 공병도 군례를 바치고 떠나갔다.

"궁시 천호 출정!"

궁시 천호는 투석기와 투사기, 투창기까지 갖춘 공병이었다.

을밀의 황룡군은 길게 꼬리를 물고 미타림을 향해 빗속으로 나아갔다.

태왕 담덕의 출정령은 녹룡철기군(錄龍鐵騎軍) 대장군 술율의 막사에
도 떨어져 있었다. 술율은 담덕의 전령을 받자 하늘을 쳐다보았다. 캄캄
한 하늘에서는 여전히 사나운 빗줄기가 쏟아지고 있었다. 담덕의 출정
령은 철기군단 4군에 모두 떨어져 있을 것이 틀림없었다. 담덕은 4군 중
에 누가 먼저 도착하는지 살필 것이다.

황룡철기군 대장군 을밀은 늙었다.

적룡철기군 대장군 소토온은 약관의 25세였다.

흑룡철기군 대장군 토도(吐哺)는 장년이었다.

이들 중에 미타림에 가장 먼저 도착할 가능성이 큰 철기군은 적룡군
과 흑룡군이다. 적룡군과 흑룡군보다만 앞서면 미타림에 먼저 도착할
수 있을 것이라는 생각이 들었다.

술율은 각 군영의 제장(諸將)들을 소집하여 황명을 전하고 즉시 출정

한다는 군령을 내렸다. 장군들은 군령을 받자 잠시 어리둥절하여 웅성
거렸으나 술율의 근엄한 얼굴을 보고는 군령을 시행하기 위해 서둘러
각 병대로 돌아갔다.

잠시 후, 빗줄기가 세차게 쏟아지는 녹룡철기군 대군영의 곳곳에 녹
색 깃발이 나부끼더니 군영이 어수선해지기 시작했다. 병사들이 군막
을 철거하는 소리와 말울음 소리가 처처에서 들리고, 간간이 군교들의
낮고 단호한 외침이 들렸다. 이어서 둥둥둥 하고 북소리가 병영 전체에
울려 퍼지기 시작했다. 격고(擊鼓), 출정을 알리는 북소리였다.

"와!"

한 차례 북소리가 울리고 나자 병사들의 우렁찬 함성이 들려왔다. 대
장군 술율은 말을 타고 병사들이 도열한 대진(大陣) 앞으로 나갔다. 그
의 뒤와 좌우에는 호군 둘, 밤에 그의 수청을 들었던 군녀(軍女)가 갑옷
을 입고 호종하고 있었다. 그리고 그들 뒤에는 각 제장들이 말을 타고
팔렬종대로 따랐다.

"영락대제 만세!"

"술율 대장군 만세!"

그들이 나타나자 대진을 이루고 있던 병사들의 함성이 지축을 울릴
듯이 요란하게 울려 퍼졌다.

"들으라! 영락대제께서 우리에게 우수리의 미타림으로 이동하라는
군령을 내리셨다. 이 군령은 철기군단 모두에게 내려졌을 것이다. 우리
는 고원을 넘어 미타림으로 간다. 미산고원을 주파한다! 알겠는가?"

술율이 대진 앞에서 군령검을 높이 들고 외쳤다.

"와아아!"

군사들이 창을 흔들며 일제히 함성을 질렀다. 미산고원을 넘는 것은 죽음의 길이 될 것이다.

"출정!"

술율이 손을 높이 들어 군령을 내렸다.

"출정!"

호군이 복창을 했다.

"진군!"

"진군!"

군령은 빗줄기가 사납게 몰아치는데도 일사불란하게 전달되었고 출정을 알리는 북소리가 다시 울리기 시작했다. 이어서 일단의 기수단이 선두에 서서 행군을 하기 시작했다.

"녹룡철기군이다!"

"귀병(鬼兵)이다!"

천복성의 성민들은 북소리와 함께 군대가 성을 나가기 시작하자 황급히 비켜서며 소리를 질렀다. 말을 탄 기수단이 지나가고 악대가 나타났다. 악대는 말 위에서 둔중한 음조로 북을 치고 있었다. 이어서 대군 깃발과 함께 술율이 나타났다.

행군은 팔괘(八卦)의 진법에 따라 이루어지고 있다.

"술율대장군이다!"

군중들은 술율을 쳐다보면서 소리를 질렀다.

"전군 속보로 행군!"

성 밖으로 나오자 술율은 말에 채찍질을 가했다. 말은 히히힝 하는 울음소리와 함께 땅을 박차고 고원을 향해 달리기 시작했다. 철기군도 일제히 말을 휘몰아 고원을 향해 달리기 시작했다. 고조선의 옛 성터인 벌판에 흙먼지가 자욱하게 일어나고 말발굽소리가 천지를 진동하기 시작했다.

"이랴!"

술율은 단호하게 소리를 지르면서 미친 듯이 채찍을 휘둘렀다. 말을 타고 대륙을 질풍처럼 달리는 행위에는 알지 못할 흥분이 있다. 그런 것이 없으면 대륙을 누비면서 철기군을 이끌지 못한다.

"이랴!"

철기군도 술율에게 뒤질새라 채찍을 휘둘렀다. 술율의 녹룡군은 천복성을 떠난 지 열흘 만에 험준한 미산고원의 입구에 이르렀다. 이제부터는 그야말로 첩첩 산중인 고원을 넘어야 했다. 술율은 부하들의 행렬을 중지시키고 구름 위에 아득하게 솟아 있는 산들을 바라보았다. 미타림까지는 적어도 한 달이 넘게 걸릴 것이다. 어쩌면 두 달이 걸릴지 모르고, 고원을 넘다가 죽는 군사들도 있을 것이다. 천층절벽(千層絶壁)이 도처에 널려 있을 것이고, 깎아지른 듯한 기암괴석이나 수천 길 벼랑으로 이루어진 협곡과 급류가 앞을 가로막기도 할 것이다.

술율은 거대한 고원이 시작되는 미산산맥 앞에서 심호흡을 했다. 군사들도 눈앞에 펼쳐져 있는 산맥을 보고 긴장한 표정이었다.

"진군!"

술율이 소리를 지르며 앞으로 나아가기 시작했다.

"진군!"

군령관 주원길(朱元吉)이 복창하고 술율의 뒤를 따랐다. 군사들도 일제히 말을 몰아서 앞으로 나아갔다. 이내 대로가 끊기면서 숲으로 둘러

싸인 가파른 산길이 나타났다. 산맥이 시작되었으므로 말을 타고 올라갈 수는 없었다. 철기군은 말에서 내려 말을 끌고 산을 오르기 시작했다. 전나무와 낙엽송이 빽빽하게 우거진 숲은 대낮인데도 하늘이 보이지 않을 정도로 어두웠다.

"힘을 내라!"

술율은 앞에서 군사들을 독려했다. 말을 끌고 고원을 오르는 것은 고통스러운 일이었다. 말들은 가파른 고원을 오르려 하지 않고 뒤로 뻗대고 있었다. 그럴 때마다 철기군은 말을 달래거나 채찍질을 하면서 앞으로 잡아당겼다. 철기군은 악전고투를 하면서 고원을 올랐다. 날은 점점 어두워졌다. 이 상태라면 고원의 정상에 이르기 전에 해가 질 것이다. 술율은 가쁜 숨을 몰아쉬었다. 중턱도 오르지 않았는데 말과 사람이 지쳐서 헐떡이고 있었다. 군대를 지치게 만들면 적과의 싸움에서 불리해진다.

'아무래도 여기서 쉬어야겠어.'

술율은 군사들을 앞장서 가파른 산을 오르면서 산세를 살폈다. 마침 전방의 빽빽한 전나무숲에 상당히 넓은 분지가 있었다. 분지 너머에는 첩첩 연봉이 끝없이 이어지고 있었다. 천복성을 나올 때 쏟아지던 비가 그쳐서 다행이었다.

"군령관, 해가 지니 여기서 쉬는 것이 어떤가?"

술율은 옆에 다가와 있던 군령관 주원길에게 물었다.

"더 어두워지기 전에 쉬는 것이 좋습니다."

주원길도 더운 김을 내뿜으면서 대답했다. 산 정상에 이르면 살을 에는 듯한 강풍이 불어 닥칠 것이다. 이런 곳에서는 산 정상보다 중턱에서 야영을 하는 것이 좋다는 것은 오랜 행군 경험을 통해서 알고 있었다.

"그렇다면 여기서 쉬기로 하지. 전군 휴식!"

술율이 지친 표정으로 명령을 내렸다. 철기군의 대장군이라고 해도 사람이었다. 산을 오르면서 몇 시간 동안 내처 말을 끌고 걸었기 때문에 종아리가 당기고 발바닥이 아팠다.

"예."

주원길이 절도 있는 자세로 군례를 바쳤다. 주원길의 뒤로 수많은 장수들이 도열해 있었다. 천호, 백호, 철기, 창보, 궁시 등 각 대오의 장(將)들이 주원길을 쳐다보았다.

"전군 휴식!"

주원길이 제장들에게 군령을 내렸다.

"전군 휴식!"

주원길의 군령이 부장, 천호장, 백호장에게 일제히 하달되었다.

"각 군은 천호 단위로 숙영한다. 전군 숙영!"

"전군 숙영!"

군령은 빠르게 단위부대로 전달되었다. 녹룡군 군사들은 일제히 숲의 전나무에 말을 묶고 잠을 잘 수 있도록 간단한 천막을 쳤다. 철기군단의 식량은 건량과 술이었다. 술율은 독한 술을 마시고 모포를 뒤집어쓰고 누웠다. 바람이 칼날처럼 날카로워지고 숲 속의 맹수들이 돌아다니는 소리가 들렸다. 사방에 불을 피우고 보초를 세웠으나 안심하고 있을 수가 없었다.

고원은 벌판이 아니다. 산과 산이 벌판처럼 끝없이 이어지고 분지들이 산재해 있는 곳이 고원이다.

밤이 되면 고원은 강풍과 추위로 견디기가 어렵다.

술율은 토오룬족의 군막에 있는 마린을 불렀다. 토오룬족은 녹룡군의 양곡을 운반하기 위해 동원된 고원의 부족이다. 마린은 토오룬족의 여인이다. 아이를 낳았는지 젖이 퉁퉁 불어 있었다. 군대에서 여자들과 잠을 잘 수 있는 것은 대장군만이 가능하다.

술율은 마린을 품에 안고 한바탕 땀을 흘렸으나 좀처럼 잠이 오지 않았다. 밤이 깊어질수록 기온이 떨어져가고 있었다. 마린을 바짝 껴안고 있는데도 추위가 더욱 심해지고 있었다. 전나무숲을 스쳐 지나가는 바람소리도 지옥의 무저갱에서 들려오는 아귀들의 비명소리처럼 음산했다. 술율은 전투 경험이 충분한데도 선잠을 잤다. 몇 번이나 잠이 들었다가 깨어나고 깨어났다가 잠이 들었는데, 군사들이 웅성거리는 소리가 들렸다. 눈을 뜨자 날이 훤하게 밝아 있었다.

"군령관, 무슨 일인가?"

술율은 군막을 나와 군령관 주원길에게 물었다. 군사들이 그를 둘러싸고 불안한 표정으로 웅성거리고 있었다.

"대장군, 맹수에게 궁시병 군사 한 명이 당했습니다."

주원길이 얼굴을 찌푸리면서 대답했다. 술율이 주원길을 따라 숲으로 들어가자 여기저기 핏자국이 흩어져 있고, 뼈와 해골만 남은 시체 한 구가 뒹굴고 있었다. 시체는 갈기갈기 찢겨져 있었고 여기저기 물어뜯다가 버린 살점이 주위에 흩어져 있었다. 수많은 전장을 누비면서 온갖 참혹한 일을 목격한 술율도 가슴이 철렁했다. 죽은 군사가 입고 있던 옷자락은 피투성이였다. 군사들은 동료가 처참하게 맹수의 밥이 된 것을 보고 불안한 표정으로 웅성거렸다.

"대장군, 늑대들의 짓인 것 같습니다."

주원길이 옆에 와서 낮게 말했다. 각 부대의 제장들도 술율의 뒤에서 웅성거렸다.

"어떻게 늑대들이 천막까지 침입을 했는가? 사방에 불을 피우고 보초들이 있었잖은가?"

술율이 짜증스럽게 내뱉었다. 이런 일로 군사들의 사기가 떨어져서는 안 된다.

"조사를 해보니까 죽은 자는 탈영을 하려고 했다고 합니다."

"어리석은 놈이다!"

술율은 고개를 흔들었다. 군사가 피에 굶주린 늑대에게 당한 것은 자업자득이다.

술율은 먼 숲을 노려보면서 혀를 찼다. 하늘이 보이지 않을 정도로 전나무가 빽빽한 숲이 죽음의 숲처럼 느껴졌다. 동천에는 어느덧 붉은 해가 높이 떠올라 눈부신 햇살을 비추고 있었다.

"속히 군사들에게 아침을 먹이고 출발 준비를 하라!"

술율이 주원길에게 명령을 내렸다.

"전군은 아침을 먹고 출발하라!"

주원길이 제장들에게 명령을 내렸다. 군사들은 침묵 속에서 늑대에게 죽은 동료의 뼛조각을 수습하여 묻고 건량으로 아침식사를 했다. 식사가 끝나자 술율의 군대는 다시 말을 끌고 산을 오르기 시작했다. 하룻밤을 군막에서 쉬기는 했으나 걸음은 천근처럼 무거웠다. 그러나 그것은 시작에 지나지 않았다.

고원을 횡단하여 미타림으로 가는 길은 험난했다. 군사들은 수백 리에 이르는 광대한 고원을 횡단하면서 많은 사망자와 부상자가 발생했다. 절벽을 오르다가도 떨어져 죽고 협곡을 건너다가도 급류에 휘말려 죽었다. 고원의 기온은 북쪽으로 올라갈수록 더욱 추워졌다. 밤에는 턱이 덜덜 떨릴 정도의 맹렬한 추위가 엄습했다.

'전쟁의 승리는 절반은 기동력에 있다. 얼마나 빨리 이동하느냐가 승패의 관건이다.'

태왕 담덕의 영이 귓전에 맴돌았다. 그들은 과연 어느 길을 선택하여 가고 있는 것일까. 그들은 어디쯤 행군을 하고 있는 것일까. 태왕은 군신(軍神)과 같은 존재였다. 담덕의 전략과 방법은 술율이 그동안 배워온 것과 전혀 달랐다. 술율은 군사들을 인도하면서 침울했다. 고원은 기상의 변화가 심하여 갑자기 구름이 몰려와 비가 올 때도 있었다. 그럴 때는 도리 없이 차디찬 빗줄기를 그대로 맞아야 했다. 한바탕 빗줄기가 퍼붓고 지나가면 다시 맹렬한 추위가 엄습해왔다. 군사들은 불을 피우고 젖은 옷과 몸을 말렸다.

"대장군, 미타림입니다!"

그들이 고원을 횡단한 지 한 달이 되었을 때 군령관 주원길이 소리를 질렀다. 술율은 지친 눈으로 전방을 응시했다. 전나무 숲이 빽빽하게 우거진 미타림 앞의 대평야에 고구려 철기군의 대진(大陣)이 세워져 있었다.

술율이 녹룡군을 이끌고 미타림에 도착하자 먼저 도착한 3군이 함성으로 맞이했다. 술율은 미타림의 넓은 벌판에 적기, 황기, 흑기가 기세 좋게 펄럭이는 것을 보고 놀랐다. 철기군단 4군 중에 그들이 가장 늦게 도착한 것이다. 적룡군, 황룡군, 흑룡군이 모두 죽기 살기로 고원을 질주하여 미타림에 도착한 것이 분명했다.

술율은 이미 백발장군이라는 별명이 붙은 황룡군 대장군 을밀에게도 뒤졌다는 사실을 알자 얼굴이 붉으락푸르락해졌다. 부장들도 침통한 표정이 되었다.

담덕마저 어림군인 현무군을 이끌고 도착해 있었다. 3군의 중앙에 태왕을 상징하는 현무기가 펄럭이면서 왁자한 웃음소리가 들리고 있었다.

'젠장, 내가 제일 꼴찌로 도착했군.'

술율은 말에서 내려 부장들을 거느리고 현무기가 펄럭이는 대군영으

로 갔다. 그들이 대군영 앞으로 가자 막사 앞에서 입초를 서고 있던 ㄷ
림군들이 일제히 비켜섰다.

"녹룡대장군이 도착했습니다!"

군관 하나가 더군영을 향해 소리를 질렀다. 그러자 막사가 열리면서
담덕이 대장군과 장군들을 거느리고 나왔다.

"폐하, 신은 이제야 도착했습니다."

술율은 재빨리 무릎을 꿇었다. 그의 부장들도 일제히 무릎을 꿇었
다.

"일어나시오. 대장군이 험한 길을 선택한 모양이오."

담덕은 위엄이 넘치는 목소리로 말했다. 이미 중년에 가까운 얼굴은
검은 수염이 보기 좋게 내려와 있었고 눈에는 총기가 번적이고 있었다.
막사에서 무엇을 했는지 그는 상의를 입지 않고 있었다. 오랜 무예로 단
련된 그의 상체는 근육질로 단단해 보였다.

"폐하께서 신보다 빨리 도착했으니 과연 대고구려의 용장이십니다."

"핫핫핫! 군대에 있어서 이동은 무엇보다 중요하오. 군사들을 쉬게 하
고 다시 오시오. 우리는 수박(手搏)을 할 작정이오. 녹룡군도 장사들을
출전시키시오."

"예!"

술율은 막사로 돌아와 스박전에 출전시킬 장사들을 선발하게 하고
담덕의 대군영으로 돌아왔다.

담덕은 전략이라도 세우는지 허공을 묵연히 바라보고 있었다.

"폐하, 무엇을 보고 계시옵니까?"

술율이 담덕을 향해 물었다.

"대장군, 나는 천년 후에 어디에 있을 것 같소?"

"폐하는…."

"우리 모두 흙속에 있겠지. 수박대회가 준비된 모양이니 나가 봅시다."

대군영 앞에는 이미 수박전을 치르기 위해 모래가 깔려 있고 각 군의 대표장사들이 나와 있었다. 담덕은 현무군으로 출전하고 있었다.

수박은 주로 손을 써서 상대를 공격하는 무예였으나 담덕은 발도 자유자재로 사용하게 했다.

"전쟁은 승리하는 것이 목적이다. 손만 사용해서 어떻게 이기겠는가?"

수박에는 신법(身法), 수법(手法), 각법(脚法)을 기초로 하는 25법이 있다. 술법에도 운혈(暈穴), 아혈(亞穴), 사혈(死穴) 등을 치는 법이 따로 있어 부위에 따라 상대가 기절하거나 어지럼증을 느끼고, 사혈을 맞으면 죽기도 했다.

둥둥둥둥.

마침내 북이 울리고 수박대결이 벌어졌다.

대장군과 장군들이 군막 앞에 도열하고, 출전하는 장사들이 웃통을 벗고 각 군의 앞에 섰다.

"나는 언제나 수박대회에 출전해왔다. 장사들 중에 나를 꺾는 자도 있고 패하는 자도 있었다. 나에게 패하는 자에게는 1계급을 강등하고 나를 꺾는 자는 금경(金鏡 : 거울)을 하사한다. 금경을 여자에게 갖다 주면 그대들은 사랑을 받을 것이다."

담덕의 말에 장사들과 군사들이 환호성을 지르면서 일제히 웃음을 터뜨렸다. 담덕을 지켜보는 대장군들의 눈에도 잔잔하게 미소가 번졌다. 담덕은 기묘하게 군심(軍心)을 사로잡는다.

"누가 먼저 나와 겨루겠는가?"

담덕이 장사들을 돌아보면서 물었다.

"폐하, 신이 먼저 출전을 하겠습니다."

현무군의 장사가 앞으로 나섰다. 군사들이 우 하고 야유하는 함성을 질렀다. 현무군은 어림친군이기 때문이었다. 담덕의 눈매도 차가워졌다. 현무군이 금경을 타러 수박대회에 출전하는 것이 마음에 차지 않는 듯한 눈빛이었다.

"이름이 무엇인가?"

"송양천입니다."

송양천은 기골이 장대하고 수염이 덥수룩했다. 체구만으로만 보면 담덕을 압도하고 있었다.

"천호장인가?"

"예."

"좋다."

담덕과 현무군의 장사가 수박전을 하기 위해 자세를 취했다. 그들은 모래사장을 빠르게 돌다가 핫 하는 기합소리와 함께 맞붙었다. 손과 손이 격렬하게 부딪치고 기합소리가 천지를 진동했다. 현무군 장사 송양천의 수박 솜씨도 일가를 이루고 있었으나 담덕도 상승경지에 이를 정도의 실력을 갖고 있었다.

장내에 어지러운 수영(手影)이 난무했다.

손들이 어찌나 빠르게 움직이는지 손 그림자만 난무하고 있었다.

"핫!'

그때 담덕의 입에서 장소성 같은 기합소리가 울려퍼지더니 오른손이 흑룡군 장사 송양천의 목 사혈(死穴)을 쳤다. 사혈을 맞으면 죽지 않으면 기절한다.

흑룡군의 장사 송양천의 몸이 뻣뻣해지더니 모래사장 위에 쿵 하고 나가떨어졌다.

"천호장 송양천을 백호장으로 강등하라!"

담덕이 싸늘한 목소리로 영을 내렸다. 군사들이 송양천을 부축하여 모래사장에서 나갔다.

"폐하, 신이 감히 비무를 청하옵니다."

이번에는 황룡군의 장사가 앞으로 나왔다.

"그대는 황룡군인가?"

"예. 황룡군 철기병의 백호장 고승(高承)입니다."

"좋다."

황룡군의 백호장 고승은 10여합을 싸우다가 담덕의 운혈을 쳤다. 담덕의 몸이 비틀하고 흔들렸다.

'이 자는 예의를 아는 자다. 운혈을 치면서 7푼의 힘밖에 사용하지 않았다.'

담덕은 운혈을 치는 고승의 손을 의식하고 속으로 생각했다.

'폐하가 나에게 양보했다.'

고승도 담덕도 일부러 빈틈을 보여준 것을 알고는 속으로 감탄했다.

"백호장이 이겼다. 천호장으로 승차시키고 금경을 하사하라."

담덕이 재빨리 자세를 바로잡으면서 말했다.

"폐하, 양보해 주서서 감사합니다."

고승이 우렁찬 목소리로 말하고 머리를 숙여 인사를 했다.

"왕 중의 왕 영락대제 만세!"

군사들이 창을 흔들면서 함성을 질러댔다. 담덕은 4군의 장사들을 상대로 시범 비무를 하여 군사들의 사기를 돋궜다.

술율은 담덕의 뒤에서 대평원을 바라보았다.

우루부가 마침내 대군을 이끌고 오고 있었다. 우루부는 읍루(挹婁)라고도 불리는데 대가한이 여러 부족을 통일하여 고구려의 변경을 약탈하고 있었다. 담덕이 우루부를 병합하려는 것은 그들이 변경을 약탈하기도 하지만 고구려의 속민들을 통일하여 지배 하에 두려는 야심 때문이었다.

우루부는 비옥한 평야에 널리 분포되어 있었다.

"우루부의 군사가 10만은 되겠군."

담덕이 구릉에서 우루부의 군진을 바라보면서 낮게 말했다. 우루부는 불과 20리 앞의 평야에 진채를 세워놓고 있었다. 수많은 군막이 목책 뒤에 세워지고 깃발들이 펄럭거렸다. 우루부군은 5부(五部)가 모두 몰려와 있었다. 우루부군 진영에서 일라부를 비롯한 다섯 부족의 깃발이 기세 좋게 펄럭이는 것이 보였다.

둥둥둥둥.

고구려군의 군진에서 둔중하게 북소리가 울리기 시작했다.

부우우웅.

우루부군에서는 호적이 길게 울리고 쇠징이 울려 퍼졌다. 양군이 기세 싸움을 하고 있었다. 술율은 녹용철기군의 막사로 돌아와 군사들을 쉬게 하고 술로 목을 축였다.

담덕은 녹룡군에게 이틀의 휴식시간을 주었다. 군사들은 푹 쉬어야 효과적인 전투를 벌일 수 있다. 마침내 이틀이 지났을 때 담덕이 철기군단의 대장군들을 소집했다.

"선봉은 녹룡군이 맡고 좌익은 적룡, 우익은 흑룡, 황룡은 녹룡군을 후원한다. 현무군도 선봉, 황룡을 따라 중앙을 공격한다."

담덕은 순식간에 작전명령을 내렸다. 적의 중앙에 우루부의 대가한이 포진해 있다. 담덕의 전략은 중앙을 파상적으로 공격하여 대가한을 사로잡는 것이다. 녹룡군이 선봉을 맡으면 그야말로 막대한 희생이 따른다. 그러나 미타림에 늦게 도착한 벌이니 어쩔 수가 없다.

"존명!"

술율이 비장한 표정으로 군례를 바쳤다.

"전군 전투 대오로!"

담덕이 한혈마에 높이 앉아서 명령을 내렸다. 고구려의 철기군단은 흙먼지를 일으키면서 대오를 다시 편성했다. 공격 태세를 갖추어 녹룡군이 중앙에 서고, 좌익에 적룡군, 우익에 흑룡군이 대오를 갖추어 섰다. 각 군의 군사들은 3장에 이르는 장창을 세워 들고 있었다.

"전투 대오!"

술율은 중앙에 서서 녹룡군에 군령을 내렸다.

"살(殺)!"

창보병들이 일제히 군호를 외치기 시작했다. 살은 적을 반드시 죽이겠다는 군호다.

"살(殺)!"

창보병들은 군호를 외치면서 제자리에서 발을 굴렀다. 그들의 군호는 천지가 떠나갈 듯이 요란했다.

"적룡군 전투 대오!"

적룡철기군 대장군 소보온이 영을 내렸다. 적룡군이 일제히 좌익에서 전투 대오로 벌려 섰다. 역시 창보병이 앞에 서고 철기병들이 뒤에 섰다.

"혈(血)!"

"혈(血)!"

적룡군의 군호는 피를 부른다는 뜻이다. 이어 흑룡군과 현무군이 차례로 전투 대오를 갖추었다. 미타림의 드넓은 벌판은 돌격명령을 기다리는 고구려 철기군단의 함성으로 지축이 울리는 것 같았다. 하늘은 이제야 동녘이 푸르게 밝아오고 있었다. 전투준비는 완료되어 있었다. 군사들은 동이 트기도 전에 이미 밥을 지어 배불리 먹게 했고 말들에게도 충분히 풀을 먹였다.

"속보로 전진하라!"

담덕이 구릉에서 군령을 내렸다.

"속보전진!"

현무군 대장군 우장문이 담덕의 군령을 복창했다. 그러자 우장문의 부장이 군령을 복창하면서 홍기를 올렸다. 홍기는 선봉에 선 녹룡군의 군사들에게 돌격명령을 내리는 신호였다.

　"살!"

　녹룡군의 창보병들이 발을 구르며 일정한 보폭으로 전진하기 시작했다. 그들은 한 손에는 창을 들고 한 손에는 방패를 들고 있었다. 고구려군의 창보병이 전진을 하자 우루부군 진영에서도 일제히 북소리가 울려왔다. 그와 함께 우루부군의 진영에서 화살과 쇠노가 빗발치듯이 날아왔다.

　"철벽!"

　술율이 하늘을 까맣게 메우고 날아오는 우루부군의 쇠노와 화살을 보고 재빨리 명령을 내렸다. 녹룡군의 창보병들은 그 순간 일제히 몸을 숙이고 방패로 철벽을 만들어 세웠다. 후드득대는 소리와 함께 쇠노와 화살이 녹룡군의 철벽에 부딪쳐 떨어졌다.

　"전진!"

　술율이 다시 군령을 내렸다. 창보병들은 방패를 앞세우고 다시 전진하기 시작했다.

　"살!"

　"살!"

　창보병들이 외치는 소리가 천지를 진동했다. 고구려군은 화살과 쇠노의 공격에도 끄덕하지 않고 전진을 계속했다.

　우루부의 대가한은 월리독(越里篤)이었다. 월리독은 고구려가 백제와 연나라와 전쟁을 하고 있는 틈을 노려 세력을 확장해 왔으나 고구려의 태왕 담덕이 친히 군사를 이끌고 올 것이라고는 생각하지 못했다. 그는 태왕 담덕이 군사를 일으키려고 하자 재빨리 사자를 보내 조공을 바치고 속국이 되겠다고 맹세했다. 이에 담덕은 군사를 돌려 백제를 공격했는데 또다시 월리독이 변경을 침략하자 철기군단을 이끌고 정복전쟁에 나선 것이다.

'딸의 말을 듣지 않은 것이 잘못되었는가?'

월리독은 10만 군사를 일으켰으나 두려웠다. 딸 호리리(豪璃璃)는 고구려 철기군단과 싸우는 것은 잘못되었으니 그들에게 조공을 바치는 것이 좋다고 월리독을 설득했었다. 그러나 월리독의 아우들인 월리길(越里吉)과 월리미(越里米)가 싸울 것을 주장하자 부족들을 이끌고 미타림으로 달려왔던 것이다.

"부월병(斧鉞兵)은 대오를 정리하고 대기하라!"

호리리는 붉은 갑옷을 입고 군사들을 지휘하고 있었다. 부월병은 우루부가 자랑하는 부대로 일명 도끼부대다. 창에 도끼날을 매달아 마구 찍어대기 때문에 적들은 그들이 나타나기만 해도 몸을 떨었다. 게다가 그들은 철리부에서 생산되는 철로 만든 방패가 있었다. 적들이 화살로 공격할 때 방패를 세우면 철벽이 되기 때문에 쇠노와 화살이 무용지물이 되었다.

고구려군은 투사기로 화살을 발사하는 공격을 시작했다. 고구려군 투사기에서 발사된 화살이 하늘을 까맣게 메우고 부월병들을 향해 날아왔다.

"철벽을 세워라!"

월리독이 명령을 내리자 부월병들이 일제히 방패를 세워 철벽을 만

들었다. 고구려군이 발사한 투사기의 화살들이 우루부의 부월병들이 만든 철벽에 부딪쳐 떨어졌다.

"핫핫핫! 고구려군이 아무리 투사기로 화살을 쏘아대도 소용이 없다."

월리독은 통쾌하게 웃음을 터트렸다.

쐐애애액!

그때 무시무시한 파공성이 들리면서 창들이 날아와 철벽을 이룬 방패를 뚫고 부월병들의 몸에 꽂혔다. 부월병들이 처절한 비명을 지르면서 나뒹굴었다. 월리부의 부월병들은 무시무시한 파괴력을 가지고 날아오는 투창기에 의해 대진이 흐트러졌다.

"우루부의 부월병의 전열이 흩어졌다! 창기병은 돌격하라!"

투창기로 우루부의 부월병들을 공격한 담덕은 즉각 창기병들을 투입했다.

"와아아!"

고구려군 진영에서 거대한 함성이 들리면서 창기병들이 파도처럼 우루부의 부월병들을 공격했다. 죽음의 철기군단이다. 철기병들은 단숨에 우루부의 부월병들을 휩쓸면서 중앙을 향해 돌진해왔다. 우루부의 부월병들이 무너지고 창보병들은 처절한 비명을 지르며 뒹굴었다.

"창기병 돌격!"

그때 낭랑한 외침이 들리면서 흰 저고리와 붉은 치마를 입은 장수 하나가 장창을 휘두르며 고구려군을 향해 맹렬하게 달려갔다. 그녀는 우루부 대가한 월리독의 딸 호리리로 우루부의 창기병을 이끌고 있었다. 고구려군의 철기병들은 그녀를 향해 맹렬하게 돌진해왔다. 3장이 넘는 긴 창으로 빽빽하게 숲을 이루고 달려오는 고구려 철기병들의 공세는 무시무시했다. 그러나 호리리는 고구려군을 향해 맹렬하게 달리고 있었다.

두두두두.

말발굽소리가 천지를 진동하듯 울려 퍼졌다. 우루부 창기병들도 호리리의 뒤를 따라 말갈기를 휘날리며 고구려군 진영으로 쳐들어갔다.

우루부의 창기병과 고구려군의 창기병들은 치열한 전투에 돌입했다. 호리리는 고구려군의 창기병들을 맹렬하게 공격했다. 그러나 고구려의 창기병들은 숫자가 많았다.

호리리가 뒤로 후퇴하기 시작했다. 고구려군의 창기병들은 우루부의 창기병을 박살이라도 낼 듯 사나운 기세로 달려왔다. 전세는 순식간에 수세로 밀렸다. 고구려 창기병들의 맹렬한 공격 앞에 우루부의 창기병들이 추풍낙엽처럼 쓰러져 뒹굴었다. 고구려 창기병들의 창은 3장이 넘는다. 그러나 우루부 창기병들의 창은 채 2장이 되지 않았다.

"퇴각하라! 퇴각!"

호리리는 맹렬하게 뒤로 달려갔다.

고구려군의 창기병들이 사납게 뒤를 쫓아왔다.

'너무 깊이 추격하는구나.'

담덕은 영채에서 전장을 내려다보다가 미간을 찌푸렸다. 우루부군은 초전부터 수세에 몰리고 있었다. 그때 우레 같은 함성이 들리면서 술율의 창기병 좌우에서 우루부의 궁보병들이 일제히 화살과 쇠뇌를 쏘았다.

"매복이다!"

술율의 철기병들이 우왕좌왕하기 시작했다. 우루부의 군사들이 새로운 진법을 펼치면서 술율의 철기병들을 도륙하고 있었다.

'저것은 장사진(長蛇陣)…'

담덕은 깜짝 놀랐다. 장사진은 춘추전국시대 오(吳)나라의 손자(孫子)가 초나라를 상대로 싸울 때 만든 진이었다. 훗날 제(齊)나라의 손빈(孫賓)이 위(魏)나라의 방연(龐涓)과 싸울 때도 변형된 그 진을 사용했었다.

고구려군은 호리리의 뒤를 쫓아 우루부군 중앙으로 깊숙이 들어왔다. 그러자 뱀의 머리와 꼬리가 공격을 하듯이 우루부군의 좌우가 원호를 그리며 고구려군을 에워싸고 맹렬하게 공격을 퍼붓기 시작했다. 술율의 창기병들은 순식간에 함정에 빠져 우왕좌왕했다.

호리리가 고구려군을 공격한 것은 유인책에 지나지 않았다.

"북을 울려라!"

담덕이 현무군에게 영을 내렸다. 그러자 현무군이 일제히 북을 울리기 시작했다.

둥둥둥둥.

술율의 창기병들은 북소리가 들리기 시작하자 그때서야 방원진(方圓陣)을 만들어 우루부의 부월병에 대항했다. 그때 중앙의 공격 임무를 맡은 흑룡군이 일제히 공격을 퍼부었다. 장내는 비명소리와 신음소리가 난무하고 피비린내가 진동했다.

"좌익 출진!"

담덕이 다시 군령을 내렸다.

"좌익 출진!"

우장문이 담덕의 영을 복창하면서 황기를 올렸다. 그러자 을밀이 지휘하는 1만의 황룡군 군사들이 일제히 우루부군을 향해 달려나갔다.

"우익 출진!"

담덕은 잇달아 군령을 내렸다. 적기가 하늘 높이 올라가면서 지휘하는 적룡군 군사들도 쏟아져 나갔다.

"현무군 출진!"

담덕은 순식간에 현무군까지 전쟁에 투입했다. 우루부는 숫자는 많았으나 고구려군은 오랫동안 전쟁에 단련되어온 강군이었다. 고구려의 창기병은 세차게 우루부군을 밀어붙였다.

호리리는 고구려군과의 전투가 시작되자 맹렬하게 장창을 휘두르며 돌진했다. 고구려군은 호리리를 가볍게 보았다. 그들은 호리리를 한낱 아리따운 소녀로 본 것이 분명했다. 천지를 울리는 듯한 말발굽소리가 들리면서 살기충천한 장창을 세워든 고구려의 창기병들이 일시에 노도처럼 덮쳐 왔다. 호리리는 바짝 긴장했다.

두두두두.

고구려의 창기병들이 달려오는 말발굽소리에 지축이 울리고 흙먼지가 뽀얗게 일어났다.

호리리는 말을 타고 고구려의 창기병들을 맹렬하게 방어했다. 그녀가 어찌나 맹렬하게 방어를 하는지 창기병들이 물결처럼 갈라져 그녀를 지나 우루부군의 중앙을 공격했다.

"고구려 창기병을 막아라!"

우루부 대가한 월리독이 당황하여 좌우에 명령을 내렸다.

"전군은 목책을 중앙에 세우라!"

월리독의 동생 월리길은 고구려 창기병이 중앙으로 접근하지 못하게 전방의 목책을 중앙으로 옮기게 했다. 월리길은 전쟁 경험이 전혀 없었다. 목책을 중앙으로 옮기자 고구려 창기병이 일제히 그 곳으로 쇄도했다.

"이리석은 자들아, 목책을 가져가면 고구려 창기병을 어떻게 막으라는 것이냐?"

호리리는 장창을 휘두르면서 분통을 터트렸다. 목책이 없어지자 고구려 창기병은 둑을 무너트리듯 공격해왔다. 호리리는 좌충우돌하면서 고구려 창기병을 막기 위해 장창을 휘둘렀다. 우루부의 창기병들도 호리리의 뒤를 따르며 고구려 창기병을 맹렬하게 공격했다. 고구려의 창기병 군진이 어지러워지면서 군사들이 순식간에 피를 뿌리며 나뒹굴었다.

"계집을 죽여라!"

"와아아아!"

고구려군이 함성을 지르며 호리리를 공격했다. 호리리는 고구려군이 사납게 공격해오자 창기병을 이끌고 고군분투했다.

'우리 10만 군사는 모두 어디로 갔다는 말인가?'

호리리는 고구려 창기병을 방어하느라 정신이 없었다. 고구려 철기병은 집요할 정도로 우루부군의 중앙을 타격하고 있었다. 우루부의 군사들은 몰살을 당하기 시작했다. 우루부군의 좌익과 우익을 공격하던 황룡군과 적룡군마저 중앙을 공격하자 더 이상 버틸 수가 없었다.

"대가한이 도망을 친다."

그때 우루부 근진이 일제히 술렁거렸다. 대가한 월리독의 옆에서 수레를 타고 있던 쉴리길이 눈치를 살피다가 전세가 불리해지자 도망을 치기 시작한 것을 우루부 군사들은 월리독이 도망을 치는 것으로 생각한 것이다.

"퇴각하라!"

우루부의 장수들은 월리독이 퇴각명령도 내리지 않고 도망을 쳤다고 오인하여 군사들에게 퇴각명령을 내리면서 다투어 달아났다. 장수들이 달아나자 우루부의 군사들도 전의를 잃고 벌떼가 흩어지듯이 도망을 치기 시작했다.

"퇴각하지 말라! 누가 퇴각명령을 내렸느냐?

월리독이 당황하여 퇴각하는 군사들을 막으려고 했으나 둑이 터져버린 것처럼 일시에 달아나는 군사를 막을 수가 없었다.

우루부의 10만 군진은 일거에 무너졌다.

고구려군은 퇴각하는 우루부 군사들을 뒤쫓아가 창으로 찍어 죽였다. 고구려군은 미타림의 평야를 피로 물들였다.

둥둥둥둥.

고구려군 진영에서 북소리가 더욱 요란하게 울리기 시작했다. 그와 함께 담덕이 있는 대영(大營)에서 일제히 흑기(黑旗)가 세워지고 있었다. 흑기는 죽음을 뜻하는 깃발로 우루부군을 몰살시키라는 신호였다.

"우루부군을 추격하라!"

고구려군은 우루부군을 추격하면서 패잔병들을 쳐죽였다. 우루부군은 우왕좌왕하면서 달아나다가 태반이 목숨을 잃었다. 우루부의 가한 월리독을 비롯하여 그의 족인들 수만 명이 포로와 노예로 사로잡혔다.

"우루부의 가한 월리독을 사로잡았습니다."

흑룡군의 대장군 소보온이 우루부의 가한 월리독을 포박하여 담덕 앞에 팽개쳤다. 담덕은 태사의에 앉아서 월리독을 쏘아보았다. 월리독은 담덕 앞에 무릎이 꿇려 벌벌 떨었다.

"이 자들은 대고구려의 속국이 되겠다고 해놓고 우리가 백제를 칠 때 국경을 침략했다. 신의를 지키지 않는 자들에게는 고구려군이 얼마나 무서운지 보여줄 필요가 있다. 월리독을 포로들 앞에서 참수하는 이유를 설명하고 목을 쳐라!"

담덕이 냉랭하기 영을 내렸다.

"존명!"

흑룡군 대장군 소보온이 군례를 바쳤다.

"그의 일가도 참수하라!"

"예!"

월리독은 포로들 앞으로 끌려나갔다. 흑룡군 대장군 소보온이 월리독과 일가 70여 명을 포로들 앞에 세우고 참수하는 이유를 길게 설명했다. 포로들은 창백한 표정으로 소보온을 쳐다보고 있을 뿐이었다.

"목을 쳐라!"

소보온이 명령을 내리자 흑룡군의 군사들이 일제히 우루부 가한 월리독 일가의 목을 베었다. 포로들 앞의 사형장에는 그들의 목이 떨어져 뒹굴고 피가 내처럼 흘렀다.

"폐하, 사로잡은 자들을 참수하는 것은 가혹한 일이 아닙니까?"

술율이 머리를 조아리고 담덕에게 물었다.

"저들을 죽이지 않으면 다시 족인들을 모아 저항할 것이다. 저들이 창을 들면 우리 고구려군이 죽음을 당한다."

담덕은 냉랭했다. 대륙에서는 강한 자만이 살아남는다.

"하오나…"

"또한 월리부의 말갈족에게 두려움이 무엇인지 가르쳐야 한다. 전군은 우루부 군사들을 추격하라!"

담덕은 술율의 만류를 일축하고 군사들을 휘몰아 우루부 군사들을
추격하기 시작했다.

고구려군은 우루부 땅 2백 리까지 추격을 했다. 밤이 오면 쉬고 날이
밝으면 다시 추격했다. 미타림의 대전투에서 패한 우루부는 의기소침해
있었다. 고구려의 철기군단은 우루부의 수많은 성들을 정복하면서 우
루부의 대성 반월성(半月城)에 이르렀다.

"왕 중의 왕 태왕 담덕이 천군을 이끌고 왔으니 우루부는 즉시 항복
하라!"

고구려군은 반월성에 최후통첩을 보냈다. 그러나 반월성의 우루부
군사들은 투항을 하지 않았다.

"투항을 하지 않으면 반월성을 초토화시킬 것이다."

"고구려는 우리의 원수다. 우리 반월성의 군사들이 모조리 죽는다고
해도 투항을 하지 않겠다."

"우루부가 투항을 하지 않으니 용서할 수 없다. 성을 공격하라!"

담덕의 영이 떨어졌다. 고구려의 철기군단은 반월성을 맹렬하게 공격
하여 이틀만에 점령했다. 그들은 성과 궁전에 불을 지르고 성민들을 대
대적으로 학살한 뒤에 철저하게 재물을 약탈했다. 고구려의 철기군단은
우루부의 도읍 발주성(發州城)으로 육박했다. 우루부는 곳곳에서 매복
을 하여 고구려 철기군단의 진군을 가로막았다.

고구려군도 막대한 피해를 입었다. 그러나 고구려군은 악전고투 끝에
우루부의 도읍 발주성에 이르렀다. 우루부는 투항의 조건으로 자비를
베풀어달라고 청했다. 그러나 담덕은 이를 거절하고 성을 점령하자 사내

들은 모조리 학살하고 여자와 아이들은 노예로 삼았다.

우루부는 비참해졌다.

"고구려는 나의 원수다! 내가 살아 있는 한 결코 용서하지 않을 것이다."

우루부 대가한 월리독의 딸 호리리는 철리부(鐵利府 : 흑룡강 상류)로 달아나면서 피눈물을 흘렸다.

고구려 철기군단은 우수리 일대를 철저하게 짓밟았다. 그들이 지나가는 곳은 양들의 씨가 마르고 건초가 모조리 약탈되었다.

"우루부의 가한 딸이 도망을 쳤다. 끝까지 추적을 해서 죽이라!"

담덕이 황룡군 대장군 을밀에게 영을 내렸다.

"왕 중의 왕, 태왕 폐하의 영이시다. 너는 군사 1천 명을 거느리고 우루부 가한의 딸을 추적하라!"

을밀이 수박대회에서 천호장으로 승격한 고승에게 군령을 내렸다. 고승이 즉시 1천 명의 창기병을 거느리고 호리리를 추적하기 시작했다.

고구려의 철기군단은 우루부의 경계를 지나 월희부((越喜部 : 송화강 중류)로 들어섰다.

"폐하, 겨울이 오고 있습니다. 혹한의 겨울에 행군하는 것은 바람직하지 않습니다."

현무군의 대장군 우장문이 월희부의 십리곡(十里谷)에 들어섰을 때 담덕에게 권고했다. 십리곡은 전나무숲이 10리나 이어진 깊은 협곡이었다. 담덕도 혹한의 겨울에 철리부까지 행군할 생각은 없었다. 적당한 곳에서 겨울을 나고 초원과 고원에 봄이 오기 시작할 때 철리부를 공격해야 했다.

"이곳은 5만 군사들이 머물 수 있는 곳이 아니다. 장군은 어디에서 군사들이 둔영하기를 바라는가?"

담덕이 현무군의 대장군 우장문을 향해 물었다. 우장문은 용력이 비상하여 어림군인 현무군의 대장군을 맡고 있었다. 그가 휘두르는 황룡대도는 구름을 부리고 비를 내리게 한다는 말이 있다.

"월희성이 어떠하옵니까?"

우장문이 우직한 목소리로 물었다. 부리부리한 눈에서 신광 같은 빛이 뿜어지고 있었다.

"월희성은 월희부의 대도라 불가합니다."

고구려의 대학자 이빙조(李憑曹)가 말했다. 이빙조는 부여촌(夫餘村 : 만주 농안 지역) 출신으로 담덕에게 무예와 학문을 가르친 인물이다. 이미 60대에 이르러 흰 수염이 가슴까지 보기 좋게 내려와 있었다. 월희부는 고구려에 충성을 맹세하고 있고, 해마다 조공을 보내온다. 월희부의 추장 추산(萩山)은 온화하고 월희부의 부족들 역시 평화를 사랑하고 있다.

"월희부는 우리의 속국인데 어찌 안 된다는 말씀입니까?"

우장문이 눈을 부릅뜨고 물었다.

"5만의 군사가 월희부에 들어가면 많은 희생이 따를 것입니다. 우리 철기군단은 죽이는 일밖에 가르치지 않았습니다. 5만 군사가 월희부에 들어가 여자들을 겁탈하고 재산을 약탈하면 월희부는 우리에게 등을 돌릴 것입니다. 월희부는 또한 평지라 적을 막기가 어렵습니다."

"그러면 어찌하는 것이 좋겠소?"

"뒤에는 산이 있고 앞에는 강이 있어야 합니다."

"나도 무슨 말인지 알겠소. 그것은 배산임수(背山臨水)라고 하는 것으로 산이 있어야 겨우내 땔감을 마련하여 군대가 따뜻하게 보낼 수 있고 앞에 강이 있어야 물을 먹일 수 있다는 말씀이 아닙니까? 또한 입구가 좁아서 1천의 군사로 1만의 군사를 대적할 수 있는 요지(要地)여야 합니다."

"핫핫핫! 우 장군도 이제는 병법을 모두 꿰뚫고 있습니다그려."

이빙조의 말에 우장문이 계면쩍은 듯이 웃음을 터트렸다.

"솔빈평(率濱坪 : 우스리스크 일대)에서 겨울을 보낸다."

담덕이 우장문을 향해 말했다. 솔빈평은 흥개호 근처에 있는 대평원으로 말과 사슴이 많은 지방이다. 솔빈의 말들은 대륙에 널리 알려져 있을 정도로 뛰어났고, 일찍부터 농경과 유목이 함께 발달하여 읍루가 나라를 세웠던 곳이다.

담덕은 십리곡을 빠져나오자 이빙조와 좌검과 우검만을 데리고 구릉으로 달려 올라갔다. 십리곡 앞에는 드넓은 평원이 펼쳐져 있었다.

월희의 땅이다.

끝이 보이지 않는 대평원에는 한때 황룡국(黃龍國)이 있었다. 고구려의 해명태자가 황룡국왕이 보낸 활을 부러트렸다고 하여 부왕의 노여움을 사서 자결해야 했던 황룡국. 황룡국은 고구려에 통합되었으나 지금은 월희가 고구려의 속민으로 살아가고 있다.

제 **8** 장

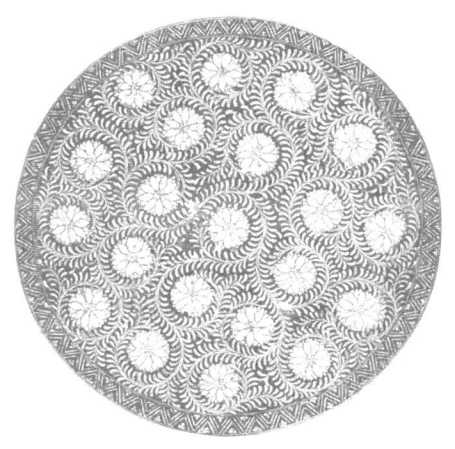

영웅은 죽지 않는다

호리리는 말에 앉아서 산길을 터벅터벅 지나고 있었다. 그녀의 뒤에는 우루부 군사 3천 명이 뒤를 따르고 있었다. 호리리는 고구려의 태왕 담덕에게 아버지 월리독과 일가가 모조리 참살되는 것을 숨어서 보고 피눈물을 흘렸다. 아버지와 일가를 살육한 태왕 담덕에게 반드시 복수를 하리라고 이를 갈았다.

호리리는 대로를 피해 행군을 했다. 일단 월희부를 거쳐 철리부로 갈 생각이었다. 철리부에서 군사를 빌려 고구려의 철기군단을 격파할 작정이었다. 고구려의 철기군은 끝없이 추적을 해오고 있었다. 호리리가 거느린 군사들은 비록 3천 명이었으나 패잔병들이었다. 고구려의 철기병 1천 명을 조우하면 살아날 방법이 없다.

'고구려 태왕은 영악하다. 대규모의 군사보다 철기병을 보낸 것만 봐도 알 수 있다.'

고구려의 철기병은 작전 중일 때는 양곡을 가지고 다니지 않는다. 그들이 주둔하는 곳에서 식량을 조달하고 식량이 없으면 약탈을 한다. 약탈할 식량마저 없으면 뱀과 들쥐를 잡아먹기도 한다.

고구려의 철기군단은 살인훈련을 받은 기계들이었다. 그들과 맞서 싸우면 10만 대병을 거느리고 있어도 이길 수가 없다. 월리독이 고구려군과 맞서 싸운 것은 커다란 실책이었다.

호리리는 계속 행군을 했다.

"고구려의 척후병입니다!"

그들이 월희부로 들어선 지 사흘이 되었을 때 계곡에서 물을 마시고 있는 사내를 발견하고 소리를 질렀다.

"저놈을 잡아라!"

호리리는 재빨리 군사들에게 지시를 내렸다. 우루부의 군사들이 일제히 고구려 척후병에게 달려갔다. 고구려 척후병은 그때서야 우루부 군사들을 발견하고 말에 올라탔다. 물을 마시기 위해 투구를 벗어놓은 탓에 앳된 얼굴이 보였다. 우루부 군사들이 순식간에 고구려 척후병을 에워쌌다. 척후병은 긴 창을 들고 우루부 군사들을 노려보고 있었다.

"죽여라!"

"놈은 우리의 원수 고구려 군사다!"

군사들이 와 하는 함성을 지르며 척후병을 향해 장창을 휘두르기 시작했다. 고구려 척후병은 황급히 장창을 휘둘러 막았다. 장창을 어찌나 세차게 휘두르는지 잉잉대는 타람소리가 호리리의 귓가에까지 들려왔다.

"악!"

"으악!"

고구려 척후병이 휘두른 장창에 얻어맞은 우루부 군사들이 처절한 비명을 지르며 나가떨어졌다. 금세 10여 명의 군사들이 계곡으로 처박혔다. 우루부 군사들은 더욱 맹렬하게 공격을 퍼부었다. 그러나 또다시 10여 명의 군사들이 계곡에 처박히자 두려움을 나타내기 시작했다. 계곡에는 시체가 쌓이고 피가 낭자하게 흘러내렸다.

'대단한 장사로구나!'

호리리는 속으로 감탄을 했다.

"이 악마 같은 놈!"

호리리는 한 자루 장창을 휘두르며 척후병에게 달려갔다.

"아버지의 원수야, 죽어랏!"

"핫핫핫! 네년이 어디로 도망을 갔나 했더니 여기 있었구나!"

고구려의 척후병이 낭랑하게 웃음을 터트리며 호리리에게 달려왔다.

"흥! 네놈을 죽여서 뼈를 갈아 마실 것이다!"

호리리가 이를 갈면서 척후병에게 달려갔다.

"내가 너따위 계집에게 죽겠느냐? 네년을 죽이라는 왕 중의 왕 영락대제의 영을 받았다."

척후병은 장창을 휘두르면서 호리리에게 맞부딪쳐 왔다.

'이상하다. 척후병이라면 이 상황에서 도망을 쳐야 당연한데 어찌하여 맞서 싸우려고 하는 것일까?'

호리리는 불길한 예감이 들었다. 그때 좌우 산등성이에서 우레와 같은 함성이 들리며 화살이 빗발치듯 날아왔다.

"함정이다! 퇴각하라!"

호리리는 군사들에게 소리를 지르고 말을 돌려 달아나기 시작했다. 고구려 창기병들이 산등성에서 활을 쏘며 쏟아져 내려오기 시작했다. 호리리는 등줄기가 서늘해져 왔다. 우루부의 군사들도 당황하여 이리 뛰고 저리 뛰면서 달아나기에 바빴다. 3천 명의 군사라고 해도 정예 창기병을 당적할 수는 없다. 벌써 우루부 군사들이 처절한 비명을 지르며 말에서 굴러 떨어지고 있었다. 고구려 창기병들은 숲에서 말을 휘몰아 달려내려오면서 활을 쏜 뒤에 닥치는 대로 우루부의 군사들을 창으로 찍어 죽이고 있었다.

호리리는 정신없이 달아났다. 일단 목숨을 구해야 했다. 말을 세차게 몰아 달리는데 옆구리가 시큰했다. 고구려 창기병의 화살이 그녀의 옆구리에 박힌 것이다.

'복수를 하기 전에는 결코 죽을 수 없다.'

호리리는 더욱 세차게 말을 달렸다.

"핫핫핫! 너희들이 어디로 도망을 칠 수 있을 것 같으냐? 너희들에게는 세상이 좁을 것이다!"

고구려의 척후병이 우루부 군사들을 추격하면서 호탕하게 웃음을 터트렸다. 그는 대장군 을밀로부터 우루부 대가한의 딸을 추격하라는 명령을 받은 천호장 고승이었다.

호리리는 철기병이 따라오기 어렵도록 빽빽한 숲속으로 달려 들어갔다. 넝쿨이 우거진 숲이 나오자 말을 버리고 넝쿨 숲으로 들어갔다. 가슴이 방망이질하듯이 뛰고 땀이 비 오듯 흘러내렸다. 뒤를 돌아보자 고구려 창기병들은 보이지 않았다. 호리리는 속으로 쾌재를 불렀다. 고구려 철기병들은 넝쿨 숲으로는 들어오지 못한 모양이었다.

호리리는 비로소 가쁜 숨을 몰아쉬면서 옆구리의 화살을 뽑아냈다. 다행히 상처는 깊지 않았으나 피가 계속 흘러내리고 있었다. 호리리는 옷자락을 잘라서 지혈을 하고 눈을 감았다. 군사들은 모두 어디로 달아났는지 한 사람도 보이지 않았다.

'무서운 자들이다. 월희부까지 추적을 한다는 말인가?'

호리리는 고구려 창기병들에게 혀를 내둘렀다. 그리고 나무 밑에 앉아서 쉬다가 숲 속이 서늘하여 잠이 들었다. 얼마나 오랜 시간을 잤는지 알 수 없었다. 호리리는 잠결인지 꿈결인지 비몽사몽 중에 어디선가 들리는 각적 소리에 눈을 떴다.

'이 소리는 우리 우루부 군사들이 동료를 부르는 소리다.'

우루부의 각적이었다. 호리리는 무엇에 홀린 듯이 각적소리를 따라 넝쿨 숲에서 나왔다. 그러자 각적소리가 뚝 끊겼다.

한밤중이었다. 장천(長天)에는 만월이 둥글게 솟아 있고 희디 흰 달빛의 광망이 어두운 밤하늘을 신비스럽게 수놓고 있었다.

'어느 군사가 동료를 찾느라고 각적을 불고 있는 것일까?'

호리리는 신비스러운 달빛에 젖어 넝쿨 숲 앞에 우두커니 서 있었다. 그때 다시 각적소리가 들리기 시작했다. 호리리는 무엇에 홀린 듯 각적소리를 따라 걸음을 떼어놓기 시작했다. 얼마나 걸었는지 알 수 없었다. 그녀는 골짜기를 따라 계속 걸었다. 숲을 지나고 산등성이를 넘었다. 그러는 동안 발은 가시덤불에 찢기고 돌부리에 걸려 몇 번이나 넘어지기도 했다. 그러나 각적소리는 끊어질 듯하다가 이어지고 끊어질 듯하다가 이어졌다. 그녀가 걸음을 멈추었을 때는 밤이 깊은 시각이었다. 산골짜기 여기저기에 우루부 군사들이 모여 있었다.

"공주님."

우루부의 군사들이 일제히 무릎을 꿇으면서 울음을 터트렸다.

"일어나시오."

호리리는 눈물이 글썽하여 군사들에게 지시했다. 군사들이 흐느껴 울었다. 골짜기에 모여 있는 군사들은 기껏해야 수백 명밖에 안되어 보였다. 모두 각적 소리를 듣고 찾아온 군사들이었다.

"저희는 공주님이 변을 당한 줄 알았습니다."

"나는 고구려 왕을 죽이기 전에는 결코 죽지 않을 것이오."

"신들도 반드시 고구려왕을 죽일 것입니다."

호리리는 군사들을 수습하여 이동하기 시작했다. 각적소리는 우루부의 군사들만 들을 수 있는 것이 아니었다. 고구려 창기병들이 듣고 달려온다면 이번에야말로 몰살을 당할 것이다.

이튿날 호리리는 군사를 이끌고 철리부로 향했다. 월리부에서 철리부까지는 1천7백 리(里)가 넘는다. 호리리가 거느린 군사는 2백5십 명, 말을 타고 쉬지 않고 달려도 한 달이 더 걸린다. 게다가 겨울이 닥치면 이동을 하는 것은 불가능하다.

첫 번째 날은 1백 리를 달리고 계곡에 주둔했고, 두 번째 날은 70리를 달린 뒤에 초원에 둔영을 설치하고 잠을 잤다.

'철리부까지 도망을 가야 할 필요가 있는가? 고구려왕도 철리부로 향하고 있다. 등잔 밑이 어둡다고 오히려 고구려왕 가까운 곳이 안전할지 모른다. 그리고 기회를 보아 고구려왕을 암살하자. 정면으로 부딪치면 우리는 결코 그들을 이길 수 없다.'

호리리는 철리부를 향해 도망을 치다가 군사들을 지휘하여 고구려 창기군단을 향해 달려갔다. 우루부의 군사들이 모두 의아해했으나 호리리는 그들이 철기군단 가까이 접근한 뒤에야 고구려왕을 기습할 작정이라고 설명했다. 우루부 군사들은 호리리의 계획을 알고 비장하게 입술을 깨물었다.

고구려 철기군단은 솔빈평을 향해 이동하고 있었다.

월희부는 완전히 고구려의 속민이 되어 있었다. 철기군단이 이르는 곳마다 촌장과 성주들이 마중을 나와 인사를 하고 주연을 베풀었다. 고구려 철기군단은 월희부의 환영을 받으면서 계속 북상했다.

'저들의 암살이 실패로 돌아가면 제2안대로 실시할 것이다.'

산둥성이에서 고구려 철기군단이 이동하는 것을 내려다보며 호리리는 입술을 깨물었다.

'철기군단이 흩어지고 있군.'

호리리가 고구려 철기군단을 감시한 지 열흘이 지났을 때 그들의 대오가 흩어지는 것이 보였다. 철기군단은 3대로 나누어 흩어졌다.

'현무군에 영락대제가 있다.'

철기군단의 현무기가 나부끼는 것을 본 호리리는 담덕을 습격할 만한 장소를 찾기 시작했다. 월희부는 호리리나 우루부의 군사들에게 낯익은 곳이다. 그들은 이틀만에 고구려왕을 기습할 만한 장소를 찾아냈다. 강을 따라 길게 이어진 계곡에 허리가 잘린 것처럼 키가 넘게 자란 갈대숲이 있었다. 그 곳에 매복하고 있다가 습격을 하면 왕 중의 왕이라는 고구려왕을 죽일 수 있다.

"들으라! 우리는 이곳에서 매복하고 있다가 고구려왕이 나타나면 기습을 한다. 계곡이 좁아 고구려의 철기군단은 두 줄로밖에 움직일 수가 없다. 그러므로 고구려왕이 나타나면 습격하기 가장 좋은 곳이 이 곳이다."

호리리는 부하들에게 명령을 내리고 갈대숲에 매복했다. 고구려군은 그들이 매복을 한지 한나절이 지나서야 나타났다. 척후병들이 먼저 지나가고 이어서 현무군이 기치창검을 번뜩이며 지나가기 시작했다. 호리리는 현무군이 나타나자 바짝 긴장했다. 군사들도 현무군을 노려보면서 숨을 죽이고 있었다. 고구려 왕의 행렬이 나타난 것은 해가 기울 무렵이었다.

"우리의 원수다! 고구려왕을 죽이라!"

호리리는 태왕 담덕의 깃발이 보이자 갈대숲에서 군사들에게 지시를 내렸다. 군사들이 고구려왕을 향해 일제히 활을 쏘았다. 화살이 우박처럼 담덕을 향해 날아갔다.

"매복이다!"

고구려 창기병들이 소리를 지르며 방어태세를 취했다. 그들은 순식간에 방패로 철벽을 만들었다. 우루부의 화살이 일제히 방패 철벽에 날아가 부딪치면서 우수수 떨어졌다.

"고구려왕을 죽여라!"

호리리는 장창을 휘두르며 담덕을 향해 달려가기 시작했다. 고구려 현무군에서도 일제히 함성이 일어나며 창기병들이 질풍처럼 달려오기 시작했다. 갈대숲에서 빠져 나온 우루부 군사들과 고구려 창기병들이 처절한 혈전을 벌이기 시작했다.

"우루부 공주다"

고구려 현무군 진영에서 일제히 함성이 일어났다. 우투부 군사들은 주춤했다. 고구려군은 마치 호리리를 기다리고 있기라도 했듯이 호리리가 말을 타고 달려오자 맹렬하게 맞서 싸우기 시작했다.

"계집이다, 사로잡아라!"

고구려의 창기병들은 호리리를 향해 몰려들기 시작했다.

"으악!"

그러나 호리리에게 달려온 순간이 그들에게는 죽음의 순간이었다. 질풍처럼 말을 휘몰아 달려오던 호리리가 장창을 휘두르자 선두에 서서 달려오던 창기병 10여 명이 처절한 비명을 지르며 나뒹굴었다. 피가 초원으로 뿌려지고 잘려진 팔다리가 허공으로 날아갔다.

"죽여라! 계집만 죽이면 우루부군은 오합지졸이다!"

창기병들은 함성을 지르며 호리리에게 달려들었다. 그러나 호리리에게 달려들어 온전할 수가 없었다. 호리리의 장창이 번쩍일 때마다 철기병들이 시체가 되어 나뒹굴었다. 호리리와 부딪친 고구려의 창기병들은 순식간에 일대가 무너져버렸다.

'사신(死神)과 같은 계집이다!'

창기병들의 눈에 그때서야 공포의 빛이 어리기 시작했다.

"계집아, 내 칼을 받아라!"

호리리가 정신없이 창기병들을 도륙하고 있을 때 한 장수가 벽력 같이 고함을 지르며 달려왔다.

"네놈은 누구냐?"

호리리는 이마에 흐르는 땀을 씻으며 창기병의 장수를 노려보았다.

"고구려국의 호군 좌검이다!"

"이름도 없는 무명소졸이군."

"핫핫핫! 내가 네년의 옷을 모두 벗겨서 우리 병사들에게 상으로 주어야겠다! 그래도 네년이 큰소리를 칠 수 있는지 보겠다!"

"어림도 없는 수작!"

"받아라!"

좌검이 먼저 황룡대도를 휘둘렀다. 백광이 번뜩이면서 허공을 가르는 매서운 파공성이 울렸다. 호리리는 마상에서 몸을 뽑아 올려 허공으로 솟구친 뒤에 장창을 허공에서 사선으로 내리그었다.

'아……'

좌검의 얼굴이 사색이 되었다. 호리리가 허공으로 몸을 뽑아 올렸을 때 그는 붉은 옷자락이 펄럭이는 홍영만을 겨우 보았을 뿐이었다. 그러나 심장을 얼어붙게 만드는 금속의 차가운 기운과 함께 장창의 날이 벌써 눈앞에까지 바짝 다가와 있었다.

"죽어라!"

호리리가 날카롭게 소리를 질렀다. 그때 위기에 몰린 좌검을 발견하고 장수 하나가 쏜살같이 달려오며 창을 휘둘렀다. 호리리의 황룡대도가 멈칫하더니 허공에서 원을 그렸다.

"으악!"

달려오던 장수는 그대로 호리리의 황룡대도를 맞고 말 위에서 굴러 떨어졌다. 태왕 담덕은 현무군 진영에서 우루부 군사들과 현무군이 치열하게 싸우고 있는 것을 주시하고 있었다. 그의 주위에는 어림군이 이미 빽빽하게 진을 치고 있었다.

'붉은 옷을 입은 계집이 무예가 뛰어나구나!'

담덕은 무겁게 신음을 삼켰다. 평생을 전쟁터에서 보낸 그의 눈에도 붉은 옷을 입은 여인의 무예가 예사롭지 않게 보였다.

'어디 내가 상대를 해보자.'

담덕은 철벽을 친 위사들에게 물러서게 했다. 담덕이 황금 갑옷과 황금 투구를 쓰고 말을 타고 나타나자 창기병들은 와 하는 함성을 울리면서 환호했다. 담덕이 직접 출전한다는 사실 하나만으로도 창기병들은 사기가 올랐다.

"자객들을 죽여라!"

창기병들은 함성을 지르며 질풍처럼 내달렸다. 우루부의 군사들도 함성을 지르며 고구려 창기병과 치열하게 맞서 싸웠다. 처절한 백병전이 벌어졌다. 고구려 창기병들의 말은 비호처럼 빨랐다. 우루부 군들도 대부분이 기마병이라 말을 모는 솜씨가 번개 같았으나 고구려 창기병들은 동에 번쩍 서에 번쩍 하면서 으루부 군사들을 죽였다.

"우루부의 공주를 잡아라!"

고구려 창기병들은 맹렬하게 호리리를 공격했다.

"네놈들을 모두 죽이겠다!"

호리리는 이를 갈면서 창기병들과 처절한 혈전을 벌였다. 그때 담덕이 손수 말을 몰아 질풍처럼 달려오기 시작했다.

'왕이 직접 감히 나와 싸울 생각인가?'

호리리는 담덕을 향해 달려가면서 사납게 장창을 휘둘렀다. 창기병의 군사 하나가 호리리를 향해 말을 내달렸다.

"계집은 내 창을 받아라!"

창기병이 담덕보다 먼저 호리리를 향해 달려오면서 창을 휘둘렀다. 백광이 번쩍했다. 창날에서 뿜어지는 빛이었다. 그러나 그 순간 군사는 목이 화끈한 것을 느꼈으나 호리리의 장창이 언제 자신의 목을 찔렀는지도 모른 채 크억 하는 신음소리와 함께 말에서 굴러 떨어졌다.

"계집아 나와 자웅을 겨루어 보자!"

담덕이 분개하여 창을 휘두르며 달려왔다.

"오너라!"

호리리는 담덕과 장창을 들고 맞섰다. 장내는 팽팽한 긴장감이 감돌았다. 담덕은 호리리가 맞서오자 재빨리 장창을 휘두르며 달려갔다. 호리리도 장창을 휘두르며 달려갔다.

"격(擊)!"

"파(제)!"

창과 창이 부딪치면서 날카로운 금속성이 일어났다. 호리리는 창과 창이 부딪칠 때 손목이 시큰해오는 것을 느꼈다. 담덕의 무예는 그녀를 능가하고 있다. 왕 중의 왕이면서도 직접 출전한 것은 무예에 자신이 있기 때문이었을 것이다. 수십 년을 전쟁터에서 보낸 담덕의 창법은 장중하면서도 태산 같은 압력을 가지고 있었다.

"섬(閃)!"

호리리의 무예는 신쾌무비했다. 장창을 젓가락 휘두르듯이 가볍게 휘두르며 담덕의 전신요혈을 공격했다. 방패와 창의 형세요, 용호상박의 형세이기도 했다. 호리리와 담덕은 순식간에 수십합을 말 위에서 싸웠다.

'나의 무예로 고구려왕을 죽일 수 없다는 말인가?'

호리리는 수세로 밀리기 시작하자 당황했다. 이렇게 되면 후일을 위해서 달아날 수밖에 없다.

"계집이 제법이구나."

담덕이 탄성을 내뱉으며 갈했다.

"월리부의 대가한의 복수를 할 것이다!"

호리리의 입에서 노호가 터지면서 그녀의 몸이 허공을 날아올랐다. 양군의 군사들은 호리리가 허공으로 몸을 뽑아올리는 신기(神技)에 탄성을 내뱉었다. 담덕도 허공으로 몸을 뽑아 올렸다. 호리리와 담덕은 허공에서 격돌했다.

쾅!

태산이 부딪치는 듯한 폭음이 들리면서 호리리의 몸이 갈대숲으로 날아갔다.

"잡아라!"

현무군이 일제히 갈대숲으로 호리리를 뒤쫓아갔다. 그러나 호리리는 갈대숲에서 강으로 뛰어들고 있었다.

"우루부 군사들을 한 명도 살려두지 말라."

현무군 대장군 우장문이 고구려 창기병에게 영을 내렸다.

'무예가 출중한 여인이다.'

담덕은 강물로 뛰어든 호리리를 바라보면서 미소를 짓고 있었다.

호리리는 담덕과 싸우다가 승산이 없자 강물로 뛰어들었다. 담덕을 습격하려고 갈대숲이 있는 계곡을 정한 것은 여차하면 강물로 뛰어들 각오를 했기 때문이었다.

'고구려왕을 습격했으나 실패했다. 아, 이 이제 어떻게 해야 하는가?'

호리리는 물을 따라 헤엄을 치다가 오랜 시간이 흐른 뒤에야 뭍으로 나왔다. 고구려의 창기병은 물속으로 잠수하여 헤엄을 치는 그녀를 추격하지 못하고 있었다. 호리리는 2백5십 명의 군사들마저 모조리 죽었다고 생각하자 눈물이 흘러내렸다.

'부하르족을 찾아가자. 부하르족은 아버님의 친구가 아닌가?'

호리리는 월리부의 부하르족에게 달려갔다. 부하르족의 막예개 추장은 호리리가 월리독의 딸이라고 하자 반갑게 맞이했다. 부하르족은 유목을 생업으로 삼기 때문에 일정한 거처 없이 초원을 떠돌았다. 겨울에

는 동영지에서 나고 봄이 되면 풀을 찾아 초원으로 이동한다. 자연ㅎ
대륙의 수많은 부족들과 밀접하게 지내지 않을 수 없었다.

"나의 친구인 월리독이 그렇게 비참하게 죽었을 줄은 몰랐다."

막예개는 호리리의 말을 듣고 눈물을 흘렸다.

"족장님, 저는 고구려왕을 반드시 죽일 것입니다. 저를 도와주십시
오."

"고구려왕을 암살하다가 실패하면 우리 부족도 몰살을 당하게 된다."

막예개는 난처한 표정을 지었다.

"저를 딸이라고 하시고 그에게 소개시켜 주십시오."

호리리는 막예개에게 간청했다. 막예개는 부족들과 회의를 한 뒤에
호리리의 청을 들어주기로 결정했다.

담덕은 철기군단을 이끌고 계속 행군했다. 대륙정벌의 대장정이다. 날
씨가 점점 쌀쌀해지고 있었으나 철리부와 전쟁을 하려면 봄이 가장 유
리하다. 월리부의 솔빈평에서 겨울을 난 뒤에 일제히 공격을 하면 철리
부는 당황할 것이다.

고구려 철기군단이 월리부 솔빈평을 1백 리쯤 앞에 두고 있을 때 부
하르족 족장 막예개가 한 떼의 족인들을 거느리고 마중을 나와서 엎드
려 절을 했다. 현무군의 대장군인 우장문은 그들의 부족, 가호(家戶) 수
를 묻고 철리부의 근대가 인근에 있는지 샅샅이 조사를 한 뒤에 태왕
담덕에게 그들을 인도했다. 막예개는 여러 명의 여자들과 함께였다 월
희부와의 전투 뒤에 전투다운 전투는 없었다. 월희부가 철저하게 학살
되었다는 소문을 들은 각 부족들이 다투어 담덕의 군영을 찾아와 조공

을 바치고 속민이 될 것을 청했기 때문이었다.

"고구려는 고조선에 이어 부여를 계승했다. 그러므로 옛 동부여의 생민들인 그대들이 고구려의 백성이 되는 것은 당연하다. 나는 그대들을 충성스러운 신민으로 받아들일 것이니 그대들도 충성을 다하라. 충성하지 않는 자는 죽음이 있을 것이다."

담덕은 부하르족의 족장 막예개를 내려다보면서 말했다.

"소인들이 어찌 대왕을 배신할 수 있겠사옵니까? 소인들은 오로지 목숨을 바쳐 충성을 다할 것입니다."

막예개가 머리를 조아리면서 말했다.

"그렇다면 그대들과 함께 영구히 평화를 누릴 것이다."

담덕이 손을 내저으면서 말했다.

"오늘은 소인들의 마을에서 쉬도록 하십시오. 7만 대군을 먹일 만한 식량은 없으나 주연을 베풀어드릴 수 있습니다."

"날이 어두워지고 있으니 어찌 사양을 하겠는가?"

담덕은 흔쾌하게 승낙했다. 담덕의 뒤에서 다소곳이 고개를 숙이고 있는 여인의 천연한 미모가 시선을 끌고 있었다. 부하르족은 족장의 말대로 7만 군사를 먹일 만한 마을은 아니었으나 막예개는 군막 여러 개에 술과 안주를 공급하여 주연을 열게 했다.

고구려의 철기군단이 7만으로 늘어난 것은 포로로 잡은 우루부의 군사들을 속군(屬軍)으로 세웠기 때문이었다. 우루부의 속군들은 철리부와 싸울 때 전위에서 화살받이가 될 것이다.

담덕과 각 군의 대장군, 제장들이 참여하고 있는 대군영의 주연에는 부하르족이 가장 귀하게 여긴다는 술이 나오고 악사들과 무녀들까지

나와서 노래하고 춤을 추었다. 주연은 밤늦게까지 계속되었다. 취흥이
도도해지자 술율과 소보은이 일어나 고구려의 춤을 추었다. 고구려의
춤은 전통적으로 검무(劍舞)였다.

담덕은 몹시 기분이 좋았다.

"폐하, 제게 미천한 딸이 하나 있는데 검무를 곧잘 추오니 대왕의 만
수를 축원하면서 한 번 본을 보이도록 하겠습니다."

막예개가 담덕을 향해 술잔을 들어올리면서 말했다.

"그렇다면 고맙게 감상하겠소."

담덕이 술잔을 들고 미소를 지었다. 막예개가 손뼉을 치자 부하르족
의 옷을 입은 처녀가 검을 들고 나왔다. 악사들의 연주가 시작되는 가
운데 여자는 날아갈 듯이 아름다운 춤을 추었다.

'저것은 쌍룡유무도(雙龍遊武圖)가 아닌가?'

쌍룡유무도는 고구려에서 전해져 오는 춤으로 남녀 무사(武士)가 서
로 어울려 춤을 추는 것이다.

"족장, 저것은 쌍룡유무도가 아니오?"

담덕이 눈썹을 치켜올리면서 물었다.

"대왕폐하, 과연 폐하의 안목이 뛰어나십니다."

"나도 저 춤은 한 번도 본 일이 없소. 다만 그림에서 보았을 뿐이오."

담덕의 무예는 쌍룡유무도에서 나온 것이다.

"폐하, 추시겠어요? 이 춤은 상대가 있어야 더 잘 어울린답니다."

막예개와 담덕의 대화를 들었는지 춤을 추던 처녀가 검을 뻗으면서
눈웃음을 쳤다.

"영광이오. 낭자."

담덕은 쾌히 칼을 뽑아들고 나섰다. 이내 악공들이 금(琴)을 연주하기 시작했다. 담덕과 처녀는 악사들이 연주하는 금에 맞추어 검무를 추기 시작했다. 좌중은 물을 끼얹은 듯이 조용해져 두 사람의 춤사위에 시선을 바짝 모았다. 달빛이 흐르는 듯이 유연한 춤이었다. 처녀가 담덕의 가슴을 향해 칼을 쭉 뻗으면 담덕은 활처럼 허리를 뉘었고, 담덕의 칼은 처녀의 허리를 안듯이 뻗었다. 음악이 격렬해지면 칼로 베고 찌르는 동작도 경쾌했고, 칼을 피하며 허리를 흔드는 동작이 남녀의 사랑처럼 격렬하게 어우러졌다.

좌중에서 탄식이 절로 흘러나왔다.

아름다운 동작이었다. 비록 검무에 응용한 것이지만 남녀가 사랑을 할 때의 동작이 유연하게 어우러지고 있었다. 담덕과 처녀가 무예를 연마한 고수들이라 보는 사람들은 눈이 황홀할 지경이었다. 특히 쌍룡이 승천하는 모습을 응용한 부분은 춤의 절정이었다. 먼저 처녀가 칼을 공중으로 곧추 세우고 몸을 회전하면서 솟구치기 시작하자 담덕도 따라서 솟구치며 그녀의 허리를 칼로 베는 듯, 혹은 그녀의 가슴과 둔부를 애무하는 듯, 혹은 옷을 벗기려는 듯 바짝 달라붙어 검을 휘둘러댔다.

이에 처녀는 앙탈을 하듯, 교태를 부리듯 허리와 둔부를 흔들며 담덕의 칼을 막았다. 그러고는 남녀가 마침내 합체(合體)를 이룬 듯 두 사람이 나란히 칼을 뻗고, 공중회전을 했다.

담덕과 처녀의 검무가 끝나자 좌중에서 일제히 박수가 터졌다.

처녀가 담덕에게 절을 올리고 물러갔다. 담덕은 아쉬운 듯이 물러가는 처녀의 뒷모습을 응시했다.

"대왕께 바치는 신의 선물입니다. 노예로 부리십시오."

부하르족의 족장 막예개가 공손히 허리를 숙이고 말했다.

"내 어찌 저토록 아리따운 여식을 노예로 부리겠소?"

담덕은 홀린 듯이 부하르족의 처녀를 보면서 말했다.

"신이 충성을 맹세하는 인질입니다."

"핫핫핫! 그대는 이미 우리 고구려의 신민이오. 그대가 딸을 나에게 보내겠다면 나의 부인으로 삼을 것이오."

"폐하."

"나는 물론 여러 명의 부인이 있소. 첫 번째 부인에게서는 태자 거련을 낳았소. 그대의 딸을 시녀로 거둘 수도 있으나 그대나 딸은 만족치 않을 것이오. 그러기에 나는 비록 부인이 여럿이라도 다시 부인으로 거두고자 하는 것이오."

"폐하의 인자하신 처사에 감읍하옵니다."

막예개가 무릎을 꿇고 절을 했다.

밤이 더욱 깊었다.

담덕은 족장의 별채에서 잠을 자게 되었다. 방은 아늑하고 깨끗했으나 담덕은 쉽사리 잠이 오지 않았다. 들창에는 달빛이 교교하고 뜰에서는 풀벌레가 애잔하게 울고 있었다. 담덕은 침상 위에서 엎치락뒤치락했다. 잠이 오지 않았다. 그때 문 앞에서 인기척이 나더니 처녀의 낮은 기침소리가 들려왔다.

"폐하, 들어가도 되옵니까?"

담덕은 깜짝 놀라 침상에서 일어났다.

"들어가도 되옵니까?"

옥을 굴리듯이 꾀꼬리 같은 목소리가 다시 들려왔다.

"들어오라."

담덕이 낮게 대답했다. 갑자기 얼굴이 화끈거리고 가슴이 뛰었다. 이내 문이 열리며 춤을 추던 처녀가 술상을 가지고 들어왔다.

"술상을 준비했사옵니다."

방으로 들어온 처녀가 고개를 숙이고 술상을 탁자 위에 놓았다. 담덕은 처녀를 와락 껴안았다. 그리고 꿈결인 듯 처녀를 품었다.

처녀는 담덕이 자신의 몸속으로 들어오자 이를 악물고 신음했다. 환희와 쾌락이 그녀의 온몸을 헤집고 있었다. 그것은 놀라운 감동이었다. 그녀는 몇 번이나 신음을 했고 울었다. 아침을 먹은 뒤에는 연무당에서 구마대회(裘馬大會)가 열렸다. 담덕도 말을 타고 구마대회에 참석했다. 군사들의 환호성과 북소리를 들으며 죽방울을 쳤다.

담덕은 열흘을 부하르족의 마을에서 머물렀다. 그리고 처녀를 데리고 솔빈평을 향해 진군하기 시작했다. 처녀의 이름은 호리리, 담덕이 몰살을 시킨 우루부의 대가한 월리독의 딸이었다. 그녀는 담덕에게 복수하기 위해 접근했으나 고구려군의 어느 누구도 그녀가 암살자라는 사실을 전혀 모르고 있었다. 호리리가 갈대숲에서 담덕을 습격했을 때 투구를 쓰고 있었기 때문에 그녀의 얼굴을 정확하게 기억하는 군사들이 없었기 때문이다.

'고구려왕은 무예가 뛰어난 인물이다. 함부로 칼을 들이댔다가는 내가 오히려 죽음을 당할 것이다.'

호리리는 기회만을 노리면서 이를 갈았다.

담덕은 부하르족의 마을을 떠나면서 막예개의 얼굴이 머릿속에서 지워지지 않았다. 막예개의 깊고 우묵한 눈이 마치 자신의 뒤통수에 머물러 있는 것 같은 이상한 기분이었다.

담덕은 월리부의 대평원 솔빈에 이르렀다. 솔빈은 말과 사슴이 많은 고장이다. 고구려의 철기군단이 행군을 하고 있는 가운데도 초원에서 뛰어노는 말들이 보이고 목동들이 각적(角笛)을 부는 소리가 들려왔다. 각적은 낮고 애잔했으나 행군을 하는 고구려 철기군단의 귀에도 뚜렷이 들려왔다.

"솔빈에서 겨울을 난다. 전군은 파오를 치고 동영(冬營)할 준비를 하라."

담덕은 철기군단을 솔빈평에서 동영하게 했다.

고구려 철기군단에 소속되어 있는 우루부의 속군(屬軍 : 포로가 된 군사)들은 모두 호리리를 알아보았다. 그들은 호리리가 무예가 출중한 여자였기 때문에 자신들을 속군에서 해방시켜 줄 것이라고 생각했다. 고구려 철기군단이 동영을 할 수 있도록 목책을 세우고 파오를 치면서 은밀하게 호리리에게 접근했다.

"공주님, 어떻게 철기군에 와 계십니까?"

하루는 호리리가 파오에서 각적을 불고 있는데 다리를 저는 시늉을 하는 우루부의 용사가 찾아왔다. 30대 초반의 눈이 부리부리한 사내였다.

"그대는 누구인가?"

호리리는 긴장한 눈빛으로 사내를 살폈다.

"대가한의 호위를 맡고 있던 오지혼입니다."

호리리는 오지혼이 아버지 월리독의 호위를 맡고 있었다고 하자 비통한 눈물을 흘렸다.

"공주께서도 포로가 되셨습니까?"

"나는 아버지의 복수를 하기 위해 자원하여 그의 여자가 되었어요. 나를 도와줄 수 있는 사람들을 포섭해 주세요."

호리리가 오지혼의 손을 잡고 말했다.

"어떻게 복수를 하실 생각이십니까?"

"고구려 태왕을 암살할 거예요."

호리리의 단호한 말에 오지혼이 몸을 부르르 떨었다.

"그게 가능하겠습니까? 고구려 태왕은 현무군에 둘러싸여 있을 뿐 아니라 2백 명의 위사들이 호위를 하고 있습니다."

"할 수 있어요."

호리리는 오지혼과 더 이상 이야기를 나눌 수 없었다. 그러나 그날부터 호리리는 오지혼을 자주 만날 수 있었다. 오지혼은 고구려의 포로가 된 우루부 군사들을 하나씩 포섭하고 호리리는 담덕의 일거수일투족을 살폈다.

때때로 담덕을 유혹하기 위해 노래를 부르고는 했다.

아름다운 얼굴은 암전하고

살결 또한 곱고 아름다워라

고운 화장은 초승달을 흉내내고

얇은 적삼은 매미 날개와 같은데

미소 지으며 수레에 올라타고

초원을 말을 몰아 달리도다
어찌 중매쟁이의 청혼이 없으랴
저 초원의 양치는 소년들은
부질없이 스스로 속만 태우네

오지혼은 한 달여만에 우루부 군사 130명을 포섭했다. 그들은 담덕을 암살하기 위해 목숨을 내놓겠다고 맹세했다.

'아아, 이제야말로 아버지의 복수를 하게 되었구나.'

호리리는 하늘을 우러러보고 눈을 부릅떴다. 날씨는 점점 차가워졌다. 호리리는 담덕이 군사들과 구마대회를 개최한 날 밤에 암살을 하기로 결정했다. 담덕이 구마대회가 끝나면 술을 마시고 깊은 잠에 들기 때문이었다. 위사들도 대군영 안에서는 경비를 삼엄하게 하지 않았다.

"철리부와 연락하세요. 내가 담덕을 암살하면 즉시 10만대군을 휘몰아 공격하라고 하세요."

호리리는 오지혼을 철리부로 파견했다. 오지혼은 한밤중에 고구려 군진을 빠져나가 철리부로 달려갔다. 철리부 대가한은 오지혼의 이야기를 듣자 부족회의를 열었다. 철리부는 담덕이 철기군단을 이끌고 솔빈평에 머물고 있었기 때문에 바짝 긴장해 있었다.

"우리는 그대들의 말을 믿고 고구려 철기군단을 공격하겠다. 11월 15일 삼경에 태왕 담덕을 암살하라! 담덕의 암살이 성공하면 그대들의 나라를 재건하게 도와주겠다."

철리부의 대가한 달능신(達能信)이 오지혼에게 영을 내렸다. 오지혼은 달능신의 영을 받고 고구려 군진으로 돌아와 호리리에게 보고했다.

'11월 15일의 삼경이면 한겨울이다.'

호리리는 담덕을 암살하기 위해 만반의 준비를 했다. 마침내 11월 15일이 왔다. 솔빈평은 며칠 전에 내린 눈으로 사방이 하얗게 덮여 있었다. 철기군단은 동영지에서 사냥으로 소일했다.

"신호는 내가 부르는 노래예요."

호리리는 11월 15일 밤이 되자 오지혼에게 삼경에 결행하겠다고 선언했다. 오지혼이 비장한 표정으로 고개를 끄덕이고 돌아갔다.

호리리는 초조하게 삼경을 기다리기 시작했다.

전사들도 모두 준비를 하고 기다리고 있었다. 밤이 점점 깊어가자 호리리는 금을 타면서 노래를 부르기 시작했다.

백마 탄 저 여인 누구의 딸인가
초원을 오락가락하면서
손으로는 활을 당기고
칼집 속의 검을 움켜쥐도다
말 타고 광대한 초원을
마음대로 나는 듯이 달려서
원수의 머리를 잘라 말 앞에 걸고서
돌아와 아버지 영전에 제사를 지내리라

호리리의 전사들은 노랫소리가 그치자 파오에서 소리없이 기어 나와 담덕의 군막을 에워싸기 시작했다. 11월 보름이었다. 한겨울의 차디찬 달빛이 철기군단이 세운 파오 위로 신비스럽게 쏟아져 내렸다.

호리리는 전사들이 담덕의 군막을 에워쌌다는 신호를 보내오자 옷을 홀홀 벗고 반라의 몸이 되었다. 그녀가 걸친 것은 얇은 나삼 한 자락뿐이었다. 살을 에일 듯한 추위가 몰아쳐왔다. 그녀는 파오를 나오자 담덕의 군막 가까이로 갔다. 담덕의 군막 앞에는 두 명의 보초가 모닥불을 피워 놓고 번을 서고 있었다.

모닥불이 타는 소리가 타닥거리고 불빛이 일렁거렸다.

호리리는 바짝 긴장했다. 그녀는 일부러 보초의 눈에 띄게 파오의 뒤로 돌아갔다. 보초는 호리리가 군막 뒤로 돌아가는 것을 보았다. 호리리는 얇은 나삼 한 자락만을 걸치고 있어서 풍만한 몸뚱이가 그대로 내비칠 것만 같았다. 보초는 자신도 모르게 아랫도리가 묵직해 왔다. 호리리는 군막 뒤에서 한참이 지나도 돌아오지 않았다. 보초는 의아해지기 시작했다. 호리리가 군막 뒤에서 무엇을 하고 있는지 궁금했다. 바람소리인지 짐승의 소리인지 알 수 없었으나 야릇한 신음소리 같은 소리도 얼핏 들렸다.

보초는 엉뚱한 생각을 하고 고개를 갸우뚱했다. 그는 동료 보초에게 눈짓을 하고 군막 뒤로 천천히 걸어갔다. 호리리가 무엇을 하는지 확인해 봐야겠다고 생각했던 것이다. 그러나 파오 뒤로 돌아간 보초는 우루부 전사들에게 불귀의 몸이 되고 말았다. 우루부 전사 중 하나가 재빨리 보초의 옷을 갈아입고 담덕의 군막 앞으로 걸어갔다. 담덕의 군막 앞에 있는 보초는 변장한 전사를 힐끗 쳐다보고는 고개를 떨어트렸다. 그는 선 채로 졸고 있었다. 변장한 전사가 졸고 있는 보초의 뒤로 돌아가서 왼손으로 입을 틀어막고 오른손의 단도로 목을 땄다. 보초는 괴로워하며 바동거리다가 이내 숨이 끊어졌다.

"행동 개시!"

변장한 전사의 신호에 호리리와 우루부 전사들이 달려왔다. 그들은 담덕의 군막 안을 향해 바짝 귀를 기울였다. 군막 안은 조용했고 가늘게 코를 고는 소리가 들리고 있었다.

"내가 먼저 담덕을 찌를 테니 그것을 신호로 일제히 행동을 개시한다! 알았지?"

호리리가 전사들에게 명령을 내렸다.

"예!"

우루부 전사들이 긴장하여 일제히 대답했다.

"들어가자!"

호리리가 주위를 살핀 뒤에 군막 안으로 몸을 들이밀었다. 그러자 우루부 전사들이 그림자처럼 뒤를 따라 군막 안으로 들어갔다.

'아!'

군막 안으로 들어온 호리리는 전신이 얼어붙는 듯했다. 담덕은 침상 위에 반듯하게 누워 있었으나 눈을 뜨고 있었다. 그녀는 자신도 모르게 전신으로 식은땀이 주르르 흘러내렸다. 그러나 다음 순간 가늘게 코를 고는 소리가 들려오자 후 하고 안도의 한숨을 불어냈다.

'눈을 뜨고 자고 있었군.'

호리리는 우루부 전사들에게 눈짓을 하고 칼을 높이 치켜들었다. 그러고는 담덕의 가슴을 향해 힘껏 찔렀다. 담덕의 가슴에 칼이 깊숙이 박혔다.

"누, 누구냐?"

담덕은 가슴에 칼이 박혔는데도 몸을 벌떡 일으키며 소리를 질렀다.

호리리는 가슴이 철렁했다.

"네… 네 년이…!"

담덕은 눈을 부릅뜨고 두 손을 뻗어 호리리의 목을 움켜쥐었다. 호리리는 숨이 컥 하고 막히는 것을 느끼며 칼을 쥔 손에 힘이 빠졌다. 다음 순간 호리리의 목이 부러지는 소리가 우드득하고 들려왔다. 호리리는 자신의 귀로 그 소리를 들으며 눈앞이 캄캄해져 왔다.

우루부 전사들은 그때서야 담덕을 향해 칼을 휘두르기 시작했다. 그들은 닥치는 대로 담덕의 등을 칼로 찔렀다.

"이, 이것들이…!"

담덕은 이미 축 늘어진 호리리를 내팽개쳤다. 그는 비틀거리며 자신의 가슴에 칼이 박힌 것을 보았다. 그는 그 칼을 뽑아들었다. 가슴에서 피가 폭포처럼 쏟아지기 시작했다.

우루부 전사들은 담덕이 가슴에 칼이 박히고서도 죽지 않자 겁이 덜컥 났다. 그들은 자신도 모르게 뒤로 뒷걸음질을 쳤다. 가슴에서 붉은 피를 흘리고 있는 담덕이 그들을 향해 뚜벅뚜벅 다가오고 있었다.

"너희 놈들, 결코 살아서 돌아가지 못할 것이다!"

담덕이 우루부 전사들을 노려보며 칼을 휘둘렀다. 그러자 바람을 가르는 파공성이 폭풍처럼 일어났다. 우루부 전사들은 담덕이 칼을 휘두르자 무시무시한 검기가 자신들을 향해 뻗쳐오는 것을 느꼈다. 순식간의 일이었다. 우루부 전사들은 순간적으로 담덕의 칼을 막으려고 했으나 소용없었다.

우루부 전사들은 처절한 비명을 지르며 담덕의 칼 아래 쓰러졌다. 일부는 공포에 질려서 후닥닥 달아났다. 담덕을 호위하는 위사들이 일제히 달려왔을 때는 우루부 전사들이 피투성이가 되어 나뒹굴고 있었고, 호리리는 목이 부러져 죽어 있었다. 담덕은 피를 흘리면서 신음하고 있었다.

"폐하께서 자격을 당했다. 어의를 불러라!"

고구려군의 대군영은 순식간에 아수라장이 되었다. 각 군의 대장군들이 달려오고 현무군이 대군영을 철통처럼 에워쌌다. 어의가 달려와 담덕의 상처를 치료하기 시작했다. 담덕은 눈을 감고 누워 있었다. 담덕의 온몸이 피투성이가 되어 있었다.

"철군한다. 고구려군은 회군한다."

담덕이 혼수상태에 빠지자 선임대장군 을밀이 철기군단의 대장군들에게 영을 내렸다. 대장군들은 신속하게 철군준비를 갖추기 시작했다.

"철리부의 군대가 오고 있습니다."

그때 척후병들이 달려와 보고했다.

'폐하를 자격하자마자 적들이 오는구나.'

을밀은 담덕의 자격과 철리부의 공격이 동시에 이루어지고 있다는 것을 알고는 놀랐다.

"저들이 눈치 채지 않게 철군 준비를 하라."

을밀은 가슴이 답답해져 오는 것을 느끼며 영을 내렸다. 담덕이 눈을 뜬 것은 을밀이 철군준비를 완전히 갖추었을 때였다.

"철군을 하면 우리가 괴멸한다. 적들은 우리가 퇴각하는 배후에 매복해 있을 것이다. 우리는 앞의 적을 공격한다."

담덕이 눈을 뜨고 허공을 쏘아보면서 말했다.

"폐하, 퇴각해야 합니다."

대장군들이 일제히 아뢰었다.

"앞의 적은 우리를 퇴각하게 하려는 위장이다. 분명히 노약자들과 부녀자들이 위장했을 것이다."

을밀은 담덕의 말에 놀랐다.

"나를 일으켜 말에 태우라. 정복전쟁은 이제 시작일 뿐이다."

담덕의 지시에 장수들이 일제히 웅성거렸다. 그때 소보온이 앞으로 나서 담덕에게 갑옷을 입히고 말 위에 태웠다. 담덕은 말고삐를 잡고 천천히 앞으로 나아갔다.

"와아!"

불안한 표정으로 웅성거리고 있던 고구려의 철기군단이 일제히 함성을 질러댔다.

"제군들! 우리의 정복전쟁은 이제 시작이다. 철리부를 철저하게 짓밟고 재물을 약탈하라! 우리를 배신한 철리부를 모조리 학살하라!"

담덕의 영이 떨어졌다.

"와아!"

철기군단의 용사들이 함성으로 응답했다.

"철리부를 공격하는 선봉은 흑룡군이 맡는다. 출전하라!"

담덕은 전략도 세우지 않고 출전령을 내렸다. 소보온의 지휘 하에 흑룡군이 철갑소리를 울리면서 출전하기 시작했다.

"살(殺)!"

"살(殺)!"

흑룡군 창보병이 발을 구르면서 전진하기 시작했다. 검은 깃발과 3장을 넘는 창들이 빽빽하게 숲을 이루고 앞으로 나아갔다.

'나는 대륙을 모조리 정복하기 전에는 결코 돌아가지 않을 것이다. 대륙은 고구려의 것이다.'

담덕은 검은 숲이 되어 전진하는 흑룡군을 보면서 무섭게 눈을 부릅떴다.

'나는 결코 죽지 않는다. 대륙을 정복하기 전에는 결코 죽지 않을 것이다.'

담덕은 몇 번이나 마음속으로 다짐을 했다. 담덕의 눈에는 출전하는 고구려 철기군단이 보였다. 철기군단 앞에 희디 흰 솔빈평의 설원을 가득 메운 철리부의 대군이 있었다.

'어쩌면 나는 너무 멀리 온 것이 아닐까?'

담덕은 고구려 철기군단을 이끌고 정복전쟁에 나선 일이 주마등처럼 뇌리를 스쳐가기 시작했다. 그는 천천히 눈을 감았다. 멀리 환도성에 있는 아리수의 얼굴이 망막 위로 아련하게 떠올라왔다. 아리수를 사랑할 수 있었던 것은 축복이었다. 그리고 들꽃처럼 청초한 유앵….

몽유앵의 들꽃처럼 맑은 얼굴을 떠올리자 가슴 속 깊은 곳에서 현이 울리는 듯한 기분이었다.

'나는 어머니의 소망대로 기필코 대륙을 정복할 것이다.'

담덕은 눈을 감고서도 대륙 정벌의 웅지를 불태웠다.

제 **9** 장

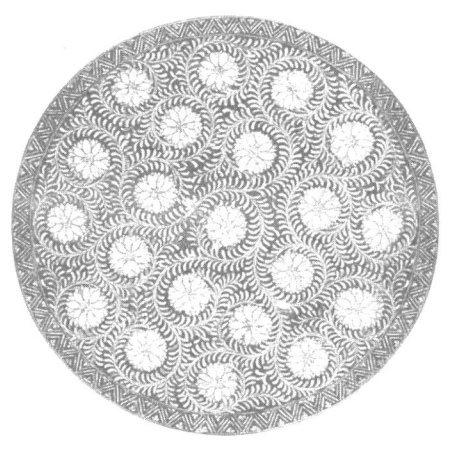

초인의 전설

8월 하순인데도 북부여의 옛 땅은 바람이 선선해지고 있었다. 모두
루는 성루에서 바람에 날리는 초원을 묵묵히 바라보았다. 지난 밤 내내
무엇인가 불길한 예감이 뇌리를 떠나지 않고 머리맡이 선뜻하여 잠을
이루지 못했었다. 북부여는 해모수(解慕漱)에 의해 건국되었고, 해모수의
둘째 아들 고진(高辰)에서 고진의 손자 해부루로 이어지다가 고주몽이
졸본에서 나라를 건국하면서 고구려가 되었다. 모두루는 4백 년 전 조
상들이 지배하던 북부여의 청목성 성주로 임명되어 있었다.

　'혹시 환도성에 무슨 일이 있는가?'

　모두루는 불안감을 떨칠 수가 없었다. 지난 몇 년 동안 영락대제 담
덕을 따라 대륙을 정벌하던 일이 꿈결처럼 아득했다. 동부여를 정벌할
때 호리리라는 여자에게 암살을 당할 뻔했던 태왕 담덕은 중상을 입었
으면서도 동부여 정벌을 멈추지 않았다.

"하늘이 우리 고구려에 대륙을 줄 것이면 나를 죽이지 않을 것이다."

철기군단의 장군들과 각 성의 성주들은 대군영 앞에서 오열을 하고 있었다. 4백년 만에 대륙 정벌의 야망을 실현시킬 위대한 영웅의 탄생이었다. 그러나 그 위대한 영웅이 한낱 아녀자의 암살로 죽어가고 있었던 것이다.

태왕 담덕은 태연했다. 그는 하늘의 계시라도 받은 듯 자신이 죽지 않을 것이라고 말했다. 그리고 그는 수레에 누워서 전쟁을 지휘했다.

철기군단은 파도가 몰아치듯이 대대적으로 동부여를 공격했다. 고구려의 철기군단이 가는 곳에는 대적할 군사가 없었다. 솔빈 평야를 누비고 흑수까지 치고 올라가 광대한 설원을 정복했다. 흑수 건너 사백력(斯白力:시베리아)은 이득한 설원이 펼쳐져 있었고, 설원에는 피부색이 하얀 백인들이 살고 있었다.

"진군하라!"

태왕 담덕의 정복전쟁은 계속되었다. 그들은 마침내 사백력을 지나 사막에 있는 도시 청경(靑京)까지 이르렀다. 청경은 도시 전체가 푸른 돌과 푸른 물로 이루어진 아름다운 도시였다.

사백력을 지나 청경에 이르는 데는 1년이라는 장구한 세월이 걸렸다. 고구려의 철기군단은 청경을 정복한 뒤에 염수(鹽水; 요하 상류)를 향해 달렸다. 염수 일대는 거란과 북연의 세력이 잔존하고 있었다. 고구려 철기군단은 대륙을 휩쓸었다. 태왕 담덕이 동부여를 정벌하기 시작하여 북위의 화북 지역까지 완전히 정벌하는 데는 장장 4년이라는 긴 세월이 걸렸다. 고구려 철기군단은 바람처럼 나타나서 염수와 화북 일대의 수많은 성을 휩쓴 뒤에 개선했다.

"모두루, 우리는 대륙을 정복했다. 무엇을 얻었는가?"

태왕 담덕이 환도성으로 개선하면서 모두루에게 물었다. 4년 동안의 길고 긴 정복전쟁이었다. 태왕 담덕이 지휘하는 고구려 철기군단은 한 번도 패하지 않았다. 모두루가 담덕을 힐끗 쳐다보자 지친 듯한 표정을 하고 있었다.

"역사(歷史)를 얻으셨습니다. 폐하께서는 이제 고구려의 위대한 태왕이 되셨습니다."

모두루는 어쩐 일인지 가슴이 저려오는 것 같은 기분을 느끼면서 대답했다. 4년 동안의 전쟁에서 황룡군 대장군 을밀도 죽고 술율도 죽었다. 한때 쟁쟁한 명성을 떨쳤던 대장군들이 대륙에서 한 줌의 흙이 되어 사라진 것이다.

"천년이 지나도 우리가 잊혀지지 않겠는가?"

"한 줄이라도 이름이 남지 않겠습니까?"

"군사들이 모두 지쳐 있다. 이제 중원을 정복하는 것은 어려울 것 같구나."

"폐하, 고구려의 강역은 사방 9천 리나 됩니다. 이 넓은 강역을 지키는 것도 쉬운 일이 아닐 것이옵니다."

"그렇다. 수성(守成)이 더욱 어려운 것이다."

"태자마마께서 총명하신 분이니 고구려를 반석 위에 올려놓을 것입니다."

"너의 고향은 어디인가?"

"청목성입니다."

"청목성이라… 청목성에 누가 있는가?"

"늙은 부모와 처자가 있습니다."

"그러면 고향으로 돌아가고 싶겠군."

"고향을 그리는 사람이 어찌 신뿐이겠습니까? 모든 군사들의 마음이 같을 것입니다."

"환도성으로 개선한 뒤에 청목성의 수사(守使 : 성주)로 임명할 것이다. 북부여의 옛 땅을 잘 지키도록 하라."

고구려군은 정복전쟁에서 많은 전리품을 노획했다. 태왕 담덕은 기나긴 전쟁에서 회군하자 전리품들을 군사들에게 상으로 나누어 주었다. 정복전쟁에서 공을 세운 장수들은 성주나 수사로 임명했다. 고양진은 유주자사가 되고 모두루는 청목성의 수사가 되었다.

"우리는 정복전쟁에서 옛 선조들의 땅을 대부분 되찾았다. 이제는 이 땅을 빼앗기지 말아야 할 것이다. 유능한 석공들을 발탁하여 성을 쌓으라."

태왕 담덕이 고구려 전국에 영을 내렸다. 이에 고구려 176개 성이 성을 중축하고 수리하여 외침을 방어할 수 있게 되었다.

"각 변방에서 환도성까지는 1천 리나 떨어져 있다. 적이 침략할 때는 지구전을 하여 적을 지치게 한 뒤에 공파하라."

태왕 담덕이 각 성에 다시 영을 내렸다.

'폐하께서 어찌 이런 영을 내리시는가?'

모두루는 태왕 담덕이 죽음을 준비하고 있는 것이 아닌가 하여 눈물이 비오듯 흘러내렸다. 그러나 9월이 갈 때까지 도성에서는 아무런 소식이 없었다.

쏴아아아.

바람이 일면서 나뭇잎이 우수수 떨어졌다. 담덕은 나뭇잎이 스산하게 날리는 것을 우두커니 바라보고 있었다.

가을이 깊어가고 있다. 하늘이 푸르고 들판은 오곡이 무르익었다. 잎잎이 푸르던 초목이 황금빛으로 물들어 바람이 일 때마다 자욱하게 날렸다.

"아버님."

거련이 뒤에서 담덕을 불렀다. 담덕은 대답을 하지 않고 시린 눈빛으로 숲을 바라보고 있었다. 만산홍엽이라고 했던가. 산들이 타는 듯이 붉고 길섶에는 들국화가 청신한 향기를 뿜고 있다. 고국양 땅이다. 아버지 고국양왕이 안치되고 어머니 하약란이 안치된 땅이다. 고려는 전통적으로 풍장을 지낸다. 왕이나 왕비가 죽어도 시신은 나무 밑에 안치하고 고국원이나 고국양이라고 시호를 올린 뒤에 그 숲을 시호에 따라 고국원이나 고국양으로 명명하고 신성한 땅이라고 하여 출입을 하지 않았다.

"나는 저 땅이 좋겠다. 아버님과 어머님의 영혼이 계신 곳…"

담덕이 자신의 풍장이 이루어질 장소를 태자 거련에게 알려주고 있었다.

"아버님."

담덕의 말에 거련은 가슴이 먹먹해져 오는 것을 느꼈다. 거련은 비로소 담덕이 죽음을 준비하고 있다는 사실을 눈치 챌 수 있었다.

"초목은 한 철을 살고 사람은 한 시대를 산다."

거련은 담덕이 중얼거리는 말을 이해할 수 없었다. 그는 담덕의 뒷모습을 망연히 바라보았다.

거인이다.

사람이 커서가 아니라 그의 업적이 위대해서 거인이었다.

거련은 아버지 담덕의 뒷모습이 석상처럼 거대해 보였다. 지난 4년간 담덕은 철기군단을 거느리고 대륙을 정복해 나갔다. 그의 앞에서 적은 없었다. 그의 호령 한 마디에 대륙이 벌벌 떨고 숨을 죽였다. 그는 거침없이 대륙을 휩쓸었다. 고구려의 강역은 사방 9천 리에 이르고 명성은 천하를 위진시켰다.

"어머니에게 말하라. 나는 이제 먼 곳으로 갈 것이니 늦지 않게 뒤따라 오라고 하라."

"아버님."

"울지 마라. 내가 너를 지켜줄 것이다."

"아버님, 바람이 찬데 침전에 들어가 섭생을 하십시오."

거련은 담덕이 쉬어야 한다고 생각했다. 몸을 편안하게 쉬면서 섭생을 하면 죽음을 물리칠 수 있을 것이다.

대륙에 핏빛 황혼이 물들어오고 서서히 어둠이 깔리기 시작했다. 담덕은 어둠이 내리기 시작하자 고국양 숲을 향해 긴 그림자를 끌면서 걸음을 떼어놓았다.

10월이 오자 북쪽 지방의 바람이 더욱 차가워졌다. 모두루는 하루도 거르지 않고 성루에 올라 도성 쪽을 바라보았다. 그러고는 마침내 하얀 깃발을 들고 달려오는 병사를 발견했다.

"왕 중의 왕 태왕 영락대제께서 승천하셨습니다!"

흰 깃발을 든 병사가 성루를 바라보면서 소리를 질렀다.

"오오! 해와 달도 빛을 잃는구나. 왕 중의 왕 태왕께서 승천을 하셨는가. 하늘의 아들이니 하늘로 돌아가는 것은 당연한 일일 터… 대대로 은택을 입었는데 갚을 시간도 없이 승천하셨다는 말인가?"

모두루는 성루에서 무릎을 꿇고 울었다.

황궁은 깊은 적막 속에 잠겨 있었다. 태자 거련은 모후인 아리수와 담덕의 둘째 부인인 몽유앵에게 절을 했다. 태왕이 죽었으니 그가 왕으로 즉위해야 한다. 그러나 고구려는 아직도 고추가들의 영향력이 막강했다. 영락대제가 거련을 태자로 세웠기 때문에 그가 즉위하는 것이 순리였으나 권력은 그렇지 않은 것이다. 고추가들이 대륙의 대제국이 된 고구려의 대권을 놓고 치열한 암투를 벌였다. 고구려의 황궁이 귀족들의 암투로 뒤숭숭해 있을 때 아리수는 태후의 자격으로 대장군들을 소집했다.

"그대들은 왕 중의 왕이신 태왕 영락대제와 사생을 함께해왔다. 태왕께서 갑자기 승천하셨다고 하여 귀족들이 암투를 벌이는데 그대들은 누구를 따르겠는가? 태왕 영락대제의 유명을 받들어 태자를 옹립할 것인가? 귀족들을 따르겠는가?"

아리수가 무장을 하고 도열한 대장군들을 서릿발 같은 눈으로 쏘아 보면서 다그쳤다.

"신은 오직 왕 중의 왕이신 태왕의 유명을 따를 것입니다."

대장군 소보온이 군례를 바치면서 대답했다.

"신들도 태왕의 유명을 따를 것입니다."

철기군단의 대장군들도 일제히 군례를 올렸다.

"그대들이 태왕의 유명을 따르니 고구려는 대륙에 위명을 떨칠 것이다. 그대들은 즉시 태자를 받들고 황궁에 들어가 즉위식을 거행하라."

아리수가 대장군들에게 영을 내렸다. 이에 대장군들이 태자 거련을 앞세우고 황궁으로 들어갔다. 황궁의 강령전에 모여 있던 고구려의 귀족들은 분분히 물러섰다. 태왕 담덕이 군사를 이끌고 대륙 정벌을 벌이면서 대장군들의 위세도 귀족들을 압도할 정도로 커져 있었다.

"태왕 영락대제의 유명이 있으니 태자께서 보위를 이을 것이오. 이에 대해서 불만이 있는 자는 서슴없이 말하시오."

대장군 소보온이 검을 잡고 좌중을 둘러보았다.

"태왕의 유명을 거역하는 자는 비록 제가회의의 결정이라고 해도 반역으로 처단할 것이오."

을밀의 뒤를 이어 대장군이 된 호해도 눈알을 부라리면서 소리를 질렀다. 제가회의의 고추가들은 대장군들의 위세에 입을 다물 수밖에 없었다. 태자 거련은 마침내 고구려의 보위에 올라 장수왕이 되고 태왕 영락대제의 장례를 성대하게 치렀다. 그는 부황에게 광개토라는 시호를 올리고 국강호태왕광개토라는 비석을 세웠다.

…영락(永樂) 5년, 왕 중의 왕 태왕께서는 친히 군사를 이끌고 염수 (鹽水)까지 가서 비려(稗麗) 부락 7백 영(營 : 7백 번의 전쟁을 의미함)을 깨트리고 헤아리기 힘들 정도의 우마군양(牛馬群羊)을 노획하여 북풍(北豊)을 거쳐 개선했다.

영락 6년, 태왕께서는 손수 수군을 끌고 백제를 쳐서 58성(城)과 7백 촌을 공파하고, 영원히 노객(奴客)이 되겠다는 백제 아신왕의 항복을 받아낸 뒤 백제의 왕제(王弟)와 대신(大臣) 10인을 비롯한 포로 1천 명을 얻어 개선했다.

영락 8년, 태왕께서는 군사를 동원하여 식신토곡(息愼土谷)을 관(觀)하고 부근의 가태라곡(加太羅谷) 등에서 남녀 3백 명을 노획하여 조공하게 했다.

영락 10년, 태왕께서는 신라를 구원하기 위해 보기(步騎) 5만을 파견해 임나가라(任那加羅 : 가야와 신라)까지 가서 왜를 토멸했다.

영락 14년, 태왕께서는 백제군을 따라 대방계(帶方界 : 황해도)에 침입한 왜를 궤멸시키기 위해 고구려의 철기군단을 이끌고 출정하여 길을 끊고 사방에서 추격하여 무수한 적을 참살했다.

영락 17년, 고구려 철기군단은 적군을 섬멸하여 개갑(鎧甲) 1만여 개와 헤아릴 수 없을 정도의 군수품을 얻고 개선하는 길에도 많은 성을 격파했다.

영락 20년, 태왕께서는 동부여(東夫餘)를 정벌했다. 동부여는 추모왕 (鄒牟王 : 주몽)의 속민(屬民)이었으나 조공을 끊어버리고 반항하고 있었기 때문에 태왕께서 토벌했다. 태왕이 공파한 동부여의 성이 64개, 부락이 1천4백 개에 이르렀다…

장수왕이 호태왕광개토의 능비에 새긴 비문이었다.

태왕 광개토의 국장은 수많은 고구려 백성들의 애도 속에서 치러졌다. 백성들은 연도로 몰려나와 대륙과 초원에 쟁쟁한 명성을 떨친 태왕 영락대제의 운구를 전송했다. 10월이지만 눈보라가 날리는 가운데 장례 행렬은 환도성 앞의 통구(通溝 : 집안)로 나아갔다.

"폐하!"

모두루는 북부여의 청목성에서 달려와 장례에 참석했다.

유주자사 고양진도 요동성에서 달려와 장례에 참여했다.

대륙을 호령한 민족의 영웅. 위대한 황제 태왕 광개토는 수많은 백성들의 애도 속에 고국양의 숲에 안장되어 대륙의 신화가 되고 전설이 되었다. ✿